Eugene Chirovici

Das Echo der Wahrheit

GOLDMANN
Lesen erleben

Buch

Als der Multimillionär Joshua Fleischer erfährt, dass er bald sterben wird, bittet er den New Yorker Psychiater Dr. James Cobb um Hilfe. Fleischer trägt eine schwere Last mit sich: Er befürchtet, am Tod einer jungen Frau schuld zu sein, mit der er vor Jahren einen Abend in einem Pariser Hotelzimmer verbracht hat. Fleischers Erinnerung ist nur bruchstückhaft, und Cobb soll ihm nun helfen, die Wahrheit ans Licht zu bringen. Doch damit wird Cobb mit den Dämonen seiner eigenen Vergangenheit konfrontiert …

Autor

Eugene Chirovici stammt aus einer rumänisch-ungarisch-deutschen Familie aus Transsilvanien und wohnt heute mit seiner Frau in Florenz. In Rumänien hat er sehr erfolgreiche Romane veröffentlicht. Sein erster Roman in englischer Sprache, »Das Buch der Spiegel«, hat für eine internationale Sensation gesorgt und wurde in 38 Länder verkauft.

Eugene Chirovici

Das Echo der Wahrheit

Roman

Deutsch von Silvia Morawetz
und Werner Schmitz

GOLDMANN

Die Originalausgabe erschien 2018 unter dem Titel »Bad Blood«
bei Serpent's Tail, an imprint of Profile Books Ltd., London.

Dieses Buch ist auch als E-Book erhältlich.

MIX
Papier aus verantwortungsvollen Quellen
FSC® C014496

Verlagsgruppe Random House FSC® N001967

1. Auflage
Taschenbuchausgabe Juli 2020

Umschlaggestaltung: semper smile, München
Umschlagfoto: © semper smile / Peter Greenway / arcangel
Redaktion: Susanne Aeckerle
BH · Herstellung: AS
Satz: Buch-Werkstatt GmbH, Bad Aibling
Druck und Bindung: GGP Media GmbH, Pößneck
Printed in Germany
ISBN: 978-3-442-49059-2
www.goldmann-verlag.de

Besuchen Sie den Goldmann Verlag im Netz

Nie real und immer wahr.

Antonin Artaud

Es gibt keine Gegenwart und keine Zukunft –
nur die Vergangenheit, die sich ständig wiederholt: Jetzt.

Eugene O'Neill: Ein Mond für die Beladenen

Prolog

Paris, Frankreich, Oktober 1976

Terminal eins des Pariser Flughafens Charles de Gaulle glich einem Kraken: Zahllose vom Hauptgebäude abzweigende Tentakel aus Korridoren und Tunneln führten von der Eingangshalle zu den anderen Einrichtungen. Ein futuristisches, überfülltes, lärmendes Chaos, und endlich in der ungeheuren Eingangshalle angelangt, empfand der junge Mann den schier unüberwindlichen Drang, auf der Stelle umzukehren und sich aus dem Staub zu machen.

Das Ticket hatte er am Abend zuvor bei einer Agentur unweit der Rue de Rome gekauft. Da sein Flug erst in vier Stunden ging, würde er hier, wo die Luft mit jedem Atemzug dünner wurde, noch viel Zeit verbringen müssen.

Er nahm seine Tasche und ging in den ersten Stock, um sich irgendwo hinzusetzen. Seit Juni galten verschärfte Sicherheitsbestimmungen, nachdem eine Maschine der Air France mit 248 Passagieren an Bord von Terroristen gekapert und nach Uganda entführt worden war. Überall patrouillierten Polizisten, ausstaffiert wie in einem postapokalyptischen Kinofilm. Um keine Aufmerksamkeit zu erregen, unterdrückte er den Impuls, sie anzustarren.

Er fand einen freien Tisch in einem Coffeeshop am Ende der Halle, bestellte einen doppelten Espresso und schob seine Reisetasche unter den Stuhl. Hinter den Fenstern verdüsterten schwere Regenwolken den Himmel, am Boden standen aufgereihte Flugzeuge, zwischen denen sich Flughafenpersonal und Busse voller Passagiere bewegten. Aus einem kleinen Transistorradio irgendwo in der Nähe sang Roberta Flack leise »Killing me softly« – Ironie des Schicksals.

Was vor zwei Tagen geschehen war, wollte er möglichst erst nach seiner Ankunft in den Vereinigten Staaten wieder an sich heranlassen. Er musste jeden Gedanken daran aus seinem Kopf entfernen, so wie man aus Furcht vor Entdeckung einen potenziell gefährlichen Gegenstand aus seinem Gepäck herausnehmen würde. Womöglich hatten ihre Eltern bereits Alarm geschlagen, und die Behörden waren bereits wachsam. In diesem Fall wäre er einer der Hauptverdächtigen, und die Polizei würde alles daransetzen, ihn am Verlassen des Landes zu hindern. Er musste weg, sich in Sicherheit bringen, sehen, dass er nach Hause kam – wie warm ihm bei diesen Worten wurde: *nach Hause* –, und abwarten, ob sein Plan aufgehen würde.

Aber nicht nur der juristische Aspekt machte ihm Sorgen. Die Vorstellung, sie nie wiederzusehen, war herzzerreißend. Jedes Mal, wenn er daran dachte, traf es ihn wie ein Schlag in den Magen. Unwiderrufliches hatte ihm schon immer Angst gemacht, Handlungen, die sich nie wiedergutmachen ließen, ganz gleich, ob er selbst oder jemand anderer die Verantwortung dafür trug.

Mit sechs bekam er einen Goldfisch geschenkt, in einem Glas, das wie ein Football geformt war. Gut einen Monat später hatte er ein paar Tage lang vergessen, ihn zu füttern oder das Wasser zu wechseln oder beides, und der Fisch war gestorben. Eines Morgens entdeckte er ihn, reglos treibend wie ein funkelndes Juwel. Seine Mutter meinte, Goldfische dieser Art seien vielleicht zu empfindlich, wahrscheinlich hätte er sowieso nicht mehr lange gelebt, aber er glaubte ihr nicht. Er *wusste,* es war seine Schuld, auch wenn niemand ihn deswegen ausgeschimpft hatte. Und egal wie leid es ihm tat, es ließ sich nichts mehr daran ändern.

Als er gerade einen Schluck Kaffee trank, fragte ihn ein verschwitzter Mann, ob er sich zu ihm an den Tisch setzen dürfe. Er zuckte zusammen und verschüttete beinahe sein Getränk, nickte aber zum Zeichen, dass der andere Stuhl frei sei. Der Mann bestellte einen Cappuccino und zwei Croissants, über die er sich hermachte, sobald die Kellnerin sie gebracht hatte.

»Ich bin das erste Mal auf diesem Flughafen«, gestand der Mann. Er wischte die Krümel vom Tisch und machte eine ausladende Handbewegung. »Ich finde, die haben das gut hingekriegt, oder?«

Er sprach Französisch mit einem eigenartigen Akzent, rollte das R und verschluckte Konsonanten. Der junge Mann brummte Zustimmung. Er tupfte sich mit einer Serviette die Lippen ab und erkannte plötzlich, dass diese Lippenabtupferei sich in den letzten Tagen zu einer Manie entwickelt hatte, als versuchte er Flecken zu beseitigen, die jemand dort hinterlassen hatte …

»Blut«, sagte der Mann.

»Was?«, platzte er heraus und starrte ihn an.

»Ich glaube, Sie haben einen kleinen Blutfleck auf Ihrer Jacke«, erklärte der Mann. »Ich erkenne das. Ich bin Arzt.«

Der junge Mann versuchte den Fleck zu finden, auf den der andere ihn hingewiesen hatte, aber das ging nicht – er war irgendwo an seiner Schulter, und er hätte die Jacke ausziehen müssen, um ihn sehen zu können.

»Vielleicht habe ich mich beim Rasieren geschnitten«, log er. Plötzlich hatte er einen ganz trockenen Hals, und Schweiß lief ihm den Rücken hinunter.

»Merkwürdig. Ich sehe nichts von einer Schnittwunde in Ihrem Gesicht. Sind Sie Engländer?«

»Nein, Amerikaner. Ich muss los. Großartig, Sie kennengelernt zu haben. Machen Sie's gut.«

Der andere sah ihn verblüfft an und murmelte etwas, aber da war er schon aufgestanden und im Gewühl der Leute verschwunden, die sich vor den Schaufenstern drängten.

Am anderen Ende der Halle waren Toiletten, er ging hinein, betrat eine Kabine und verriegelte die Tür. Vom penetranten Geruch der Klosteine wurde ihm so schlecht, dass er den Espresso nur mit Mühe bei sich behalten konnte. Er nahm seinen Pass aus der Tasche, schlug ihn auf, betrachtete das Foto und versuchte sich sein Gesicht vorzustellen. »Alles in Ordnung«, sagte er sich, »alles ist gut. Nur noch ein, zwei Stunden durchhalten, dann bin ich hier weg. Kein Mensch wird je dahinterkommen.«

Er verließ die Kabine, begutachtete sein Spiegelbild und wusch sich die Hände. Dann sah er den Blutfleck, den der Mann am Tisch bemerkt hatte – groß wie ein kleine Münze. Er zog die Jacke aus, tauchte ein Papierhandtuch in Seifenwasser und begann zu reiben. Langsam nahm das Papier eine schmutzig rosa Farbe an.

Zwei Stunden später ging er zum Schalter, gab seine Reisetasche auf, stieg in die vierte Ebene und marschierte entschlossen zur Passkontrolle. Während er in der Schlange wartete, nahm er ein Papiertuch aus der Tasche und betupfte sich die Lippen. Seine Lippen brannten immer noch, als er dem Zollbeamten seinen Pass durch den Schlitz in der Glasscheibe zuschob.

EINS

New York, New York, vor elf Monaten

»Guten Abend, meine Damen und Herren. Mein Name ist James Cobb, und wie manche von Ihnen wahrscheinlich wissen, forsche ich seit einigen Jahren über veränderte Bewusstseinszustände – insbesondere die Hypnose. Unser heutiges Zusammensein verdanken wir der großzügigen Einladung der J. L. Bridgewater Stiftung, der ich an dieser Stelle noch einmal danken möchte.

Ich habe nicht vor, über mein aktuelles Buch zu sprechen, in dem es um eben dieses Thema geht und das Ihnen hoffentlich eine anregende Lektüre sein wird; vielmehr möchte ich heute davon berichten, auf welchen Wegen ich zu meinen Schlüssen gelangt bin.

Sind Kriminalpolizisten, Gerichtsmediziner oder Staatsanwälte im Publikum? Ich sehe ein paar erhobene Hände. Sicherlich würde jeder von Ihnen tage- und nächtelange Ermittlungen, Hunderte von Arbeitsschritten, endlose Vernehmungen und langwierige Laborarbeiten nur zu gern durch eine einzige Hypnosesitzung ersetzen wollen, in welcher man dem in Trance versetzten Verdächtigen nur die eine Frage zu stellen braucht: Haben Sie es getan?

Aber genau das geht eben nicht. Wir haben keine Garantie, dass Menschen unter Hypnose die ganze Wahrheit und nichts als die Wahrheit sagen, weil wir nicht wissen, ob unter Hypnose zwei wesentliche Aspekte des Kommunikationsprozesses wirklich vollständig ausgeschaltet sind: Verstellung und Fantasie.

Aus denselben Gründen wird der Lügendetektor – der von Ermittlern anfangs als Wunderwerk der Technik begrüßt wurde – vor Gericht nur in manchen Fällen und lediglich als Indizienbeweis akzeptiert, während er in anderen Fällen gar nicht zugelassen wird.

In den achtziger Jahren erregten Psychiater Aufsehen, die von Fällen sogenannten rituellen Missbrauchs durch Anhänger des Satanskults an Kindern berichteten, Missbrauchsfälle, die angeblich im Verlauf von Hypnosesitzungen ans Licht kamen, die man mit mutmaßlichen, inzwischen erwachsenen Opfern veranstaltet hatte. Heute wissen wir, dass damals auf der Grundlage von Einbildungen, die lediglich Folge der Manipulation der Beteiligten durch vorgeblich objektive Psychiater waren, viele Leben zerstört wurden. Die Versuchspersonen schilderten im Trancezustand nicht ihre echten *Erinnerungen,* sondern Dinge, die den Hypnotiseur zufriedenstellen sollten.

Meine Forschung hingegen bestätigt Folgendes: Unter Hypnose ist die Willenskraft eines Menschen dramatisch eingeschränkt, von freiem Willen kann keine Rede sein. Nur deswegen kann ein Mensch im Trancezustand auf Geheiß des Hypnotiseurs Dinge tun, die er normalerweise nicht tun würde.

Lassen Sie mich das an einem einfachen Beispiel erläutern. Beantworten Sie zwei Fragen, eine nach der anderen und möglichst spontan. Okay, sind Sie bereit? Stellen Sie sich vor, Sie sind zu einem internationalen Galadiner in einem feinen Restaurant eingeladen. Um Sie herum herrscht ein Sprachengewirr wie in … genau, wie in Babel. Wer hat Kain erschlagen?

Ihre Antwort lautet *Abel,* dabei wissen Sie sicherlich so gut wie ich, dass es in der Bibel andersherum ist. Kain tötet Abel und flieht nach jenseits von Eden, ins Land Nod. Warum haben Sie falsch geantwortet? Die Erklärung ist nicht ganz so einfach, wie man auf den ersten Blick vielleicht meinen möchte.

Gewiss, die Assoziation *Babel-Abel* liegt auf der Hand. Aber wie konnte ihre Wirkung stark genug sein, Sie von der Ihnen bekannten richtigen Antwort wegzulocken? Vergessen wir nicht, dass *ich* es war, der die Frage gestellt hat, hier oben auf dem Podium, ich, dem Sie ohne Weiteres eine gewisse Fachkompetenz zusprechen. In einer solchen Situation kommt es zu einer *Übertragung der Verantwortung,* einem Phänomen, das bei bewaffneten Konflikten besonders deutlich zutage tritt, wenn Menschenmassen bedingungslos ihrem Führer folgen, auch wenn dessen Befehle den Tod von Tausenden unter ihnen zur Folge haben können. Das Publikum erkennt demjenigen, der hier oben steht, unwillkürlich überragende Fähigkeiten zu und steigert somit die Bereitschaft der Zuhörer, sich beeinflussen zu lassen.

Oder stellen Sie sich vor, Sie sind im amazonischen Regenwald und werden von jemandem zu einer Schutzhütte geführt. Hier übertragen Sie die Verantwortung nahezu vollständig auf den Führer, da Sie sich in einer feindlichen und potenziell gefährlichen Umgebung befinden, Ihr Leben also unmittelbar bedroht ist.

Diese Beispiele sollen illustrieren, welche Vorgänge unter Hypnose ablaufen. Die Verantwortung, die der Proband auf den Psychiater überträgt, ist im Fall eines veränderten Bewusstseinszustands wesentlich größer als in sogenannten normalen Zuständen. Die geistigen Bezirke, durch die der Proband geführt wird, sind ihm absolut fremd; aber er *vermutet*, dass der Psychiater sich damit weit besser auskennt. Und ganz unter uns gesagt, oft genug ist es tatsächlich nicht mehr als das – eine Vermutung.

Als Nächstes stellt sich die Frage nach der Relativität dessen, was wir gemeinhin als *Realität* bezeichnen. Wir ›wissen‹, dass ein Subjekt, ein Objekt, eine Person *real* sind, weil wir mit unseren Sinnesorganen Informationen sammeln, die, nachdem unser Gehirn sie verarbeitet hat, zu diesem Schluss führen. Ja, der Saal, in dem Sie hier sitzen, existiert; die Person, die zu Ihnen spricht, und die Power-Point-Projektion existieren. Alle diese Dinge sind *real,* nicht wahr? Das wissen wir, weil wir sie *sehen, hören* und *fühlen* können. Daher *wissen* wir, dass das, was wir erleben, ›real‹ ist. Aber ein Mensch unter dem Einfluss einer starken Substanz wie zum Beispiel LSD *sieht* und *fühlt* eine vollkommen andere Realität, die auf ihn ebenso überzeugend wirkt wie dieser Vortragssaal jetzt hier auf uns. Schon eine winzige Veränderung in der komplexen Chemie unseres Gehirns macht uns glücklich oder depressiv, äußerst ruhig oder extrem gewalttätig, apathisch oder hektisch, fantasievoll oder stumpfsinnig, unbeschadet unserer Vorgeschichte und aller erworbenen Kenntnisse, auf denen unsere scheinbar soliden Überzeugungen, Meinungen und Verhaltensweisen beruhen.

Dies hat mich zu der Frage geführt: Welche Art von *Realität* beschreibt jemand eigentlich unter Hypnose – die Realität dieses einzigartigen und unwiederholbaren Augenblicks, die sogenannte ›objektive‹ Wirklichkeit? Die vom Hypnotiseur suggerierte ›subjektive‹ Wirklichkeit? Die von lebenslang gesammelten Überzeugungen und Vorstellungen geprägte Wirklichkeit, die wir *transzendent* nennen könnten und die nicht das Ergebnis der üblichen kognitiven Prozesse darstellt? Kommuniziert der Mensch, was er *zu sehen glaubt*, oder nur das, wovon er annimmt, dass sein geistiger *Führer*, der Therapeut, es von ihm hören möchte?

Kommen wir nun zum zweiten Teil der Veranstaltung, in dem ich Fragen aus dem Publikum beantworten werde. Ich habe mit den Organisatoren vereinbart, aus Zeitgründen nur fünf Fragen zuzulassen. Ich hoffe, diejenigen von Ihnen, die eine Frage stellen möchten, haben ihren Namen bereits in die am Eingang ausliegende Liste eingetragen. Zum Abschluss gibt es eine Signierstunde. Danke, dass Sie sich Zeit für mich genommen haben. Es war mir eine Ehre, zu Ihnen sprechen zu dürfen.«

Nach dem Vortrag an diesem Abend hatte ich mich mit meinem Freund Randolph Jackson und meiner Agentin Brenda Reuben zum Essen treffen wollen. Aber Brenda war stark erkältet, und Randolph hatte überraschend erfahren, dass er am nächsten Morgen in Atlantic City sein sollte, und war jetzt schon auf dem Weg zum Flughafen. Ich riet Brenda, nach Hause zu gehen und sich ins Bett zu legen, und ging dann selbst nach draußen.

Ich hielt gerade nach einem Taxi Ausschau, als ein großer schlanker Mann mit militärischer Haltung an mich herantrat. Er mochte in den Sechzigern sein und trug ein Menjoubärtchen wie die Herzensbrecher in den dreißiger Jahren. Er trug einen dunklen Anzug mit dazu passendem Regenmantel und stellte sich als Joshua Fleischer vor.

Nach Signierstunden oder Vorträgen lasse ich mich nur ungern von meinen Zuhörern ansprechen. Nicht selten wird man solche Leute nur schwer wieder los. Manche schicken dann auch noch lange Briefe oder E-Mails mit dem Hinweis hinterher, ich werde ewig in der Hölle schmoren, da würde auch mein ganzes Geld nicht helfen.

Er sagte: »Ich möchte Sie gern zum Essen einladen, Dr. Cobb.«

Wir standen vor der Buchhandlung, der Saum seines offenen Mantels flatterte im Wind. Er hatte ein Exemplar meines Buchs fest unter den Arm geklemmt, als fürchte er, es zu verlieren.

»Danke, aber ich habe schon andere Pläne«, antwortete ich und wandte mich zum Gehen.

Er legte mir sanft eine Hand auf die Schulter.

»Ich nehme an, nach solchen Veranstaltungen werden Sie immer von allen möglichen Spinnern bestürmt, aber ich versichere Ihnen, so einer bin ich nicht. Ich habe allen Grund zu der Annahme, dass das, was ich Ihnen zu sagen habe, Sie sehr interessieren wird. Ich bin mit Ihrer Arbeit vertraut, und ich weiß, wovon ich rede. Ich habe Ihr Buch gleich nach Erscheinen vor einem Monat gelesen und wusste sofort, Sie sind der Mann, den ich suche.«

Ich dankte ihm noch einmal, schlug seine Einladung aber dennoch aus. Er beharrte nicht darauf, blieb jedoch neben mir stehen, bis endlich ein Taxi anzuhalten geruhte.

»Ich schreibe Ihnen eine Mail«, kündigte er an. »Bitte achten Sie darauf, dass sie nicht im Spam-Ordner landet. Es ist wirklich wichtig.«

Während ich einstieg, hörte ich ihn husten. Ein tiefes, krampfhaftes Keuchen, wie ich es nur von Leuten kannte, die an einer schweren Krankheit litten.

Ich dachte nicht mehr an die Begegnung, bis zwei Tage später, an einem Donnerstag, tatsächlich eine Mail von ihm eintraf. Sie lautete wie folgt:

»Lieber James (wenn Sie gestatten),

vielleicht hätte ich einen besseren Weg einschlagen sollen, mich Ihnen zu nähern, aber ich hielt es für das Beste, Ihnen von Angesicht zu Angesicht entgegenzutreten. Ich bin weder aufdringlich noch verrückt. Ich bin kein Schwärmer für Okkultes, Paranormales oder Parallelwelten.

Zunächst einmal sollte ich Ihnen wohl ein wenig von mir erzählen.

Meinen Namen kennen Sie bereits. Wenn Sie es an jenem Abend mitbekommen haben, werden Sie sich erinnern, dass ich Joshua Fleischer heiße. In New York City geboren, schloss ich 1976 mein Anglistikstudium in Princeton ab; Anfang der Achtziger machte ich ein Vermögen an der Börse. 1999, nach einem tragischen Unfall, hatte ich das Großstadtleben satt, zog nach Maine und erwarb ein Haus in der Nähe eines schönen Naturschutzgebiets. Geheiratet habe ich nie. Ich habe weder Kinder noch andere nahe Angehörige, meine Eltern starben, als ich achtzehn war. In upstate New York habe ich ein paar entfernte Verwandte mütterlicherseits, aber es dürfte gut dreißig Jahre her sein, dass wir das letzte Mal miteinander telefoniert haben.

Ich hoffe, Sie halten mich jetzt nicht für einen Einzelgänger und Misanthropen, einen Troglodyten, der sich hinter seinem Geld und dem Einfluss versteckt, den es mit sich bringt. Ich versichere Ihnen, ich führe ein äußerst aktives gesellschaftliches Leben. Geheiratet habe ich nur deswegen nie, weil ich Angst hatte, früher oder später den furchtbaren Schmerz zu erleben, die geliebte Frau zu Grabe tragen und dann allein weiterleben zu müssen oder, noch schlimmer, umgekehrt ihr dieses Leid anzutun. Vielleicht mache ich es mir unnötig kompliziert, oder ich habe einfach nie die Richtige kennengelernt, eine Frau, die mich glauben lässt, dass wir uns nach dem Tod wiedersehen. Es hat ein paar Frauen in meinem Leben gegeben, und einige von ihnen haben mir sehr viel bedeutet. Aber niemals so viel, dass ich von ›Liebe‹ sprechen würde, von einer vielleicht abgesehen, aber das ist sehr lange her. Wenn Sie meinen Vorschlag annehmen, werde ich Ihnen zu gegebener Zeit von ihr erzählen.

Aber weiter ... Ich bin im Vorstand von über einem Dutzend Stiftungen und Wohltätigkeitsorganisationen. Eine Zeitlang habe ich an einer Schule für benachteiligte Kinder in Bangor Englisch unterrichtet. Zudem habe ich in Mineral County, wo ich lebe, ehrenamtlich an einem Haushaltshilfeprogramm für Bedürftige mitgewirkt. Ich hatte niemals Zeit, mich zu langweilen oder mir allzu viele Fragen zu stellen.

Vor zwei Jahren wurde bei mir eine aggressive Form von Leukämie diagnostiziert. Man sagte mir, es könnte genetisch bedingt sein – mein Großvater väterlicherseits ist an derselben Krankheit gestorben. Ich klage nicht und wälze mich nicht in Selbstmitleid. Ich habe alles getan, was die Ärzte mir empfohlen haben, und alle ihre Rechnungen bezahlt, aber vor drei Monaten teilten sie mir mit, ich hätte den Kampf verloren, sie könnten nicht mehr viel für mich tun. Immerhin hat die Medizin ihre Arbeit getan und mir zu einem zusätzlichen Jahr verholfen.

Ich habe keine Angst vor dem, was mich erwartet, und es spielt auch keine Rolle, ob es morgen oder in zehn Jahren eintritt, solange mein Tod niemandem Leid zufügt.

Eins aber bleibt mir noch zu tun. Dabei geht es um Leben und Tod, auch wenn diese Redewendung angesichts meiner Lage absurd klingen mag. Jedenfalls bin ich überzeugt, dass Sie, James, mir dabei helfen können.

Worum es geht, kann ich Ihnen nur unter vier Augen sagen, und das ist der Grund, warum ich neulich hoffte, mit Ihnen sprechen zu können. Doch ich wollte nicht aufdringlich sein und mir womöglich die Chance verderben, dass Sie auf meinen Vorschlag eingehen könnten. Ich denke aber auch, mein Fall müsste Ihrem wissenschaftlichen Interesse an veränderten Bewusstseinszuständen entgegenkommen.

Wenn Sie einverstanden sind, lade ich Sie für ein paar Tage hier zu mir nach Maine ein. Mein Anwalt heißt Richard Orrin, die Kontaktdaten finden Sie weiter unten. Er wird Sie über die praktischen Einzelheiten informieren.

Jeder Tag ist kostbar, James. Meine einzige Hoffnung ist, dass Sie rasch zu einer Entscheidung kommen und dass diese Ihre Entscheidung positiv sein wird.

Hochachtungsvoll und mit besten Wünschen

Ihr

Josh«

Darunter standen noch Telefonnummer und Adresse seines Anwalts.

Ich dachte den ganzen Abend über Fleischers Schreiben nach.

Der Brief war flüssig und verständlich geschrieben. Eine Onlinerecherche bestätigte, was er von sich erzählt hatte. Fleischer war in dem County, wo er wohnte, ein echter Förderer der Künste, und die örtlichen Zeitungen waren voll des Lobs über seine Aktivitäten. Er verhalf mittellosen Schülern zum Studium und misshandelten Frauen zu einem neuen Leben, er engagierte sich für die Resozialisierung von ehemaligen Sträflingen und für die bestmögliche Betreuung und Erziehung behinderter Kinder. Er war eine geradezu legendäre Gestalt, Heiliger und Guru in einem. Die »furchtbare Krankheit«, die jetzt an seinen Kräften zehrte, wurde von den Lokalreportern diskret und voller Mitgefühl angesprochen.

Demnach schien alles wahr zu sein, was er mir geschrieben hatte. Und ein Mann, der sein Leben der Sorge für andere widmete, hatte seinerseits eine helfende Hand verdient.

Mit dem Erscheinen meines Buchs war die finanzielle Unterstützung durch die J. L. Bridgewater Stiftung ausgelaufen, und ich fand, eine Pause würde mir guttun.

In den letzten Monaten hatte ich eine Beziehung mit einer Kollegin gehabt, Mina Waters; wir hatten uns jedoch vor zwei Monaten getrennt. Wir waren beide alt genug, uns keine Illusionen zu machen, und es war klar, dass etwas zwischen uns nicht stimmte. Manchmal fehlte sie mir noch, aber offenbar nicht so sehr, dass ich unsere Abmachung gebrochen und sie angerufen hätte.

Zeit hatte ich also reichlich, selbst wenn die wenigen Tage, die Joshua Fleischer veranschlagt hatte, sich zu einem längeren Aufenthalt entwickeln sollten. Ich war mir fast sicher, dass mein Besuch auf Therapiesitzungen hinauslaufen würde, eine Art Vorbereitung auf den Tod eines Mannes, der seinem eigenen Bekunden nach nicht an Gott oder ein Leben nach dem Tod glaubte und daher in der Religion keinen Trost finden konnte. Umso höher schätzte ich seine philanthropische Haltung. Wohltätigkeit, die allein aus dem Glauben kommt, habe ich immer mit Misstrauen betrachtet: Sie entsprach der Philanthropie derer, die Schecks für Stiftungen ebenso pflichtschuldig unterschreiben wie ihre Steuererklärung oder die Geld für die Armen spenden, aber nicht aus Nächstenliebe, sondern als Opfer an eine Gottheit, die sie fürchten.

ZWEI

Orrins Kanzlei war in der East 31st Street, in einem alten Brownstonehaus, in dem, soweit ich das beurteilen konnte, eine Reihe gutgehender Unternehmen ihren Sitz hatte.

Ein Mitarbeiter empfing mich in der Eingangshalle und brachte mich in die dritte Etage, die vollständig von Orrin, Murdoch & Co. eingenommen wurde. Als die Uhr im Wartezimmer zehn schlug, wurde ich in ein Büro mit Edelholzboden und ledergepolsterten Wänden geführt. Orrin stand auf und gab mir die Hand. Er war in den Fünfzigern, von stattlicher Größe und hatte kein einziges Haar auf dem Kopf. An der Wand hinter seinem riesigen Schreibtisch hingen gerahmte Diplome, in einer Glasvitrine waren etliche Golftrophäen ausgestellt.

Alles sah genau so aus, wie man es erwarten würde, und versetzte meinen Erwartungen einen Dämpfer. Hatte ich doch aus Joshua Fleischers Mail auf Rätsel und Geheimnisse geschlossen, die es zu lösen galt.

Orrin wies den Mitarbeiter an, uns eine halbe Stunde lang ungestört zu lassen, und ließ mich somit indirekt wissen, wie lange unser Gespräch dauern sollte. Er fragte, ob ich etwas trinken wolle, ich lehnte ab, und wir nahmen auf zwei Sesseln an einem Couchtisch Platz.

»Meiner Kenntnis nach haben Sie Mr. Fleischers Angebot angenommen«, begann er, wobei er mich sorgfältig musterte.

»Nun, im Prinzip ja«, sagte ich, »aber da ich noch nicht weiß, worum es sich handelt, erhoffe ich von Ihnen Aufklärung, bevor ich mich endgültig entscheide.«

Seine Mundwinkel bewegten sich kaum merklich nach unten.

»Leider, Dr. Cobb, kann ich Ihnen keinerlei weitere Einzelheiten über das hinaus mitteilen, was Sie bereits mit Mr. Fleischer besprochen haben. Ich habe Mr. Fleischer lediglich juristisch abzusichern, das heißt, dafür zu sorgen, dass keinerlei Informationen über ihn oder Dritte, mit denen Sie in der Zeit, die Sie bei ihm verbringen, in Kontakt kommen könnten, in irgendeiner Form publik gemacht werden. Einfach gesagt, es geht um eine Vertraulichkeitsvereinbarung. Ich soll das für ihn erledigen, weil ich meinen Sitz in New York habe und er das erledigt wissen wollte, bevor Sie nach Maine aufbrechen. Ich kenne Mr. Fleischer seit über zehn Jahren.«

»In meinem Beruf gibt es strenge ethische Richtlinien, wie Sie sicher wissen«, sagte ich. »Ohne Zustimmung des Klienten ist es mir nicht erlaubt, Dinge, die ich im Verlauf einer Therapie erfahre, zu veröffentlichen oder anderweitig Gebrauch davon zu machen, es sei denn auf richterliche Anordnung.«

»Das ist mir natürlich bekannt, aber wir wissen ja nicht einmal, ob es um eine Therapie gehen wird.«

Er schlug eine elegante Ledermappe auf und entnahm

ihr einen Vertrag, dessen einzelne Blätter von einer Büroklammer zusammengehalten wurden.

»Wir arbeiten umweltschonend und stellen alle unsere Verträge elektronisch aus«, sagte er. »Sie erhalten Ihr Exemplar noch heute per E-Mail. In diesem ersten Vertrag geht es um die ›ärztlichen Leistungen‹, die Sie für Mr. Fleischer erbringen werden. Ich fürchte, das klingt wenig präzise, aber so hat er es formuliert.«

Er reichte mir die Blätter, und ich las sie sorgfältig durch. Demnach sollte ich innerhalb einer bestimmten Zeit – sechs Tage – ›ärztliche Dienstleistungen‹ nicht genauer definierter Art erbringen. Mr. Joshua Fleischer seinerseits verpflichtete sich, mir einen Vorschuss im höheren fünfstelligen Bereich zu zahlen. Der Betrag überstieg das, was ich normalerweise berechnete, um einiges, und das sagte ich seinem Anwalt auch.

Er zuckte die Schultern. »Die Höhe des Honorars ist Mr. Fleischers Sache, ich habe das nicht zu kommentieren. Wenn Sie glauben, Ihre Dienste sind das Geld wert, um so besser für Sie. Und das hier ist die Vertraulichkeitsvereinbarung.«

Er reichte mir den zweiten Vertrag, und der war wesentlich komplizierter als der erste. Demnach durfte nichts, nicht einmal das kleinste Detail dessen, was ich während der im ersten Vertrag genannten zu erbringenden ärztlichen Dienstleistungen möglicherweise zu hören bekam, jemals an die Öffentlichkeit kommen.

In einer besonderen Klausel war jedoch festgelegt, dass ich Einzelheiten, die mir wissenschaftlich von Bedeutung schienen, in künftigen Arbeiten verwenden dürfe, vorausgesetzt, dass ich die Namen der Beteiligten ändere und ihre wahre Identität niemals enthüllen werde.

Das alles schien mir durchaus vernünftig und mit meinem Berufsethos vereinbar, weshalb ich kein Bedenken trug, darin einzuwilligen.

»Da wird sich Mr. Fleischer freuen«, sagte Orrin, während er die Verträge in die Mappe zurücklegte. »Jetzt noch ein paar Kleinigkeiten: Ich brauche das Konto, auf das Ihr Honorar überwiesen werden soll – ich kümmere mich darum – und die Mail-Adresse, an die Sie die Verträge zur elektronischen Unterzeichnung geschickt haben wollen.«

Ich gab ihm meine Karte und nannte ihm die Bankverbindung. Damit hielt ich unser Gespräch für beendet, aber da Orrin nicht aufstand, blieb ich sitzen. Er strich mit den Fingern über die Mappe mit den Verträgen, starrte ins Leere und schien konzentriert über etwas nachzudenken. Am rechten Handgelenk trug er ein Kupferarmband, wie man es gegen rheumatische Schmerzen verwendet.

»Wie ich bereits erwähnte, habe ich Mr. Fleischer vor zehn Jahren kennengelernt«, sagte er schließlich, »und in dieser ganzen Zeit hat er mich immer wieder mit seiner enormen Güte in Erstaunen versetzt. Es gab Leute, die ihn ausgenutzt haben, Leute, denen er geholfen hat und die ihn dann enttäuscht haben. Dennoch hat er offenbar niemals auch nur eine Sekunde lang bereut, was er getan hat und wie er sich sein Leben eingerichtet hat. Und jetzt bin ich froh, ihm diesen Dienst erweisen zu können, der in Anbetracht seines Gesundheitszustands wahrscheinlich der letzte sein wird.«

Ich enthielt mich eines Kommentars und ließ ihn fortfahren.

»Ich weiß, Sie sind eine Koryphäe auf Ihrem Gebiet und stehen bei Ihren Kollegen in hohem Ansehen, aber ich möchte nicht verhehlen, dass ich ein wenig recherchiert habe, nachdem Mr. Fleischer mich vor zwei Wochen von seinen Absichten informiert hatte.«

Das Gefühl, dass einem jemand nachspioniert, ist nicht sehr angenehm, aber ich hatte nichts zu verbergen und sagte ihm das auch. Er nickte und meinte: »Mir ist jedoch etwas aufgefallen, das mich stutzig machte, und dies umso mehr, als es von der Presse mit äußerster Diskretion behandelt wurde, um es mal positiv auszudrücken.«

Ich wusste, worauf er anspielte, schwieg aber.

»Vor drei Jahren, im Frühling, um genau zu sein, hat eine Ihrer Patientinnen, Miss Julie Mitchell, in ihrer Wohnung in Brooklyn Selbstmord begangen.«

»Das war am Abend des 23. April«, sagte ich. »Die Patientin war fünf Jahre zuvor als manisch-depressiv diagnostiziert worden und hatte bereits drei Selbstmordversuche hinter sich, als sie zu mir in Therapie kam. Einen dieser Versuche hatte sie nur um Haaresbreite überlebt.«

»Die Eltern dieser Frau haben Sie jedoch wegen ärztlicher Behandlungsfehler angezeigt«, hielt er mir vor.

»Für die Eltern war es ein sehr harter Schlag. Sie hatten jahrelang in einem Albtraum gelebt und fielen jetzt einem skrupellosen Anwalt zum Opfer – verzeihen Sie den Ausdruck. Der Staatsanwalt stellte das Verfahren ein. So etwas ist furchtbar, aber es passiert nun mal. Als Therapeut muss man in manchen Fällen mit der Möglichkeit eines solchen Ausgangs rechnen. Ich habe jahrelange klinische Erfahrung, Mr. Orrin. Ich habe nicht einfach nach dem Studium eine Praxis an der Upper East Side eröffnet, um dann mit der Pfeife im Mund reiche junge Witwen zu behandeln. Ich stamme aus einer Kleinstadt in Kansas, aus einer Arbeiterfamilie. Worauf wollen Sie hinaus?«

»Ich wollte Ihnen nicht zu nahe treten«, versicherte er. »Aber ein Fragezeichen bleibt eben, und ...«

»Das Leben aller Menschen ist voller Fragezeichen«, sagte ich. »Eben weil wir Menschen sind und keine Roboter.«

»Wie auch immer, ich sehe, ich habe Sie doch in Verlegenheit gebracht.«

»Überschätzen Sie sich nicht. Davon kann keine Rede sein. Für mich sieht es so aus, als haben Sie Mr. Fleischer von diesem einen tragischen Ereignis berichtet, um ihn von seinen Plänen hinsichtlich dieses Vertrags abzubringen.«

Ein Anflug von Ärger blitzte in seinen Augen auf.

»Ich habe die Pflicht, meinen Klienten über denjenigen aufzuklären, mit dem er einen Vertrag abzuschließen gedenkt«, sagte er. »Und ich bin mir nicht sicher, ob der Ausdruck ›Ereignis‹ hier wirklich angemessen ist, schließlich hat dabei eine junge Frau ihr Leben verloren. Außerdem waren die Dinge nach den mir vorliegenden Informationen etwas komplizierter als Sie sie darstellen. Was mich betrifft, steht nicht einmal fest, ob Miss Mitchell Selbstmord begangen hat, Dr. Cobb. Der Staatsanwalt hat in der Sache ermittelt, und Sie wurden im Rahmen einer Expertenanhörung befragt. Und zweimal von der Polizei.«

»Das entsprach der unter diesen Umständen üblichen Vorgehensweise. Miss Mitchell war einige Monate zuvor bei ihren Eltern ausgezogen, lebte also allein, und es gab keine Zeugen. Im Unterschied zu ihren früheren Versuchen hatte sie diesmal keinen Abschiedsbrief hinterlassen. Dennoch kam man letztlich zu dem Schluss, dass sie eine Überdosis Schlaftabletten genommen hatte und an dem daraus resultierenden Herzstillstand gestorben war. Der Vorwurf ärztlicher Behandlungsfehler wurde nach der Expertenanhörung fallen gelassen, und die Polizei empfahl den Vertretern der Anklage, das Verfahren einzustellen, und das haben sie getan. Sonst noch etwas?«

»Ich habe gelesen, dass die Konzentration der Substanz in ihrem Blut dem Doppelten der tödlichen Dosis entsprach, aber nichts davon in ihrem Magen gefunden wurde, was darauf hindeutet, dass ihr das Mittel injiziert worden sein dürfte.«

»Die zweite Obduktion hat das aufgeklärt: Bei der ersten war man schlicht und einfach nicht sorgfältig genug gewesen.«

»Sie reden wie ein gefühlloser Zyniker«, sagte er und umklammerte die Mappe auf dem Tisch, als fürchte er, ich könnte sie ihm entreißen.

Ich stand auf, er tat rasch desgleichen.

»Ich warte also auf die Verträge«, sagte ich. »Aber Sie können sie als so gut wie unterzeichnet betrachten.«

Ich verzichtete darauf, mich hinausbegleiten zu lassen. Er brummte mir etwas nach, das ich jedoch nicht mitbekam.

Zwei Stunden später traf die E-Mail mit den Verträgen ein. Ich unterzeichnete und schickte sie zurück. Am Abend rief Fleischer an und bedankte sich für meine Einwilligung in die Vertragsbedingungen.

»Ich hatte den Eindruck, dass Ihr Anwalt mir das ausreden wollte«, sagte ich. Er antwortete seufzend: »Ja, Dr. Cobb, anscheinend sind wohlhabende Menschen am Ende nur noch von Jasagern oder Idioten oder beidem umgeben. Wie das kommt, weiß ich nicht, aber so erlebe ich es immer wieder. Richard hat sich in den vergangenen Jahren bemüht, mehr zu sein als nur mein Anwalt, eher mein Vertrauter oder Ratgeber oder wie Sie das nennen wollen. Und jetzt ärgert es ihn, dass ich ihn im Unklaren darüber gelassen habe, was ich von Ihnen will. Von dieser Geschichte wusste ich nichts. Darf ich James zu Ihnen sagen?«

»Ja, bitte.«

»Danke, nennen Sie mich Josh. Also dann, James, wie wollen Sie anreisen, mit Auto oder Flugzeug?«

»Mit dem Auto. Wenn ich früh morgens losfahre, könnte ich unterwegs irgendwo zu Mittag essen und gegen Abend bei Ihnen eintreffen.«

»Nehmen Sie die I-91 und die I-84, auf keinen Fall die Route 1 an der Küste entlang. Zu viel Verkehr, und zu sehen gibt es sowieso nicht viel. Essen können Sie in Portland, nicht weit vom Highway gibt es ein Restaurant, Susan's Fish & Chips. Probieren Sie den Hummer. Wann wollen Sie los?«

»Morgen. Das heißt, Mittwochabend komme ich an.«

»Haben Sie irgendwelche besonderen Wünsche für Ihren Aufenthalt, zum Beispiel was das Essen betrifft?«

»Sie brauchen sich keine Umstände zu machen«, versicherte ich ihm. »Danke. Aber ich sollte Sie darauf hinweisen, dass die im Vertrag festgesetzte Summe viel zu hoch ist, Josh.«

»Darüber hat sich noch nie jemand beklagt«, lachte er. »Die Einzelheiten besprechen wir, wenn Sie hier sind. Ich halte den Betrag für angemessen. Wenn er Ihnen zu hoch ist, spenden Sie doch einfach einen Teil.«

»Wie geht es Ihnen jetzt?«

»Ich nehme nur noch leichte Schmerzmittel, sonst nichts. Die Schmerzen halten sich zum Glück in Grenzen, weshalb ich nur selten etwas nehme und vollkommen klar im Kopf bin. Die letzte Zytostatikabehandlung hatte ich vor einem Monat. Übrigens habe ich mit den Ärzten vereinbart, dass es meine letzte gewesen sein soll. Auf jeden Fall bin ich zuversichtlich, dass meine Kräfte für das, was ich vorhabe, reichen werden. Ihre Bereitschaft, für mich zu arbeiten, hat mir neuen Auftrieb gegeben.«

»Ich helfe gern.«

»Wir sehen uns am Mittwoch. Gute Fahrt, James. Und danke, dass Sie kommen wollen.«

Bevor ich zu Bett ging, dachte ich an Julie.

Sie war achtundzwanzig, als ich sie kennenlernte, und wahrscheinlich die schönste Frau, die ich jemals gesehen hatte. Wir begannen ihre Therapie im Februar, und im nächsten Juni nahm sie sich das Leben.

Bei ihren drei früheren Selbstmordversuchen hatte sie zweimal Schlaftabletten geschluckt und sich einmal die Pulsadern aufgeschnitten. Allgemein wird angenommen, dass Selbstmörder ihre Vorgehensweise selten ändern. Bei Versuchen handelt es sich entweder um Probeläufe für den großen Schlaf oder um Hilfeschreie; soll heißen, die zur Selbsttötung entschlossene Person ist einsam und unglücklich und möchte auf sich aufmerksam machen, bevor es zu spät ist.

Aber Julie war kein typischer Fall. Bis ganz zum Schluss war ich skeptisch, was die bei ihr diagnostizierte bipolare Störung betraf. An manchen Tagen wirkte sie so ausgeglichen wie nur irgendwer, stellte ohne weiteres verbalen Kontakt her und hatte sogar Freude daran, mir von sich zu erzählen. Sie war keine Einzelgängerin, hatte Anthropologie an der Columbia studiert und später in Cornell promoviert. Dann hatte sie als Werbetexterin für eine große Agentur gearbeitet, wo sie viel Geld verdiente und sehr beliebt war. Sie war selten missgestimmt, und selbst wenn sie einmal traurig war, konnte sie mir das erklären und eine rationale Begründung dafür geben.

Ihre richtigen Eltern hatte sie nie kennengelernt. Erst an ihrem achtzehnten Geburtstag erfuhr sie von ihren Adoptiveltern, die sie bis dahin für ihre biologischen Eltern gehalten hatte, dass sie im Alter von einem Jahr adoptiert worden war. Darüber hinaus verweigerten die beiden jede weitere Information, angeblich weil das Waisenhaus, aus dem sie Julie geholt hatten, ihnen auch nichts Näheres habe sagen dürfen. Doch sie nannten ihr nicht mal den Namen der Einrichtung.

Im zweiten Studienjahr hatte sie genug Geld gespart, einen guten Privatdetektiv anzuheuern, aber auch der fand nichts heraus, sondern tischte ihr nur alle möglichen Lügen auf, um den Geldfluss am Laufen zu halten. Sie hatte nicht die geringste Spur, keinen Namen, keine Adresse, nichts. Wenn ihre Eltern nicht zu Hause waren – die Wohnung lag irgendwo in Brooklyn Heights –, suchte sie dort nach Hinweisen, aber das Wunder blieb aus – sie fand nichts, was sie in die richtige Richtung hätten weisen können. Sie bekam sogar die Kombination des Safes heraus, den ihr Vater unter seinem Schreibtisch hatte, aber auch dort fand sie nichts außer Immobilienverträgen, Aktien und Schmuck.

Das war, erzählte sie mir, der Anlass für ihren zweiten Selbstmordversuch. Ihre Mutter litt an Schlaflosigkeit, und der Arzt hatte ihr starke Schlaftabletten verschrieben, die sie arglos im Medizinschrank des Badezimmers aufbewahrte. Julie schüttete die Tabletten in einen Becher, goss Milch dazu und trank das Gemisch. Dann ging sie in ihr Zimmer und kroch ins Bett. Ihre Eltern schlugen erst am nächsten Morgen Alarm, als sie feststellten, dass sie nicht aufgestanden war. Als sie nach ihr sehen wollten, war sie nicht ansprechbar und hatte weißen Schaum um den Mund.

Sie musste zur Therapie – »ein Albtraum«, sagte sie –, und die Diagnose war viel zu heftig für das, was womöglich nur eine vorübergehende postadoleszente Krise gewesen war. Dazu kam das Mitleid aller, die sie kannten, ein Mitleid, das sie erstickte »wie eine Zwangsjacke«, wie sie es ausdrückte. Sie spürte die neugierigen Blicke, die sich in ihren Rücken bohrten, die leicht beunruhigte Höflichkeit ihrer Kollegen und die nervösen Hätscheleien ihrer zunehmend verzweifelten Eltern.

»Warum haben Sie das getan, was glauben Sie?«, fragte ich sie. »Ich meine, warum haben Sie die Schlaftabletten genommen? Immerhin achtundzwanzig Stück, mehr als genug, Sie ins Jenseits zu befördern, falls Sie irgendwelche Probleme mit Herz oder Lunge hätten. Das war nicht einfach ein Hilfeschrei. Sie haben russisches Roulette gespielt, Julie.«

»Sollen Sie nicht genau das herausfinden?«, fragte sie mit ihrem typischen Lächeln, das meine Praxis jedes Mal zum Leuchten brachte. »Bin ich deswegen nicht hier?«

»Sie haben recht. Aber ich möchte wissen, was *Sie* denken.«

»*Ich möchte* ist keine Antwort«, sagte sie. »Sie werden mir erklären müssen, *warum* Sie das wissen möchten. Sie sind mein Therapeut, nicht mein Vorgesetzter.«

Und während ich da auf meiner Couch im Wohnzimmer lag, als einzige Lichtquelle der stummgeschaltete Fernseher, begann ich zu ahnen, dass der Ort, zu dem ich am nächsten Tag fahren würde, etwas Dunkles und Böses barg, wie ein feuchter Keller voller altem Gerümpel und schauriger Geheimnisse.

DREI

Frühmorgens brach ich auf und war schon eine halbe Stunde später auf der I-91 Richtung Maine. Das Wetter war gut und der Verkehr nicht so schlimm wie erwartet. Ich wechselte auf die I-84 und dann auf die I-90. Am frühen Nachmittag, bereits kurz vor Portland, zogen Wolken auf, und bald goss es wie aus Eimern. Die Scheinwerfer der entgegenkommenden Autos schwammen wie gelbe Kugeln in einem Bach.

Hunger hatte ich nicht, also verzichtete ich auf das Essen und fuhr auf der I-95 weiter nach Freeport. An einer Tankstelle machte ich Halt, tankte, trank einen Kaffee und erkundigte mich bei einigen Einheimischen nach Wolfe's Creek, der Gegend, wo Fleischer seinen Wohnsitz hatte.

Eine unbefestigte Straße schlängelte sich vom Highway weg durch einen Kiefernwald bis zu einem großen schmiedeeisernen Tor. Ich öffnete das Fenster und drückte die Ruftaste an der Gegensprechanlage; zwei Überwachungskameras starrten mich an. Nach wenigen Sekunden schwang das Tor langsam auf, und ich fuhr auf einen weiträumigen Hof, den ein gepflasterter Weg in zwei Hälften teilte. Zur Linken befand sich ein Tennisplatz, das Netz eingerollt; zur Rechten eine Gartenlaube und ein leerer Swimmingpool.

Die zweigeschossige Villa war im Kolonialstil gebaut, die Fassade halb mit Efeu überwachsen. Josh und ein etwa gleichaltriger Mann saßen auf der Veranda. Ich stieg aus, ging die Stufen hinauf, und wir schüttelten uns die Hand.

»Walter wird Ihr Gepäck auf Ihr Zimmer bringen«, sagte Josh. Ich sah auf den ersten Blick, dass seine Krankheit, jetzt nicht mehr behandelt, ihm bereits schwer zusetzte. »Freut mich sehr, Sie hier zu sehen, James. Danke, dass Sie gekommen sind.«

Wir gingen ins Haus, während Walter sich ans Steuer meines Wagens setzte.

Durch einen Flur, der als einzige Dekoration einen riesigen ausgestopften Bisonkopf aufwies, gelangten wir in ein auf zwei Ebenen angelegtes Wohnzimmer. Über den massiven Eichenboden waren diverse handgewebte Teppiche mit indianischen Motiven verteilt. Auf der unteren Ebene standen Sofas, Sessel und Couchtische. Die obere Ebene ging in eine Küche über, mit einem Arbeitstisch in der Mitte und einer großen Glastür zum Garten. Hier und da waren Kunstwerke aufgestellt, hauptsächlich indianische Artefakte, aber nichts davon wirkte angeberhaft oder übertrieben. Josh bedeutete mir, auf einem Sofa Platz zu nehmen, er selbst ließ sich in einem Sessel daneben nieder.

Ein Butler erschien und fragte mich, was ich trinken wolle. Ich entschied mich für einen Gin Tonic, mein Gastgeber bat um einen Manhattan.

»Wie war die Fahrt?«, fragte er. »Ich hoffe, das Restaurant, das ich Ihnen empfohlen habe, hat Ihnen gefallen?«

»Der Verkehr war nicht so schlimm, wie ich dachte, aber

ich bin langsam gefahren und habe deshalb keine Pause zum Essen eingelegt.«

»Umso besser – ich habe ein ausgezeichnetes Abendessen vorbereiten lassen. Ich habe selten Appetit, aber wenn doch, so wie heute, komme ich mir vor wie eine Schwangere. Heute früh empfand ich ein heftiges Verlangen nach Lammbraten mit Rosmarin, und ich bin mir sicher, dass Mandy uns eine erstklassige Mahlzeit zubereitet hat.«

»Wie viele Personen wohnen hier?«, fragte ich, als unsere Drinks gebracht wurden.

»Zurzeit fünf«, antwortete er und prostete mir mit einer leichten Neigung seines langstieligen Glases zu, »so viel Personal, wie ich brauche. Früher waren es vier, aber vor zwei Wochen bin ich dem Rat meines Arztes gefolgt und habe eine Vollzeit-Pflegerin eingestellt, nur für alle Fälle. Die anderen sind alle schon recht lange hier beschäftigt. Ich wähle meine Angestellten sorgfältig aus und bezahle sie gut, und so bleiben sie bei mir, was mir entgegenkommt. Ich mag keine Konflikte und stelle keine übertriebenen Ansprüche.«

Sein Tonfall, seine Gesten, sein Blick strahlten eine natürliche Würde aus, wie man sie gewöhnlich mit altem Geldadel, Eliteuniversitäten und einem von Alltagsproblemen ungestörten Leben in Verbindung bringt.

Während der Mahlzeit sprachen wir über alles Mögliche, nur nicht über den Grund meiner Anwesenheit. Er hatte geschliffene Manieren, wechselte im Gespräch spielerisch von einem Thema zum anderen, ohne dabei langweilig oder selbstgefällig zu werden oder groß Eindruck schinden zu wollen. Das Essen war in der Tat fantastisch und der Wein von erster Güte.

Beim Kaffee dankte er mir noch einmal für meine Bereitschaft, ihn zu besuchen.

»Ihr Brief hat mich neugierig gemacht«, gestand ich. »Und Dinge, die mich neugierig machen, ziehen mich naturgemäß an.«

»Nun, so kompliziert ist das alles gar nicht, James«, sagte er. »Ich bin ein sterbender alter Mann, der nur noch die Hoffnung hegt, seine Krankheit möge ihm nicht die letzten Reste seiner Würde nehmen, bevor sie ihn dahinrafft, und der des Weiteren hofft, nach seinem Tod nichts Unerledigtes zu hinterlassen. Ich bin erst vierundsechzig und hätte noch zwei oder drei Jahrzehnte lang leben können, aber … Ich glaube an das Schicksal und denke, nichts geschieht ohne Grund, auch wenn wir den manchmal nicht zu erkennen vermögen. Das Leben hat es ziemlich gut mit mir gemeint, nur …« Er hielt inne und erschauderte leicht, als sei ihm plötzlich kalt. »Reden wir doch ein bisschen von Ihnen. Warum sind Sie nicht verheiratet, James?«

»Ich bin fünfunddreißig, da bleibt mir noch viel Zeit. Mein Großvater hat mit einundzwanzig geheiratet, und Dad war siebenundzwanzig, als meine Mutter ihm das Jawort gab. Heute ist es anscheinend anders. Fast alle meine Bekannten sind entweder ledig oder geschieden.«

»Sie sagten ›Bekannte‹, nicht ›Freunde‹«, bemerkte er.

»Das ist nur so eine Redensart.«

»Ich glaube, es ist mehr als eine Redensart. Ich kenne Sie besser, als Sie denken, James. Eben deshalb habe ich mich unter all den anderen Psychologen und Psychiatern auf der Welt ausgerechnet für Sie entschieden«, sagte er. »Zur Verblüffung von Richard Orrin«, fügte er lächelnd hinzu.

Nach dem Essen führte Walter mich zu den Räumen, die ich beziehen sollte. Sie lagen im ersten Stock und umfassten ein kleines Wohnzimmer, ein Schlafzimmer und ein Bad. Alles war mit demselben guten Geschmack eingerichtet. Ich duschte und ging zu Bett, nachdem ich mir vorher einen Paperback-Krimi auf den Nachttisch gelegt hatte. Aber mir war nicht nach Lesen zumute, und so löschte ich das Licht. Die Stille kam mir ganz unwirklich vor. Das Einzige, was durch die Doppelfenster drang, waren die leisen Schreie von Nachtvögeln.

Josh war mir von Anfang an sympathisch. Er war weder grob noch überheblich und kam mir nicht mit Ratschlägen oder aufdringlichen Schilderungen seiner Erfolgsgeschichte. Er zeigte nichts von jenem vorwurfsvollen Gebaren vieler chronisch Kranker, die einem das Gefühl vermitteln, man sei irgendwie schuld an ihrem Leid, ein Rädchen im Getriebe des Universums, das gegen sie in Bewegung gesetzt worden sei.

Zugleich aber kam er mir vor wie der einsamste Mensch der Welt.

Er lebte inmitten seines Reichtums wie ein unbehaglicher Untermieter, der das alles zwar recht angenehm fand, aber wusste, dass es ihm eigentlich nicht gehörte. Seinem Personal gegenüber war er außerordentlich höflich, doch eben diese Höflichkeit errichtete zwischen ihm und den anderen eine Mauer, die schwerer zu überwinden war, als wäre er ungehobelt oder arrogant gewesen. Jede Geste, jedes Wort, jeder Blick schien einstudiert, sodass man sich fragte, ob man nicht ihn selbst, sondern nur eine im Lauf der Zeit sorgfältig gestaltete Maske sah, hinter der jemand ganz anderer steckte.

Irgendwann verließ ich das Bett, ging zum Fenster und schob den Vorhang beiseite. Der Himmel war voller Sterne, dazwischen wie vergessen ein silberner Mond. Die dunklen Wipfel der Bäume standen als stumme, rätselhafte Wächter regungslos auf ihrem ewigen Posten.

In dieser Nacht träumte ich von Julie.

Wir saßen an einem Tisch in der Sonne, in einem Gartencafé. Sie trug ein weißes Kleid und eine dunkle Brille, die ihr ein geheimnisvolles Aussehen verlieh. Über den Tisch hinweg ergriff sie meine Hand. Ein ungeheures Glücksgefühl durchströmte meinen ganzen Körper, stärker als der stärkste Orgasmus. »Du musst vergessen«, sagte sie, und ich antwortete, das sei nicht wahr. »Ich verrate dir ein Geheimnis«, sagte sie. »Ich bin nicht Julie.«

Bei diesen Worten verschwanden das Café, die Sonne und die Leute um uns herum, und plötzlich waren wir in einem dunklen Wald. Völlig durcheinander wachte ich auf, mein Herz schlug wie wild, und ich sah die ersten Sonnenstrahlen über den Boden wandern.

VIER

Das Wetter war ungewöhnlich schön für die Jahreszeit, und nach dem Frühstück lud Josh mich zu einem Spaziergang in der Umgebung ein. Der Butler machte uns einen Picknickkorb mit Sandwiches, kleinen Wasserflaschen und einer Thermoskanne Kaffee. Obwohl die Sonne bereits hoch vom Himmel brannte, hatte Josh sich in dicke Kleidung gehüllt. In seinem Zustand konnte schon eine leichte Erkältung den Tod bedeuten.

Hinter der Villa erstreckte sich Brachland bis zu einer Reihe großer Ahornbäume, die einen von Efeu überwucherten Zaun verdeckten. Josh zückte einen Schlüssel und öffnete das Tor. Wir gingen hindurch und gelangten über einen Feldweg in einen regelrechten Urwald mit umgestürzten Bäumen, wilden Nusssträuchern und den größten Farnen, die ich je gesehen hatte. Josh schien sich gut auszukennen und schritt durch den weglosen Wald zielstrebig voran.

Nach zehn Minuten erreichten wir eine Lichtung, in deren Mitte ein bemooster alter Brunnen stand, der Schacht abgedeckt mit einem hölzernen, durch ein Vorhängeschloss gesicherten Deckel; daneben eine Bank, auf der wir Platz nahmen. Außer dem Zwitschern der Vögel und dem gedämpften Rascheln des Laubs am Boden war kein Laut zu hören. Wir waren nur etwa dreihundert Meter gegangen, aber Josh rang schon nach Atem.

Inzwischen war ich sehr neugierig, was genau er von mir erwartete, doch musste ich es ihm überlassen, wann er damit herausrücken wollte. Er bot mir Kaffee an und verteilte die dunkle, kochend heiße Flüssigkeit in zwei Plastikbecher, aus denen kleine Dampfgeister in die Höhe stiegen.

»Das Fleckchen hier heißt Claires Quelle«, erklärte er. »Angeblich wurde der Brunnen Ende des achtzehnten Jahrhunderts von einem französischen Abenteurer namens Roger angelegt, der hier mit den Algonkin Handel trieb. Claire war seine heimliche Geliebte, die sechzehnjährige Tochter eines akadischen Kaufmanns. Der Sage nach fiel Roger im Franzosen-Indianer-Krieg, als die Akadier von den Engländern aus dieser Gegend vertrieben wurden. Claire weigerte sich mitzugehen, machte sich auf die Suche nach ihm und verhungerte hier an diesem Ort, neben der Quelle, die nun ihren Namen trägt.«

Er trank einen Schluck Kaffee.

»Ich denke, ich sollte Ihnen jetzt endlich etwas von mir erzählen.

Ich stamme aus einer sehr wohlhabenden New Yorker Familie. Mein Vater, Salem Fleischer, war Jahrgangsbester in Harvard und hochdekorierter Held des Zweiten Weltkriegs. Ende der fünfziger Jahre galt er als einer der angesehensten Anwälte New Yorks. Meine Mutter stammte von den Rutherfords ab, die ihr Vermögen mit Eisenbahnaktien gemacht hatten.

Zur Schule ging ich an der Columbia. Kurz vor meinem achtzehnten Geburtstag kamen meine Eltern bei einem Autounfall in Florida ums Leben. Sie waren gesund und relativ jung, und ihr plötzlicher Tod machte mich monatelang handlungsunfähig. Mit einem Mal war ich vollkommen allein, einziger Erbe eines bedeutenden Vermögens, das mir nach dem Letzten Willen meines Vaters an meinem einundzwanzigsten Geburtstag ausgezahlt werden sollte.

Ich brach mit der Familientradition und ging nicht nach Harvard, sondern nach Princeton, weil ich die Uni dort für weltoffener und liberaler hielt. Wie so viele andere junge Männer in jenen Jahren war ich ein radikaler Hitzkopf und sonnte mich in der Illusion, den Anbruch eines neuen Zeitalters zu erleben. Ich nahm an Demonstrationen teil, erkannte aber bald, dass alles, was in den Sechzigern vielversprechend gewesen sein mochte, längst in die Brüche gegangen war; stattdessen ergaben sich jetzt viele einem seltsam verdrehten Snobismus, sexueller Freizügigkeit und ihrer angeborenen Faulheit, die sie geschickt als Auflehnung gegen die Gesellschaft zu tarnen wussten.

Heutzutage wirft man den Babyboomern gern ihre Naivität und Verschwendungssucht vor, aber wir fühlten uns einfach wohl in unseren Wohnheimen, unseren Unis und schicken Autos und wollten nicht in unserem Behagen gestört und zum Sterben auf die Reisfelder Asiens geschickt werden, bevor wir den Wohlstand genießen konnten, der Amerika in den Schoß gefallen war.

So jedenfalls habe ich es empfunden.

Andere glaubten mit Unterschriftensammlungen oder

Krawallen wirklich etwas ändern zu können, was immer das auch sein mochte. So einer war ich nicht, muss ich zugeben, denn ich war nicht nur reich, träge und in mich gekehrt, sondern hatte auch zu viel Erfolg bei den Mädchen, um mich dem extremen Radikalismus zu verschreiben, der meiner Meinung nach immer auf persönlichen Enttäuschungen beruht und diese zu bemänteln sucht. Damals schleppte man seinen Wohlstand fast wie eine Schuld mit sich herum, die es zu verheimlichen galt. Man gab sich als Proletarier und stopfte das schwer verdiente Geld in die Taschen seiner zerschlissenen Jeans.

Abraham Hale, den ich im letzten Studienjahr kennenlernte, war auch so einer.

Sein Vater stammte aus Portland, Oregon, seine Mutter war eine Cajun aus Atchafalaya, Louisiana. Sie starb, als er sieben war. Sie lebten in einer Kleinstadt gut dreißig Kilometer von Baton Rouge und waren sehr arm. Abe erzählte mir, er war zehn, als sein Vater den ersten Fernseher kaufte.

Wir teilten uns eine Zweizimmerwohnung in Penns Neck, einer ruhigen und angenehmen Gegend. Ich studierte Englisch, und Abe studierte Philosophie.«

Wir saßen seit zehn Minuten auf der Bank in diesem geheimnisvollen, schwindelerregenden Urwald, aber erst jetzt kam seine Atmung wieder zur Ruhe, und Farbe kehrte in seine Wangen zurück.

»Ich erzähle Ihnen das alles, James, weil es mit dem zu tun hat, warum ich Sie hergebeten habe. Die Vorgeschichte ist lang, aber wichtig, und ich kann nur hoffen, dass Sie die Geduld aufbringen, mir aufmerksam zuzuhören.«

»In meinem Beruf ist Zuhören wichtiger als Reden«, erwiderte ich. »Der Schlüssel zum Verstehen ist häufig hinter scheinbar belanglosen Bemerkungen verborgen, etwa der Beschreibung einer Einkaufsfahrt oder eines Lieblingspullovers.«

»Richtig. Nach dem Examen war ich mit meinem Freund Abe in Paris, und da habe ich etwas erlebt, das mein Leben in gewisser Weise für immer verändern sollte.«

Er verstummte sichtlich nervös, als mache die bloße Erwähnung dieser Begebenheit ihm Angst. Den Namen seines Freundes hatte er mit einem Abscheu ausgesprochen, als würde dessen Erwähnung einen Dämon heraufbeschwören.

»Die Jahre in Princeton halfen mir nicht bei der Entscheidung, was ich mit meinem Leben anfangen sollte. Im Rückblick scheint mir, ich trieb einfach so dahin und lebte jeden Tag, als sei ich unsterblich und hätte genug Zeit, mich wann immer ich wollte in jede beliebige Richtung zu wenden. Ich hatte mein Erbe angetreten und brauchte mir um Geld keine Sorgen zu machen. Ein paar kleine Zeitschriften hatten einige meiner Artikel angenommen, und das verschaffte mir nicht nur ein gewisses Alibi für meine chronische Faulheit, sondern nährte auch meine Hoffnung, eines Tages etwas schreiben zu können, das mir die öffentliche Anerkennung einbringen würde, nach der ich mich insgeheim sehnte. Wozu also hätte ich mich hetzen sollen? In diesem Alter bedeutet einem der Schein oft mehr als das Sein.

Damals verliebte ich mich praktisch jeden Monat neu und habe vermutlich eine ganze Menge Herzen gebrochen. Nicht weil die Tränen, die man mir nachweinte, meinem Stolz geschmeichelt oder mir irgendeine perverse Befriedigung verschafft hätten, sondern weil es mir schlicht gleichgültig war. Ich galt als Bohemien, als hoffnungsloses Talent, das nach Erlösung suchte, und damit zog ich die Mädchen an wie ein Magnet.

Abe war in vielerlei Hinsicht das Gegenteil von mir.

Er war arm, wie gesagt, und folglich fest entschlossen, etwas Großes zu tun und es weiter zu bringen als sein Vater. Er verbreitete Lügen über sich, zum Beispiel, dass er Waise sei, um Fragen nach seiner Familie aus dem Weg zu gehen. Mir hat er das auch erzählt, als ich im Dezember, kurz vor Weihnachten, in das Haus an der Alcott Street zog. Ich hatte eine andere Wohnung in Princeton Junction gemietet, aber der Hausbesitzer hatte die Arbeit verloren, wegen der er nach Philly gezogen war, und als er nach Princeton zurück musste, kündigte er mir, und ich musste schnell etwas anderes finden. So gelangte ich über eine Kleinanzeige an ein Zimmer in Abes Wohnung, der dort schon seit drei Jahren lebte. Die Zweizimmerwohnung lag im Erdgeschoss einer halb verfallenen Kolonialvilla – irgendetwas ging immer gerade kaputt. Abe hatte bis dahin allein gelebt, aber da sein Stipendium ausgelaufen war, musste er sparen.

Einen Monat nach meinem Einzug lernte ich seinen Vater kennen, der unangekündigt zu Besuch kam. Abe war nicht zu Hause, und so sah ich mich einem trübsinnigen dürren Mann mittleren Alters gegenüber, der nach Schweiß und Alkohol roch. Er stellte sich als John Hale vor; ich erkannte schlagartig, dass Abe mich belogen hatte, und konnte es so gerade noch vermeiden, einen schrecklichen Fauxpas zu begehen. Abe kam erst zwei Stunden später dazu, also war ich gezwungen, bis dahin Konversation mit seinem Vater zu machen.

Er war ein einfacher, nicht sehr redegewandter Mann, der sich als fleißiger amerikanischer Arbeiter gab und eine peinlich berührende Überlegenheit zur Schau stellte, die wohl einem starken Gefühl von Minderwertigkeit entsprang. In seinen Augen waren wir bloß rotznasige Bengel, die in den Tag hineinlebten, statt zu arbeiten. Er sei gekommen, um seinem Sohn einhundert Dollar zu geben, wie er mir irgendwie hochtrabend mitteilte. Für ihn stand fest, dass Studenten immerzu Haschisch rauchten und Orgien veranstalteten. Für den Dienst im Zweiten Weltkrieg war er zu jung gewesen, für Vietnam zu alt, aber er hielt mir einen langen patriotischen Vortrag und bezeichnete die Demonstranten als von den Bolschewiken angeheuerte Faulenzer, die ihr großartiges Land zum Gespött machten und es geschafft hätten, Richard Nixon, den besten amerikanischen Präsidenten aller Zeiten, aus dem Amt zu jagen. Ich hielt mich mit Gegenreden zurück, bis dann endlich Abe zurückkam.

Abe wurde blass, als er seinen Vater erblickte, und lud ihn auf einen Kaffee irgendwo außerhalb ein. Der Mann war mit einem Möbelwagen gekommen, den er erst am nächsten Tag zurückgeben musste. Ich schlug vor, wir drei sollten in ein Restaurant essen gehen, und schließlich willigte der Alte ein, als ob er mir damit einen großen und unverdienten

Gefallen tun würde. Beim Essen machte er Abe unablässig Vorhaltungen.

Bevor er dann am Abend ging, überreichte er seinem Sohn feierlich fünf 20-Dollar-Scheine, verbunden mit einer erbärmlichen Predigt. Abe, dem das alles offenbar sehr peinlich war, entschuldigte sich hinterher bei mir dafür. Ich versicherte ihm, er brauche sich keine Sorgen zu machen, fragte mich allerdings, wie viele Lügen er mir sonst noch aufgetischt haben mochte. Aber letztlich ging mich das nichts an.

Er war ziemlich aufgekratzt. Eine junge Frau aus New York, in die er seit ein paar Jahren heimlich verliebt war, war nach Princeton gekommen, um Freunde zu besuchen, und hatte ihn zu einer Party eingeladen. Er bat mich mitzukommen, er wolle sie mir unbedingt vorstellen. Auf dem Weg dorthin schwärmte er mir endlos von seiner wunderbaren Freundin vor. Sie hieß Lucy Sadler und hatte in England studiert, was sie in Abes Augen zu einer geheimnisvollen Aristokratin machte. Aus seinen Andeutungen schloss ich, dass er ihr an diesem Abend seine Liebe gestehen wollte und die feste Überzeugung hegte, sie teile seine Gefühle. Abe war ein Kleinstadtjunge, und wir befanden uns in den Siebzigern: So lief das damals bei denen, die sich noch an die Balzrituale ihrer Eltern hielten.

Ich fand mich in einer Wohnung voller Fremder und stolperte durch Schwaden von Tabak- und Haschischrauch über Leute, die auf den Teppichen lümmelten. Abe hatte sich zu fein angezogen und machte einen verlorenen Eindruck, während Lucy ihn kaum eines Blickes würdigte. Ich holte mir was zu trinken und drückte mich in eine Ecke. Fünf Minuten später kam sie und forderte mich zum Tanzen auf. Ich sah mich nach Abe um, aber der war nirgends zu sehen.

Ehrlich gesagt, ich hatte viel getrunken und kann mich nicht erinnern, wie eins zum andern führte. Einmal flüsterte Lucy mir zu, sie wisse, wo das Gästezimmer sei, und ich folgte ihr in eine staubige Mansarde, in dem als einziges Möbelstück ein zerschlissenes Sofa stand. Sie rückte mir gleich auf den Pelz und küsste mich. Als ich etwas von Abe erwähnte, sah sie mich beleidigt an.

›Willst du uns wirklich den Spaß verderben?‹, fragte sie. ›Abe ist bloß ein Freund.‹

›Ich glaube, er wird das nicht so gut finden‹, sagte ich, während sie sich schon auszog.

›Jetzt zählt nur, dass wir hier sind‹, gab sie zurück. ›Komm schon, lass mich nicht warten!‹

Den Rest des Abends tat sie, als sei sie in mich verliebt, gab mir heimlich Küsse und versuchte meine Hand zu halten. Sie erzählte mir von ihren Eltern, von ihrem Leben in Europa, von exotischen Reisezielen, nach denen sie sich sehnte. Die Party begann sich aufzulösen, und ich sah mich nach Abe um, der immer noch verschwunden war. Lucy war mit ein paar Freunden gekommen, und mit denen ging sie schließlich, nachdem sie mir ein Dutzend Mal gesagt hatte, dass sie mich anrufen werde.

Als ich nach Hause kam, saß Abe stockbesoffen am Wohnzimmertisch. Er beschimpfte Lucy als Schlampe, Junkie und falsche Schlange. Nach einer Weile wurden seine Beleidigungen beinahe poetisch, wie das Hohe Lied, nur umgekehrt: Ihre Brüste glichen Hosenträgern, ihr Hintern einem Baseballfeld und ihr Gesicht einer Vogelscheuche auf einem Maisfeld in Kentucky. Zum ersten Mal, seit ich ihn kannte, wirkte er richtig lebendig und schwungvoll. Hass kann ebenso Flügel verleihen wie Liebe. Damals hatte ich das Gefühl, dass er Lucy nicht nur hasste, sondern auch imstande war, ihr etwas anzutun.«

Josh legte die leeren Becher in den Picknickkorb zurück und bot mir ein Sandwich an, aber ich hatte keinen Hunger.

Es wurde warm, aus dem Laubteppich stiegen Dampfwölkchen auf. Die Wipfel und Stämme der dicht an dicht stehenden Bäume machten die Lichtung zu einer Art Gewächshaus, und ich begann zu schwitzen. Josh zog seinen Mantel aus und legte ihn ordentlich zusammengefaltet neben sich auf die Bank. Er wirkte in allem, was er tat, sehr pedantisch; von dem einstigen Bohemien war offenbar nicht mehr viel geblieben.

»Irgendwann schlief er am Tisch ein, und ich half ihm ins Bett. Ich warf eine Decke über ihn und machte mir Kaffee. Ich hatte Mitleid mit ihm, aber keine Schuldgefühle. Am nächsten Morgen, als Lucy plötzlich vor der Tür stand, wurden die Dinge komplizierter. Beiläufig teilte sie mir mit, sie werde ein paar Tage bei mir wohnen, warf ihre Tasche in eine Ecke, zog sich aus und stieg in die Dusche. Gerade als sie pudelnackt wieder auftauchte, kam Abe aus seinem Zimmer, und kurz sah es so aus, als bekäme er einen Herzinfarkt. Wortlos nahm er seinen Mantel und ging. Erst nach fünf Tagen ließ er sich wieder blicken; da war sie längst nicht mehr da. Ich versuchte, mit ihm darüber zu reden, aber er wich jedes Mal aus. Wir telefonierten noch ein paarmal miteinander, aber dann rief sie nicht mehr an, und ich lief ihr nicht hinterher.

Ungefähr zwei Monate nach der Sache mit Lucy teilte Abe mir mit, dass er nach Paris gehen werde.

Seine Lage war noch komplizierter als meine. Wahrscheinlich hatte er gedacht, wenn er erst einmal mit einem Stipendium in der Tasche seine Heimatstadt verlassen könne, würden seine Probleme sich ganz von allein lösen. Die Professoren würden seine Intelligenz und seine Bildung rasch erkennen, und er würde gute Noten bekommen und einflussreiche Leute kennenlernen. Er glaubte, ein Talent für Forschung zu besitzen, und hielt es für so gut wie sicher, dass man ihm einen Job an der Universität anbieten werde. Aber aus all dem sollte nichts werden.

Er war intelligenter und kultivierter als die meisten anderen in seiner Heimatstadt und war entsprechend von seinen Lehrern behandelt worden. In Princeton jedoch fand er sich unter einigen der intelligentesten jungen Erwachsenen Amerikas wieder. Im ersten Jahr legte er sich mächtig ins Zeug, seine Qualitäten unter Beweis zu stellen, doch der große Erfolg blieb aus. Unter den reichen Studenten war es damals Mode, möglichst primitiv zu leben – da war viel Heuchelei dabei, glauben Sie mir –, was aber nicht bedeutete, dass sie mit wirklich armen Leuten zu tun haben wollten. Abe war ein stiller Mensch mit provinziellen Gewohnheiten und Vorurteilen, deren er sich selbst gar nicht bewusst war. Oft sah man ihn formell gekleidet, und immer wollte er seine echte Kultiviertheit gerade in den unpassendsten Augenblicken zur Geltung bringen – vielleicht um das Gefühl der Minderwertigkeit zu kompensieren, das seine Armut ihm eingab. Das Schlimmste daran war, dass er jeden einzelnen Tag in dem Wissen lebte, nur vier Jahre zu haben, um sein Leben zu ändern, mit der Folge, dass er ständig nervös und schlecht gelaunt war.

Seine Umgebung stieß ihn ab, wie das Immunsystem eine fremde Lebensform abstößt, die in den Organismus eindringt. Seine Reaktion bestand nicht darin, sich zu ändern, sondern den anderen Vorwürfe zu machen. Und so zog er sich verbittert noch weiter in sich selbst zurück und nörgelte an allem herum, was er sah. Seine Noten waren bestenfalls Mittelmaß.

Er war weder der faszinierende, geistvolle Rebell, den die Streber insgeheim beneideten, noch der Geächtete, der in die Rauchschwaden der Revolte gehüllt gegen alle Regeln kämpfte. Letztlich war er nur ein gequälter, zunehmend einsamer Kleinstadtjunge.

Anders gesagt, alle seine Träume hatten sich zerschlagen, und die Uhr tickte. Als ich ihn kennenlernte, hatte er nicht einmal mehr ein Jahr bis zum Examen. Er wusste nicht, wie es mit ihm weitergehen sollte, und wurde immer niedergeschlagener. Er hatte sein Stipendium verloren und war gezwungen, alle möglichen Jobs anzunehmen, um sich bis zum Abschluss seines Studiums über Wasser zu halten.

Der einzige Mensch, der Gefallen an ihm fand, war eine Frau namens Elisabeth Gregory. Sie war Mitte dreißig, wenn ich mich recht entsinne, und führte ein kleines Übersetzungsbüro, das eng mit der Universität zusammenarbeitete. Abe hatte dort einen Sommer lang ein Praktikum absolviert. Sie galt als eine der schönsten Frauen der Gegend, und viele Studenten träumten davon, mit ihr Mrs. Robinson zu spielen, doch sie schien ebenso kalt und unnahbar wie schön zu sein.

Ich kann mich nicht erinnern, wie ich an Einzelheiten über ihr Privatleben gekommen bin, aber es dürfte wohl über den Buschfunk gegangen sein, der auch auf dem Campus bestens funktionierte.

Sie war mit einem verkommenen Säufer verheiratet, Matt Gregory, der in Princeton einen Lehrstuhl gehabt hatte, jedoch zwei Jahre zuvor nach einigen schmutzigen Affären gefeuert worden war. Damals gelangten Fälle von sexueller Belästigung nicht unbedingt an die Öffentlichkeit; damit das Ansehen der Institution nur ja keinen Kratzer erhielt, handelte man dergleichen hinter den Kulissen ab, und nichts drang aus dem engsten Kreis des Vorstands nach außen.

Abe lernte Elisabeth kennen, als Matt Gregory in New York lebte, wo er angeblich Drehbücher schrieb, tatsächlich aber nur in schäbigen Kneipen zu finden war.

Als die beiden sich eines Tages zufällig auf der Straße trafen, fragte Mrs. Gregory Abe nach seinen Plänen für die Zeit nach dem Examen. Da er nur herumdruckste, fragte sie, ob er sich vorstellen könne, in Europa zu arbeiten. Sie können sich denken, was das für Abe bedeutete! Sie war der langersehnte Lichtblick in einem Leben, das immer dunkler und dunkler geworden war.

Elisabeth hatte sich nur vage ausgedrückt und nichts ausdrücklich versprochen, aber Abe ging schon auf Wolken. Ich empfahl ihm, einen Blumenstrauß zu kaufen und ihr den zu bringen. Er zögerte ein paar Tage, folgte dann aber meinem Rat. Was an dem Abend geschah, weiß ich nicht, weil Abe kein Wort darüber verlor.

Sicher ist nur, dass er wenige Wochen später Post von einer französischen Stiftung bekam, *L'Etoile*. Man bot ihm einen Vertrag an, Laufzeit ein Jahr, mit dreimonatiger Probezeit und der Chance auf Verlängerung um drei weitere Jahre. Abe war außer sich vor Freude. An dem Abend feierten wir. Und unmittelbar nach seiner Abschlussprüfung flog er nach Paris; ich musste ihm versprechen, in ein paar Wochen nachzukommen.«

Wir standen auf und gingen einen unter Farn und Laub kaum sichtbaren Weg entlang. Eine Weile sagte Josh nichts, ganz in Gedanken versunken. An einer Quelle, die träge zwischen Felsblöcken dahinfloss, machten wir Halt und setzten uns auf einen umgestürzten Baumstamm. Wir waren keine fünfzig Meter gegangen, doch er war schon wieder außer Atem.

»Ich muss zugeben, ich kann kaum erklären, *warum* ich mein Versprechen gehalten habe und ihm nach Paris gefolgt bin. Ehrlich gesagt, habe ich ihn nicht als Freund betrachtet, eher als Zufallsbekanntschaft. Ich mochte ihn, aber nicht so sehr, dass ich seinetwegen meine eigenen Gewohnheiten oder Pläne aufgegeben hätte. Vielleicht hatte ich in diesem Herbst einfach nichts Besseres zu tun.

Und als ich dann Ende August einen Brief von Abe bekam – damals schrieben Freunde sich noch Briefe auf

Papier –, packte ich meine Sachen und reiste ihm nach. Er schilderte sein Leben mit großer Begeisterung und erzählte, alles sei dort lebendiger und interessanter als zu Hause.

Der Mythos jener großen Amerikaner, die in Paris zu Ruhm gekommen waren – Hemingway, Fitzgerald, Dos Passos, Hughes und all die anderen –, war damals für meine Generation noch sehr lebendig: Paris war ein leuchtendes Babel voller Inspiration und Geheimnisse, während New York damals Mitte der Siebziger in die Binsen zu gehen schien. In meiner Phantasie trugen alle Pariser Baskenmützen wie Maler, knabberten an meterlangen Brotstangen und tranken Absinth in den Armen weichherziger Freudenmädchen. Geniale Ideen schwebten in der Luft wie Regentropfen, man brauchte nur mal kurz seine Baskenmütze abzunehmen, und schon fing man mehr als genug davon auf. Hier in den Staaten war die Stimmung ziemlich düster – die Auswirkungen des Vietnamkriegs, politische Skandale, soziale Unruhen und die Rassenprobleme.

Ende August traf ich bei sommerlicher Hitze in Paris ein. Als Abe mich am Flughafen abholte, erkannte ich ihn kaum wieder, obwohl es keine zwei Monate her war, seit ich ihn zuletzt gesehen hatte; er hatte sich vollständig verändert.

Er hatte einen Bart und lange Haare. Seine schlichten braunen und grauen Sachen hatte er abgelegt, er trug jetzt Schlaghosen, Leinenhemd und eine schwarze Lederjacke. Er wirkte munter und sorglos. Ich hatte den Eindruck, Paris könne tatsächlich Wunder wirken.

Er wohnte in einem alten Haus an der Rue de Rome, nicht weit von den Champs-Élysées. Die Zimmer waren klein wie

Streichholzschachteln, und wenn man sich ins Bett legte, musste man aufpassen, dass man nicht mit dem Kopf an die Wand stieß. Hier bei uns verehren wir das Große: große Häuser, große Cokes und große Popcorn-Eimer. In Paris war nicht die Größe entscheidend, sondern die Lage. Die Wohnung lag im Stadtzentrum, und die Stiftung überließ sie ihm für eine bescheidene Miete.

An die Unbequemlichkeiten gewöhnte ich mich rasch – nie ist man so anpassungsfähig wie in der Jugend – und ließ mich von Abe in der Stadt herumführen. Ich wollte keine Pläne machen, sondern mich einfach treiben lassen. Abe hatte eine lange Liste von Orten aufgestellt, die ich mir ansehen sollte, und etwa eine Woche lang lief ich durch Montmartre, Montparnasse, Faubourg Saint-Germain und Faubourg Saint-Honoré, bis mir die Füße wehtaten. Ich habe die Künste immer geliebt, und im Louvre kam ich aus dem Staunen nicht mehr heraus. Zu meiner Verblüffung behauptete Abe, ihn beeindrucke am stärksten der Invalidendom, dieser geschmacklose Bau, in dem Napoleon begraben ist.

Von Simone sagte er mir zunächst nichts.

Manchmal betrat er eine Telefonzelle und blieb dort zehn Minuten oder so; ich vermutete, es gehe um irgendwelche Stiftungsangelegenheiten. Aber jedes Mal kam er beschwingt und glücklich wieder heraus, wie nur Verliebte es sein können, was ich jedoch seiner Liebe für die Stadt zuschrieb. Abends tranken wir Pernod in zwielichtigen Bars oder vertrieben uns die Zeit in kleinen Clubs, wo man Jazz spielte oder Sketche aufführte, von denen ich kein Wort verstand. Ich konnte nur wenige Worte Französisch, während Abe die

Sprache perfekt beherrschte. Ich erwähnte bereits, dass seine Mutter eine Cajun aus Louisiana war, Französisch war also praktisch seine Muttersprache. Wie auch immer, ich habe diese erste Woche wie einen wunderbaren Traum in Erinnerung. Ich dachte ernsthaft daran, mir dort einen Job zu suchen. Anschluss zu finden war nicht schwer angesichts der vielen Amerikaner, die in Paris arbeiteten.

Eines Abends kleidete Abe sich sorgfältiger als sonst und führte mich ohne weitere Erklärung in ein Restaurant am Palais des Congrès. Ein elegantes Lokal, Chez Clément, viel zu teuer für Abes Verhältnisse. Zehn Minuten nachdem wir Platz genommen und etwas zu trinken bestellt hatten, kam Simone.

Ich denke, es war Liebe auf den ersten Blick. In diesem Alter verliebt man sich ja ständig, aber ich spürte sofort, das hier war mehr als bloß jugendliche Schwärmerei.

Sie war blond und sah aus wie aus Elfenbein geschnitzt, feingliedrig und grazil, ganz anders als die jungen Amerikanerinnen jener Zeit. Damals verbrannten die Mädchen hier bei uns ihre BHs und wollten männlich und selbstbewusst aussehen, da Weiblichkeit für ein verwerfliches Mittel der Manipulation gehalten wurde, ersonnen von Männern, die Frauen zu bloßen Lustobjekten machen wollten.

Simone war hinreißend und geheimnisvoll und strahlte neben ihrer Schönheit eine geradezu engelhafte Freundlichkeit aus. Sie schien von einem anderen Planeten zu stammen. Wir unterhielten uns, und dabei zeigte sich, wie klug und belesen sie war. Sie liebte die Literatur und kannte Sartre persönlich. Wir sprachen den ganzen Abend über die

Existenzialisten, das politische Engagement von Künstlern und ähnliche Themen.

Endlich erkannte ich den wahren Grund für Abes Verwandlung. Ich hatte sie der wundertätigen Wirkung von Paris zugeschrieben, tatsächlich aber war er bis über beide Ohren verliebt. In Simones Gegenwart war er schüchtern und verkrampft, aber nicht ohne jenen unbeholfenen Charme, den viele Frauen unwiderstehlich finden. Er ließ sie keine Sekunde aus den Augen, sei es, um ihren Wünschen zuvorzukommen, oder sei es auch nur, um sie wie ein Kunstwerk zu bestaunen.

Simone sprach fließend Englisch, jedoch mit Akzent. Sie war seit zwei Jahren für Abes Stiftung tätig und sollte ihm helfen, sich einzuleben. Sie hatte ihm auch die Wohnung in der Rue de Rome besorgt, den perfekten Ausgangspunkt für einen Neuankömmling, der sich in den labyrinthischen Weiten von Paris nicht auskannte.

Ob sie in ihn verliebt war oder nur höflich zu sein versuchte, konnte ich nicht erkennen. Auf jeden Fall waren Abes Avancen platonisch, und ich war überzeugt, dass sie nicht miteinander schliefen. Aber wie ich Abe kannte, war das für ihn auch nicht wichtig. Sollen wir?«

FÜNF

Es war Mittag geworden, und wir gingen zur Villa zurück. Eine Schwester in weißer Tracht, die sich als Lisa Johnson vorstellte, reichte Josh ein Glas Orangensaft und eine kleine Plastikdose mit etlichen Tabletten.

Er hielt sich tapfer, aber der Spaziergang und unser Gespräch hatten ihn offensichtlich erschöpft. Von Paris war vorerst keine Rede mehr, und beim Essen fragte er mich, wie und warum ich mich auf die Psychologie verlegt habe.

»Am Anfang stand wohl ein Gespräch mit einem Arzt, als ich Teenager war«, erzählte ich. »Meine Großmutter väterlicherseits hatte einen Nervenzusammenbruch erlitten. Ich war verrückt nach Science-Fiction-Romanen und hatte gerade ein Buch von Philip K. Dick gelesen; darin ging es um einen Mann, der jeden Kranken heilen konnte, indem er im Traum in eine Parallelwelt eintrat. Nun, eines Tages kam ein Psychiater zu uns, um mit meiner Großmutter zu sprechen, und ich bat ihn, mir zu erklären, was Träume sind, warum wir träumen, ob Träume eine Bedeutung haben oder nicht und so weiter. Er war sehr freundlich, und wir plauderten eine gute Stunde lang über das Thema, wobei ich jedoch zu dem Schluss kam, dass er auch nicht viel darüber wusste, was ich noch faszinierender fand als jede mögliche Aufklärung.

Tags darauf ging ich in die Bücherei und lieh mir ein Buch über Schlaf und Träume aus. Ein paar Jahre später studierte ich Anthropologie und schließlich Psychologie und Psychiatrie. Im letzten Jahr meines Medizinstudiums, schon im klinischen Praktikum, lernte ich Professor George Atkins kennen, der mich einige Monate lang in Hypnosetechniken ausbildete, mit denen er selbst am New Yorker Bellevue Hospital arbeitete. Wir stehen noch in Verbindung miteinander. Wie Sie vielleicht bemerkt haben, hat er das Vorwort zu meinem Buch geschrieben.«

»Was wurde aus Ihrer Großmutter?«

»Sie hat sich wieder erholt.«

»Freut mich, das zu hören, James. Nun, es ist großartig, wenn man frühzeitig weiß, was man im Leben tun will, und die Kraft besitzt, es zu erreichen«, bemerkte er, als der Salat serviert wurde. »So vergeudet man weder Zeit noch Energie an Dinge, die man später für vollkommen sinnlos hält. Andererseits riskiert man damit, sich ein Leben lang zu fragen, was einem alles entgangen sein könnte – was geschehen wäre, wenn man diese eine Tür geöffnet hätte, wenn man jenem Impuls gefolgt oder auf diese Empfehlung eingegangen wäre. Kierkegaard schreibt, man täte besser daran, ein Baby in der Wiege zu töten, als sich die Erfüllung auch nur eines Wunsches zu versagen, vorausgesetzt, der Wunsch schade niemandem. Sind Sie immer sicher gewesen, dass Sie für sich das Beste gewählt haben?«

Er hatte seinen Salat kaum angerührt, schenkte sich jetzt aber ein Glas Rotwein ein und leerte es in einem Zug.

Ich zuckte die Schultern. »Nein, sicher war ich mir nie.

Als Wissenschaftler stelle ich mir grundsätzlich keine Fragen, auf die es keine Antwort gibt. Ich weiß nicht, wie mein Leben verlaufen wäre, wenn ich mich zum Beispiel für die Forschung entschieden oder gegen Ende meines Studiums Jessica Fulton, ein Mädchen aus Kalifornien, geheiratet hätte und an die Westküste gezogen wäre – was ich um ein Haar getan hätte.«

»Ich glaube, da irren Sie sich. Ich denke, die Dinge, die wir *nicht* getan haben, prägen uns ebenso sehr wie die, die wir getan haben. Es ist kein Zufall, wenn wir in einem bestimmten Augenblick vor eine Tür gelangen, auch wenn wir sie nicht öffnen. Die Türen, die wir nicht öffnen, sind genauso wichtig wie die, durch die wir gehen. Man vergisst so vieles, und in der Stunde der Abrechnung zählt niemand die Türen, die geschlossen blieben, sondern nur die wenigen, die man geöffnet hat.«

»Vergessen ist ein wichtiger Teil unseres seelischen Immunsystems, Josh. Unser Gehirn löscht die Daten, die es für nutzlos oder gar schädlich hält, genau wie ein Computer Viren und alte Dokumente und überflüssige Icons beseitigt. Dazu kommen andere verstörende Erinnerungen, die gefälscht, geschönt oder gestutzt werden, weil sie aus irgendeinem Grund bewahrt werden sollen. Freud ging davon aus, es gebe eine Art Papierkorb, das *Unterbewusste*, zu welchem der Psychoanalytiker Zugang finden kann – dort landen die gelöschten Erinnerungen, Erinnerungen, von denen der Patient selbst gar nichts mehr weiß. Er war der Überzeugung, dass ein Psychologe sie nur zu durchforsten brauche, um die wahre Ursache der seelischen Sackgasse zu entdecken, in die ein Patient geraten ist. Jung, sein geistreicher Ziehsohn, ging noch weiter und behauptete, sämtliche individuellen Papierkörbe seien irgendwie miteinander verbunden, in einem unsichtbaren Netzwerk, das er das *kollektive Unterbewusstsein* nannte.«

»Aus Ihrem Ton schließe ich, dass Sie nicht mit diesen berühmten Männern konform gehen«, meinte er lächelnd, als der Hauptgang aufgetragen wurde.

»Die Psychoanalyse hatte schon immer ihre Grenzen«, sagte ich, »und eine äußerst spekulative Seite. In jenen Jahren wissenschaftlicher Begeisterung schien der Mensch *alles* in Erfahrung bringen zu können. Wissenschaftler suchten nach vereinheitlichenden, alles umfassenden Theorien – so ersann Einstein seine Relativitätstheorie, eine Theorie, die das ganze Universum in einer einzigen Gleichung zusammenfasst und mit der sich nahezu alles erklären lässt; man könnte geradezu vom Stein der Weisen sprechen. Und aus dem Geist dieser Zeit heraus versuchten andere Wissenschaftler Ähnliches zu leisten: Freud mit seinen Theorien über die Libido, Jung mit seinen Vorstellungen von Individuation und Archetypen und Adler mit seinen Theorien über die Komplexe. Rein intellektuell betrachtet, klingt alles sehr verführerisch, aber das Hauptziel ärztlichen Handelns ist doch letztlich die Heilung des Kranken, nicht wahr? Die psychoanalytische Methode bringt sowohl den Patienten als auch den Therapeuten nur zu oft an den Rand der Erschöpfung und ist obendrein auch sehr kostspielig. Sie ist ein Luxus der modernen Welt, die den Beichtstuhl gegen eine schicke Ledercouch in einer Arztpraxis ausgetauscht hat.«

»Halten Sie es wirklich für möglich, den menschlichen

Geist mit Hilfe von Zahlen, Formeln und Gleichungen zu vermessen?«

»Wenn ich daran nicht glauben würde, wäre ich kein Wissenschaftler.«

»Gestatten Sie mir ein wenig Skepsis. Mag sein, vielleicht kann man in den Geist eines Menschen eindringen, ihn auseinandernehmen, darin herumwühlen und ihn dann wieder zunähen. Aber es bleibt immer noch jenes Ding, das man gemeinhin als *Seele* bezeichnet, und die sitzt weder im Gehirn, wie wir Heutigen uns gern einbilden, noch im Herzen, wie man im Mittelalter glaubte.«

Er senkte seufzend den Blick. »Allmählich nähern wir uns der Antwort auf die Frage, warum ich Sie hergebeten habe, James …«

Wir waren allein. Die Schwester war nicht zurückgekommen, und der Butler hatte ein Tablett mit Kaffee, Zuckerschale und Milchkännchen auf den kleinen Tisch neben den Sesseln gestellt.

»In Ihrem Buch schreiben Sie, es gebe keine Garantie dafür, dass jemand unter Hypnose … die *Wahrheit* sagt, nennen wir es einmal so, auch wenn ich das Wort nicht mag, weil es unterstellt, dass es eine objektive Wahrheit gibt, jenseits der Äußerlichkeiten, die unsere Sinnesorgane, unsere Wahrnehmung, unsere Überzeugungen und unsere Tabus uns erkennen lassen, wie Sie in Ihrem Vortrag hervorgehoben haben. Dennoch würde ich die Methode gern einmal ausprobieren.«

Darum ging es also.

»Josh, mir scheint, Sie haben sich mit dem Thema gründlich beschäftigt und wissen daher, dass Hypnose mancherlei Risiken birgt.«

»Ich habe viel darüber gelesen, ja. Ich kenne die Risiken und bin bereit, sie auf mich zu nehmen. In meinem Zustand habe ich nicht mehr viel zu verlieren.«

»Ich spreche nicht nur von physischen Risiken«, sagte ich.

Ich hatte keinen Appetit mehr, und auch er hatte seinen Teller nicht angerührt. Wir standen auf und ließen uns in den Sesseln am Couchtisch nieder.

»Die Erfahrungen eines Menschen im Trancezustand sind genauso intensiv, als würde er das, was er in diesem Zustand reproduziert oder imaginiert, in der Realität erleben. Manchmal sogar noch intensiver, vor allem während einer Regression. Ich weiß nicht, ob das wirklich so eine gute Idee für jemanden in Ihrer Verfassung ist, zumal wenn es um ein sehr traumatisches Ereignis gehen sollte, wie ich aus Ihren bisherigen Andeutungen schließe. Dass Sie die Sache vergessen haben, wenn vielleicht auch nur scheinbar, hat einen Grund: Ihr Gehirn ist zu dem Schluss gekommen, dass es so am besten ist. Das Vergessene jetzt wieder ans Licht zu ziehen könnte schwerwiegende und unbeherrschbare Folgen haben.

Darüber hinaus bin ich skeptisch, was die praktischen Folgen betrifft. Wie gesagt, es geht nicht um Lügen … Tatsächlich lügen Patienten unter Hypnose nicht, nicht so, wie sie es im Wachzustand tun würden, wenn sie die Lüge zur Selbstverteidigung brauchen, als eine der Waffen im natürlichen Arsenal unseres Selbstschutzes. Das Problem ist: Was jemand als ›Wahrheit‹ mitteilt, stimmt nicht unbedingt mit der Realität überein.«

Er beugte sich über den Tisch und sah mir direkt in die Augen. »James, seit über vierzig Jahren quält mich die Frage, was in jener Nacht geschehen ist, und ich will diese Welt nicht verlassen, ohne alles Menschenmögliche versucht zu haben, die Wahrheit herauszufinden«, sagte er schroff. »Ich habe mich für Sie entschieden, gerade weil Sie ein Skeptiker sind und daher nicht die Gefahr besteht, dass Sie die Sitzung manipulieren oder mich als Versuchskaninchen benutzen. Wenn es uns nicht gelingt, etwas Licht in die damaligen Ereignisse zu bringen – gut, dann war's das. Aber ich bin entschlossen, es zu versuchen, wenn Sie mir dabei helfen wollen.«

Er sah mich traurig an, als habe er gerade eine furchtbar schlechte Nachricht erhalten.

»Haben Sie schon mal vom Ägyptischen Totenbuch gehört? Darin heißt es, ein Verstorbener muss vor seinen Richtern schwören, dass er zu Lebzeiten keine einzige von zweiundvierzig einzeln aufgeführten Sünden begangen hat. Darauf wird sein Herz auf eine Waage gelegt, und wenn die Waagschalen im Gleichgewicht bleiben, hat der Tote die Wahrheit gesagt. Er hat ein gutes Leben geführt und wird in den Himmel eingelassen. Hat er jedoch gelogen und eine Waagschale senkt sich, verschlingt eine Bestie namens Die-von-Schlangen-lebt oder die Fresserin sein Herz und wirft ihn für alle Ewigkeit in die Hölle …

Ich werde Ihnen jetzt erzählen, worum es geht: Eines Nachts wurde Simone ermordet, und Abe verschwand spurlos auf Nimmerwiedersehen. Wir waren an diesem Abend zusammen gewesen, wir drei …«

SECHS

»Diese Nacht war der Höhepunkt einer Tragödie, die in dem Augenblick ihren Anfang nahm, als ich Simone zum ersten Mal in jenem Restaurant, Chez Clément, zu Gesicht bekam.

Ich habe bereits erwähnt, dass sie nach meinem Eindruck nicht in Abe verliebt war und sich ihm gegenüber mit einer irgendwie anrührenden Freundlichkeit verhielt, wie ein mitfühlender Mensch, der sich einem Leidenden zuwendet. Ich durchschaute bald, dass Abe ungeachtet seiner scheinbaren Anpassung an das Pariser Leben immer noch der Kleinstadtjunge von früher war, voller Hemmungen und Komplexe. Simone hingegen stammte aus einer adeligen Familie, war Erbin eines beträchtlichen Vermögens und trug einen Namen, der ihr viele Türen öffnete. Sie schmückte sich nicht mit diesen Dingen, aber es war klar, dass sie einer eleganten Welt angehörte, die von der unseren so weit entfernt war wie ein Planet in einer anderen Galaxis.

Kurz und gut, wir verliebten uns. Ich nehme an, in diesem Alter geschieht das entweder auf der Stelle oder gar nicht.

In mancher Hinsicht war es eine Wiederholung der Geschichte mit Lucy, nur dass es diesmal für uns beide sehr viel ernster war. Anfangs schaute Abe nur verwundert zu und ging dem Thema aus dem Weg. Simone änderte ihr Verhalten ihm gegenüber nicht und behandelte ihn so freundlich wie zuvor, aber er war klug genug zu merken, was los war. Es schien sie nicht zu kümmern, dass ihr Verhalten, wenn wir drei zusammen waren, ihm wehtun könnte.

Ich selbst entdeckte Gefühle, die mir bis dahin unbekannt waren. Der kleine Leberfleck an ihrem rechten Handgelenk, die Art, wie ihre Augen je nach Lichteinfall die Farbe wechselten, eine Locke, die sich in ihrem Nacken schlängelte, wie sie die Schultern bewegte, wenn sie in High Heels ging – das alles schien mir ganz außerordentlich und wurde zum Mittelpunkt meines Universums. Wenn wir nicht zusammen waren, verging keine Minute, in der ich nicht an sie dachte.

Als wir einmal allein miteinander waren – Abe hatte in der Stiftung zu tun, und ich begleitete sie nach Hause –, sprach ich offen zu ihr von den Befürchtungen, die unser doch eher zufällig entstandenes Dreiecksverhältnis in mir weckte. Simone erklärte, sie teile meine Besorgnis und wolle Abe bestimmt nicht wehtun. Sie sagte aber auch, sie wolle mit mir zusammensein, das sei ihr das Allerwichtigste.

Etwa drei Wochen danach begannen wir zwei uns allein zu treffen, doch noch war unsere Beziehung rein platonisch. Eines Abends gingen wir mit Abe auf eine Party irgendwo in Montmartre, und dort küssten wir uns zum ersten Mal. Auf dem Heimweg versuchte ich herauszufinden, ob Abe etwas mitbekommen hatte, aber er war so betrunken und schlecht gelaunt, dass nicht mit ihm zu reden war. Am nächsten Tag fehlte mir der Mut, das Thema anzuschneiden.

Wenige Tage nach dieser Party kam es für Abe knüppeldick – die Stiftung nahm das Jobangebot zurück, kurz bevor seine Stelle zu einer unbefristeten geworden wäre. Er war vollkommen außer sich und nicht mal in der Lage, mir verständlich zu machen, was da passiert war. Er sagte nur, L'Etoile habe das Angebot zurückgezogen, saß eine Zeitlang stumm auf der Couch und starrte ins Leere, um dann plötzlich aus dem Haus zu stürzen. Anfangs glaubte ich ihm nicht – um mir Gewissheit zu verschaffen, rief ich bei der Stiftung an und gab mich als einen seiner Verwandten in Amerika aus, worauf mir eine Sekretärin bestätigte, das Stellenangebot für Mr. Abraham Hale sei aus Gründen, die ihm demnächst schriftlich mitgeteilt würden, zurückgezogen worden.

Abe blieb tagelang verschwunden. Er kam nicht einmal, um sich umzuziehen. Die Stiftung schickte den Brief per Einschreiben, und ich war es, der den Empfang in seinem Namen quittierte. Ich öffnete ihn nicht, sondern legte ihn auf den Telefontisch im Flur und fragte mich, was ich nun tun sollte.

Ich nahm an, Abe würde nach Amerika zurückkehren müssen, schließlich hatte er praktisch seine ganzen Ersparnisse durchgebracht. Wenn er das tat, musste ich überlegen, ob ich ihm mit Geld helfen wollte, um seinen Aufenthalt zu verlängern. Die Wohnung in der Rue de Rome verloren wir so oder so, weil deren Benutzung an einen Job bei der Stiftung gekoppelt war.

Am Abend stand mein Entschluss fest: Ich würde in Paris bleiben, ob Abe zurückgehen würde oder nicht. Falls er bleiben und sich von mir helfen lassen wollte, hatte ich genug Geld für uns beide, bis wir Arbeit gefunden hätten. Ich redete mir ein, alles sei gar nicht so schlimm, wie es aussehe. Ich wusste, Abe war störrisch und hatte seinen Stolz, hoffte aber immer noch, er werde sich von einem Freund helfen lassen.

Abe blieb die ganze Woche weg, und ich saß derweil auf glühenden Kohlen. Simone war zu Besuch bei ihren Eltern in Lyon, und einmal rief sie mich von dort an. Sie wusste von dem Aus für Abes Job und schien sehr aufgebracht darüber. Sie lud uns ein, nach Lyon zu kommen, dort könnten wir ihre Eltern kennenlernen und unsere Probleme für ein paar Tage vergessen.

Als er endlich wieder auftauchte – an einem Sonntag –, erkannte ich Abe kaum wieder. Offensichtlich hatte er zu viel getrunken. Er war unrasiert und abgemagert, seine Kleidung völlig verwahrlost. Er kochte vor Wut, auch wenn er sich Mühe gab, ruhig und selbstsicher zu erscheinen, und schnitt eine Grimasse, die ich noch nie gesehen hatte: den Unterkiefer so weit vorgeschoben, dass er buchstäblich die Zähne bleckte.

Ich wollte ihm Mut machen und sagte, wir hätten genug Geld, erst einmal so lange zu bleiben, bis wir Arbeit gefunden hätten, müssten uns aber als Erstes nach einer neuen Bleibe umsehen. Er öffnete den Brief der Stiftung, warf einen Blick darauf, knüllte ihn zusammen, legte ihn in einen Aschenbecher und zündete ihn an.

›Du glaubst doch nicht, dass ich von *deinen* Almosen leben werde?‹, sagte er. ›Das wäre das Allerletzte. Keine Sorge. Ich komme zurecht. Ich kenne Leute, die lassen ihre Verbindungen spielen, und dann ist alles gut.‹

Angesichts seines Zustands machte ich mir Sorgen, was

das für Leute sein könnten, wollte mich aber jetzt nicht auf eine Diskussion einlassen. Stattdessen erzählte ich, Simone habe uns nach Lyon eingeladen, damit wir ihre Eltern kennenlernten.

›Du meinst, sie hat *dich* eingeladen‹, stellte er verbittert fest. ›Du bist der Traum jeder Mutter, die ihre kostbare Tochter unter die Haube bringen will – gutaussehend, anständig gekleidet, wohlhabend und erfolgreich. Ich bin arm und habe keine Chancen. Und wenn Simone überhaupt irgendwen liebt, dann dich, Kumpel.‹

Er suhlte sich noch eine gute Stunde in Selbstmitleid. Obwohl er überhaupt nichts falsch gemacht hatte, schien er großes Vergnügen daran zu haben, sich selbst herunterzuputzen. Immer wieder sagte er, sein Vater habe recht behalten und seine Familie habe sich umsonst für ihn aufgeopfert.

Nachdem wir, das heißt hauptsächlich er, eine Flasche Cognac geleert hatten, schlief er voll bekleidet und mit einer brennenden Zigarette zwischen den Fingern ein. Ich half ihm ins Bett und warf eine Decke über ihn.

Am nächsten Morgen war er etwas klarer im Kopf. Er schien noch immer niedergeschlagen und zum Zerreißen angespannt, aber wenigstens kam er mir nicht mehr mit endlosen Monologen über seine Schwächen und Fehler. Er duschte, rasierte sich und zog saubere Sachen an. Zum Frühstücken gingen wir in ein Café in der Nähe. Ich erwähnte noch einmal Simones Einladung.

›Ich fahre auf gar keinen Fall‹, erklärte er kategorisch. ›Aber du solltest es tun, ich sehe doch, wie sehr du es willst. Um mich mach dir mal keine Sorgen.‹

Da gab es nicht mehr viel zu sagen. Ich wusste, ich sollte ihn besser nicht sich selbst überlassen, es war falsch, allein zu fahren, aber ich war zweiundzwanzig, und ich war verliebt. Ich packte meine Reisetasche, und Abe begleitete mich zum Gare de Lyon. Noch heute sehe ich ihn vor mir, wie er am Ende des Bahnsteigs stand und dem wegfahrenden Zug nachsah – die Hände in den Taschen und den Mantelkragen hochgeschlagen. Inzwischen hatten wir Oktober, es war kalt und regnerisch. Kurz kam mir der Gedanke, ich sollte aussteigen und bei ihm in Paris bleiben, ich sollte einfach warten, bis Simone wiederkam, aber dann wurde der Zug schneller, und die Chance war vertan. Ich ließ ihn allein zurück.«

Die Erinnerung an diese Szene schmerzte ihn offensichtlich; er saß da mit halb geschlossenen Augen in seinem Sessel und sagte eine Weile gar nichts mehr.

Ich fürchtete schon, er habe auch noch das Atmen eingestellt, aber dann fuhr er fort: »Meine Zeit in Lyon wurde nahezu unausweichlich zur Katastrophe. Simones Mutter, Claudia, war eine freundliche und sanftmütige Frau, stand aber ganz unter der Fuchtel ihres Mannes, Lucas, der alles hasste, was nicht aus Frankreich kam. Er war nicht Simones richtiger Vater, sondern hatte Simone und ihre jüngere Schwester Laura adoptiert, als sie noch ganz klein waren.

Für ihn – er war sehr groß und schlank und erinnerte ein wenig an General de Gaulle – waren Amerikaner so was wie Neandertaler, die eine Gefahr für die europäische Kultur darstellten. Undenkbar, dass seine Tochter in Begleitung eines solchen Barbaren das Land verlassen könnte. Er sprach kaum zwei Worte mit mir. Er hatte im Zweiten Weltkrieg auf Seiten der französischen Résistance gekämpft und war von der Gestapo verhaftet und gefoltert worden. Aus irgendeinem Grund war diese Geschichte wieder in den Blickpunkt der Aufmerksamkeit geraten, denn in allen Zeitungen war damals sein Name zu lesen.

Ich fragte Simone, ob sie wisse, warum man Abe den angebotenen Job nicht geben wolle. Sie sagte, sie habe mit jemandem vom Vorstand telefoniert, und der habe etwas von einem Brief über Abe aus Amerika gesagt.

Die Familie besaß eine zweistöckige Villa, aber dort wohnte ich nicht, sondern nahm mir ein Zimmer in einem nahegelegenen Hotel. Simone besuchte mich heimlich, als ob wir Teenager wären, und dort geschah es, dass wir zum ersten Mal miteinander schliefen. Ich erzählte ihr von meinem Entschluss, eine Weile in Paris zu bleiben. Als ihr Vater davon hörte, reagierte er mit der Bemerkung, Frankreich sei zum Magneten für Penner aus aller Welt geworden.

Wie gesagt, Simone hatte eine Schwester, Laura, ein Jahr jünger als sie. Sie studierte Englisch und lebte ebenfalls in Paris, aber bis dahin hatte ich sie noch nicht kennengelernt. Zufällig war sie auch gerade bei ihren Eltern zu Besuch, und so trafen wir ein paarmal zusammen. Sie schwärmte für Amerika und konnte es kaum erwarten, eines Tages nach New York zu reisen. Wir streiften zu dritt durch Lyon und verbrachten die Abende mit endlosen Gesprächen, eingehüllt in Zigarettenrauch und Kaffeeduft.

Zurück in Paris, erzählte mir der Concierge, er habe Abe während der ganzen Zeit meiner Abwesenheit kein einziges

Mal gesehen. Einige seiner Habseligkeiten fehlten. Er hatte keine Nachricht hinterlassen, sondern war einfach verschwunden, und ich fragte mich, ob er womöglich in die Staaten zurückgereist war.

Jemand von der Stiftung kam zu mir in die Wohnung, und wir vereinbarten, dass ich Ende Oktober ausziehen sollte. So blieb mir genug Zeit, etwas Neues zu suchen.

Ein paar Tage später tauchte Abe plötzlich wieder auf. Es muss gegen Mitternacht gewesen sein, als ich den Schlüssel im Schloss hörte. Er sah schlimm aus, war betrunken und redete zusammenhangloses Zeug. Ich verstand lediglich, dass er eine Freundin irgendwo in Montmartre hatte und ihr Ex ihnen Ärger machte.

Als ich am nächsten Morgen aufwachte, war er schon wieder weg. Und mit ihm waren einige Scheine aus meinem Portemonnaie sowie meine goldene Armbanduhr und ein teures Dupont-Feuerzeug verschwunden. Ich hatte keine Ahnung, wo ich ihn suchen sollte. Das Gleiche geschah danach noch einige Male. Wenn er kam, ließ ich jedes Mal irgendwo ein wenig Geld gut sichtbar liegen, was er dann mitnahm, nachdem er geduscht, sich rasiert und umgezogen hatte. Er glich einem Gespenst, erschien um Mitternacht, verschwand beim dritten Hahnenschrei und nahm die Opfergaben mit, die einfache Sterbliche ihm hingelegt hatten. Mich störte das nicht, ich war nur besorgt um ihn und nahm mir immer wieder vor, ein ernstes Wort mit ihm zu reden.

Simone kam nach Paris zurück, und wir verbrachten fast jeden Tag miteinander. Da sie mit einer Freundin zusammenwohnte, trafen wir uns meist bei mir. Einmal schlief sie gerade, als Abe, wie immer betrunken, gegen drei Uhr morgens auftauchte. Ich sagte, Simone sei im Schlafzimmer, und er bedachte mich mit einem idiotischen Grinsen. Was er dann tat, machte mich sprachlos – er ging ins Schlafzimmer, hob vorsichtig die Bettdecke und sah die Schlafende lange Zeit versonnen an. Simone hatte die Angewohnheit, nackt zu schlafen.

›Du Glücklicher‹, flüsterte er und ließ die Decke sinken. Diesmal verzichtete er auf sein übliches Ritual, duschte nicht und zog sich nicht um, sondern verließ die Wohnung auf der Stelle.

Kurz darauf kam der Abend, an dem alles schiefging, der Abend, den ich bereits erwähnt habe … Aber davon später, ich möchte jetzt erst einmal ein wenig ausruhen.«

Er nahm ein kleines Kästchen aus der Tasche und drückte auf einen Knopf. Die Schwester erschien und half ihm aus dem Zimmer.

Walter kam herein und erklärte: »Wenn Sie angeln gehen möchten, begleite ich Sie. Ich habe alles vorbereitet. Der Bach ist keine Meile von hier entfernt.«

Ich antwortete, mir sei nicht nach Angeln, und schlug auch sein Angebot aus, mich auf einem Spaziergang durch Freeport zu begleiten. Ich ging auf mein Zimmer, las ein wenig und schlief ein.

Wieder träumte ich von Julie. Sie stand vor mir, stark geschminkt und aufreizend gekleidet, und neben ihr stand ihre Doppelgängerin.

»Ich wusste gar nicht, dass du eine Zwillingsschwester hast«, sagte ich.

Wir waren in einem leeren Zimmer. Ich saß auf einer Art Thron mit geschnitzter Rückenlehne, während die zwei Frauen standen. Ihre langen Schatten hüllten mich ein wie ein Leichentuch.

»Ich habe keine Zwillingsschwester«, sagte eine der beiden. »Und ich bin nicht Julie. Ich bin Simone.«

Ich fuhr stöhnend aus dem Schlaf.

Ich wusste, sie liebte mich, noch bevor sie es mir sagte. Dergleichen kann im Lauf einer Therapie geschehen, vor allem dann, wenn der Therapeut ein Mann und die Patientin eine Frau ist, oder umgekehrt, man nennt das »Übertragung«. Manche Patienten haben enorme emotionale Bedürfnisse, die sie auf denjenigen projizieren, der für sie Geborgenheit, Verantwortungsbewusstsein und Aufmerksamkeit verkörpert.

Als ich ihr das erklärte, versuchte Julie mich davon zu überzeugen, dass es in ihrem Fall ganz und gar nicht so sei.

»Ich mag Sie sehr«, sagte sie, »zugegeben, aber ich wüsste nicht, wo da ein Problem sein sollte.«

»Eine Therapeut-Klienten-Beziehung« – ich sprach bewusst nicht von »Arzt« und »Patient« – wäre in dieser Situation nicht nur unmoralisch und standeswidrig, sondern auch äußerst gefährlich«, erklärte ich.

»Jede Beziehung ist ›gefährlich‹, James. Wer verliebt ist, öffnet seine Seele und muss am Ende nicht selten Verletzungen hinnehmen, manche leiden bis ans Ende ihres Lebens darunter. Nicht weil ihre Partner schlechte Menschen sind, sondern weil sie kalt oder ängstlich sein können oder beides. Haben Sie die *Göttliche Komödie* gelesen?«

»Einer meiner Professoren bezeichnete dieses Werk als Pflichtlektüre für angehende Psychoanalytiker«, sagte ich. »Ihm zufolge schildert Dante hier mustergültig, wie Menschen sich ihre innere Hölle vorstellen.«

»Nun, in Canto 3 gibt es einige rätselhafte Zeilen. In jenem Niemandsland im Vorfeld der Hölle, wo es weder Verdammnis noch Leben gibt, erblickt der Dichter jemanden, von dem er sagt: ›Als erst der Blick Bekannte mir erlaubte zu sehn, sah ich auch den, der durch Entsagen aus Feigheit großen Gutes sich beraubte.‹«

»Ja, das kenne ich. Dante bezieht sich hier auf Papst Coelestin, der Ende des 13. Jahrhunderts sein Amt niedergelegt hat.«

»Mir ist egal, auf wen er sich bezieht, Geschichte interessiert mich nicht. Ich träume viel zu gern und will mir meine Fantasie nicht durch alberne Spielchen mit Wahrheit oder Wirklichkeit verderben lassen. Die höchste Wahrheit befindet sich immer im Bauch der Frau, die neues Leben zur Welt bringt, und nicht in Büchern. Die Naturvölker wussten das ganz genau, als sie sich ihre Göttinnen ausdachten.«

Ich weiß noch, wie sie von ihrem Stuhl aufstand, die Augen wie in Trance halb geschlossen. Langsam zog sie sich aus und stand dann nackt vor mir, die Beine leicht gespreizt, die Arme locker herabhängend.

»Mehr als das existiert nicht«, sagte sie, »hier, in meinem Körper, ist das Leben. Außerhalb davon ist nur das Nichts.«

Ich sagte kein Wort. Ich rührte mich nicht. Sie war außerordentlich schön. Die Säume ihrer Unterwäsche hatten auf ihrer Haut Abdrücke hinterlassen wie verblasste Narben.

»Sich aus Feigheit eines großen Gutes berauben«, sagte sie und kam um den Schreibtisch herum auf mich zu. »Wir alle müssen uns entscheiden zwischen dem Nichts der Vorhölle und den Qualen der Hölle. Wofür entscheiden Sie sich, James?«

SIEBEN

Ich duschte und verweilte lange unter dem heißen Wasserstrahl, um mich wieder in den Griff zu bekommen. Die Erinnerung an Julie hinterließ bei mir ein Gefühl tiefer, qualvoller Trauer, die alle Zellen meines Körpers erfasste. Zugleich versuchte ich die Risiken abzuwägen, denen Josh unter Hypnose ausgesetzt sein könnte.

Er erwartete mich am Couchtisch im Wohnzimmer. Der Raum schien mir schon vertraut, als würde ich ihn seit Monaten kennen. Kaum hatte ich ihm gegenüber Platz genommen, begann er seine Geschichte. Seine Stimme war anders, kräftiger, und die Worte polterten mit einem Tempo heraus, als wollte er sich der Last, von diesen Dingen erzählen zu müssen, so schnell wie möglich entledigen.

»Simone erzählte mir, sie habe Abe gesehen. Er habe sie in der Stiftung aufgesucht und darauf bestanden, mit ihr unter vier Augen zu sprechen, und schließlich sei sie mit ihm in ein Café gegangen.

Zwei Stunden lang zog er hinter meinem Rücken mit allen möglichen Lügen über mich her: Ich sei nicht der, für den ich mich ausgebe, meine wahre Absicht sei es, sie hinters Licht zu führen, sie zu perversen Spielchen zu verleiten, von denen ich anscheinend nicht lassen könne. Zum Beispiel soll ich ihm nach unserer Rückkehr aus Lyon erzählt haben, ich hätte mich in Laura verliebt, ihre jüngere Schwester, und wolle sie nach New York einladen, um sie zu verführen.

Nicht dass er sich so ausgedrückt hat, bei ihm klang das viel ordinärer. Ich sei ein geiler Bock, am College habe ich seine Freundin vergewaltigt und mir ihr Schweigen mit Geld erkauft. Er sagte zu Simone, er habe vor, sich in Mexiko vor mir zu verstecken, wolle aber Paris mit gutem Gewissen verlassen und nicht mit dem Gedanken leben müssen, er habe ihr Leben zerstört, weil er sie mit mir bekannt gemacht hatte.

Simone erwiderte, sie glaube ihm kein Wort, und fragte, warum er ihr das alles nicht schon längst erzählt habe, wenn es sich mit mir tatsächlich so verhielt. Weil er den Ernst der Lage verkannt habe, antwortete Abe. Erst als ich nach der Rückkehr aus Lyon von ›heiraten‹ gesprochen habe, sei ihm klargeworden, dass mein Spiel aus dem Ruder zu laufen drohte.

Er versprach ihr, Beweise für seine Behauptungen zu liefern, wenn sie die Wahrheit ertragen könne. Sie brauche nur am Abend in sein Zimmer zu kommen, irgendwo im 18. Arrondissement. Er sagte, er habe dort Briefe und Fotos versteckt, die er auf keinen Fall mit nach draußen nehmen wolle.

Simones Geschichte verschlug mir die Sprache, ich musste erst einmal begreifen, was genau Abe dazu gebracht hatte, solche Lügen über mich zu verbreiten. Ich wollte ihr ausreden, zu ihm zu gehen. Aber sie war fest entschlossen, nicht weil sie auch nur eine Sekunde lang glaubte, dass Abe die

Wahrheit sagte, ganz gleich was für ›Beweise‹ er ihr vorlegen würde, sondern weil er ihr leidtat. Sie glaubte, er habe einen Nervenzusammenbruch erlitten und sei kurz davor, vollends wahnsinnig zu werden. Sie hoffte, ihn mit Geduld und guten Worten aus den Wahnvorstellungen herausholen zu können, in die er sich hineingesteigert hatte.

Ich sagte ihr, das sei viel zu riskant. Wir beide seien keine Psychiater. Ich erinnerte mich an einen Bekannten am College, Jeremy Green, bei dem im ersten Semester Schizophrenie ausgebrochen war. Er hatte um den Fernseher in seinem Wohnheimzimmer eine Art Altar aufgebaut, geschmückt mit leeren Zahnpastatuben aus der Mülltonne. Als er schließlich in eine Anstalt gebracht werden sollte, hatten die Sanitäter alle Hände voll zu tun, so klein und schmächtig er auch war.

Ich fragte sie, ob sie schon mal daran gedacht habe, dass ihr Leben – oder unser Leben, falls sie sich mit mir zusammentun wolle – in Gefahr sein könnte, wenn Abe, wie von ihr befürchtet, demnächst womöglich vollends dem Wahnsinn verfallen würde.«

Mir fiel auf, dass Josh immer aufgeregter und fahriger wurde, je näher er dem Ende seiner Geschichte kam. Anfangs hatte er selbstsicher gewirkt, wenn auch sichtlich bedrückt von seinen Erinnerungen; jetzt aber glich er einem Ballon, dem langsam die Luft ausging, und sein Gesicht war leichenblass.

Sein Atem beschleunigte sich, und seine Hände waren ständig in Bewegung, strichen eine nicht vorhandene Falte an seiner Cordhose glatt oder schoben die Sachen auf dem Couchtisch herum. Es wurde dunkel, aber das schien er nicht zu bemerken, und so blieben wir bei ausgeschaltetem Licht in der Dämmerung sitzen.

»Am Ende fanden wir einen Kompromiss – sie würde sich mit Abe treffen, aber ich würde in der Nähe bleiben und heimlich auf sie aufpassen. Und die Begegnung sollte nicht bei Abe stattfinden, der wahrscheinlich in irgendeiner schmierigen Absteige voller Säufer und Junkies hauste, sondern in einem anständigen Hotel.

Damit war sie einverstanden.

Tags darauf nahm Simone im Hotel Le Méridien eine Suite für zwei Nächte und bezahlte im Voraus. Das Hotel lag in der Nähe des Restaurants, wo wir uns kennengelernt hatten. Ich packte ein paar Sachen und zog dort ein. Unterdessen rief Simone Abe an und sagte, sie wolle sich mit ihm treffen, aber nur unter der angegebenen Adresse. Abe antwortete, er werde am nächsten Abend kommen, um neun Uhr.

Um acht kam Simone zu mir ins Hotel. Ich begehrte sie – wir schliefen immer miteinander, wenn wir zusammen waren –, doch Abes Geist schien bereits in den Zimmern der Suite zu spuken, es hätte sich angefühlt, als ob er uns dabei zusehen würde; und so begnügten wir uns damit, ein paar Joints zu rauchen. Simone nahm nur wenige Züge, aber ich musste es natürlich übertreiben und dazu noch ein paar Gläser Cognac trinken. Als Abe um Punkt neun anklopfte, war mir schon ziemlich schwindlig. Ich versteckte mich im Schlafzimmer.«

Inzwischen war es fast vollständig dunkel, nur der matte Schein des Vollmonds verbreitete ein fahles Licht.

»Ich verstand nicht alles, was sie im Wohnzimmer sagten, weil sie beide mit gedämpfter Stimme sprachen. Immerhin bekam ich mit, dass Abe immer noch Lügen über mich erzählte und dass Simone ihm widersprach. Und dann glaubte ich Simone um Hilfe rufen zu hören, also riss ich die Tür auf und stürmte zu ihnen hinein.

Nichts war geschehen. Den Schrei hatte ich mir offenbar nur eingebildet. Wie gesagt, ich war ziemlich stoned. Simone saß in einem Sessel am Fenster, die kirschroten Vorhänge waren zugezogen. Abe saß auf einem kleinen Sofa vor ihr, die Hände unter seine Oberschenkel geschoben, als versuchte er sie zu wärmen. Er sah mich erschrocken an und beschuldigte Simone, sie habe ihn hintergegangen.

Von den Ereignissen der nächsten Stunde bekam ich noch einiges undeutlich mit, aber dann muss der Film bei mir komplett gerissen sein.

Abe machte mit seinen ungeheuerlichen Lügen weiter, angefangen bei unserer ersten Begegnung bis zu meiner Ankunft in Paris. Er behauptete, ich verfolge einen hochkomplizierten Plan, mit dem Ziel, ihn in Simones Augen schlechtzumachen und damit ihre Freundschaft zu zerstören. Das alles in unglaublich ordinärer Sprache und von Gesten begleitet, die so obszön waren wie seine Worte.

Simone und ich schwiegen zu alldem; wir ließen ihn einfach sein Gift verspritzen. Ich schenkte drei Gläser Cognac ein und setzte mich auf den Teppich. Von Abes Tirade abgesehen, hätte ein neutraler Beobachter angenommen, da säßen drei Freunde, die miteinander tranken und rauchten und Erinnerungen austauschten.

Über dem Fernseher hing eine große Uhr an der Wand. Ich weiß noch, es war Mitternacht, als ich zum letzten Mal danach sah. Ich war aufgewühlt und hatte keine Lust, mich mit Abe zu streiten. Immer wieder fragte ich mich, was wir hier überhaupt taten. Einmal ging Simone ins Bad, und ich blieb mit Abe allein, der sich am Boden ausgestreckt hatte.

Er sagte, er hasse mich und würde mich am liebsten tot sehen. Ich fühlte mich ganz merkwürdig, wie losgelöst, als ob er von jemand anderem spräche, jemandem, den ich nicht kannte und der mir völlig gleichgültig war, so dass Abes Worte mir nicht wehtun konnten. Ich saß immer noch, an einen Sessel gelehnt, auf dem Teppich, die Arme um die Knie geschlungen. Es mag sich komisch anhören, aber ich bin dann eingeschlafen.

Als ich aufwachte, saß ich nicht mehr auf dem Teppich, sondern auf der Couch. Mir taten alle Knochen weh, und mein Kopf fühlte sich an, als ob er gleich platzen würde. Die Uhr zeigte elf Minuten nach zwei. Zwei Flaschen Cognac lagen leer am Boden. Außer mir war niemand im Zimmer.

Ich ging ins Schlafzimmer, dann ins Bad, und dort fand ich Simone.

Sie lag in der Wanne, die Hände in einer makabren Begräbnishaltung auf der Brust gefaltet, die Augen geschlossen, das Gesicht furchtbar entstellt und voller Blut. Jemand hatte ihr den Schädel eingeschlagen, mit einem marmornen Lampenfuß, der unter dem Waschbecken lag. Abe war verschwunden.«

Er stockte, als suche er nach den richtigen Worten.

»Was ich dann getan habe, kann ich mir bis zum heutigen

Tag nicht erklären. Es lag doch auf der Hand: Nachdem ich eingeschlafen war, nahm Abe den Lampenfuß, ging ins Bad – ich erinnerte mich, dass sie dort hineingegangen war, bevor mir die Sinne schwanden –, tötete sie und machte sich aus dem Staub.

Aber ich war immer noch zu stoned, um zu begreifen, wie sich das mit der Tatsache vereinbaren ließ, dass ich nichts gehört hatte und dass sich vom Bad zum Wohnzimmer eine Spur von Blutstropfen zog.

War ich auf der Couch zusammengebrochen, nachdem ich versucht hatte, Abe aufzuhalten? Oder hatte ich sie im Rausch erschlagen? Aber warum hätte ich etwas so Entsetzliches tun sollen? Was genau hatte Abe zu mir gesagt, bevor ich das Bewusstsein verlor?

Die ganze Nacht hindurch machte ich sauber. Ich reinigte sämtliche Oberflächen, um Fingerabdrücke zu beseitigen, und wischte so gut es ging das Blut weg. Ich zitterte heftig und überlegte fieberhaft, wie ich der Falle entkommen könnte, die Abe – wer sonst? – mir gestellt hatte, um mich zu vernichten. Mehrmals musste ich mich übergeben, und dann begann ich darüber nachzudenken, wie ich Simones Leiche aus dem Hotel schaffen sollte.

Am Morgen hängte ich das *Bitte-nicht-stören*-Schild an die Tür, ging in das Einkaufszentrum auf der anderen Straßenseite und kaufte den größten Koffer, den sie hatten, und neue Kleider für mich selbst. Simone war klein und passte problemlos in den Koffer, zusammen mit den Sachen, die ich in der Nacht getragen hatte. Ich hatte noch einen Joint übrig, und in der Minibar waren etliche kleine Flaschen

Whisky und Wodka, die ich eine nach der anderen austrank, bis ich so mutig war, dass ich die Rezeption anrufen und bitten konnte, mir ein Taxi zu rufen und meinen Koffer nach unten zu bringen. Und nie verließ mich das Gefühl, das alles sei ein Albtraum, ich sei nicht wirklich in Paris, in einem Taxi, mit Simones Leiche hinter mir im Kofferraum.

Als ich in die Rue de Rome zurückkam, erkundigte sich der Concierge nach meinem Ausflug, und ich sagte, der sei sehr schön gewesen. Ich fragte, ob er Abe gesehen habe, und er sagte, nein, *Monsieur Ab* sei während meiner Abwesenheit nicht da gewesen. Ich schleppte den Koffer die Treppen hoch, ging in mein Zimmer und warf mich aufs Bett.

Meine psychische Verfassung wechselte von Minute zu Minute, und es wurde immer schlimmer. In einer Situation wie dieser erleidet man als Erstes ein Schock, man ist wie gelähmt und kann sich nicht rühren. Hat man das überwunden, gerät man in eine Phase fieberhaften Agierens – man muss etwas tun, auf der Stelle, um sich der Gefahr zu entziehen. Müdigkeit verschwindet wie durch Zauberhand, man entdeckt unvermutete Kraftreserven, trifft rasche Entscheidungen und handelt entsprechend. Der Verstand arbeitet mit einer Schnelligkeit, die man sich nie zugetraut hätte. Dann aber kommt der Rückschlag: Totale Erschöpfung und die Erkenntnis dessen, was geschehen ist, trifft einen wie ein Kinnhaken. Immer und immer wieder durchlebte ich den Augenblick, als ich Simones Leiche in der Wanne entdeckt und begriffen hatte, dass sie tot war. Und jedes Mal krampfte sich mir der Magen zusammen.

Ich hatte Simone ja nicht nur verloren, sondern womöglich

sogar selbst ums Leben gebracht. Ich war in einem fremden Land, und sehr wahrscheinlich würde man mich zum Sündenbock machen, selbst wenn ich unschuldig wäre. Dem Staatsanwalt wäre es ein Leichtes gewesen, Geschworene von meiner Schuld zu überzeugen, ob die Anklage nun begründet war oder nicht. Und an Abe kam ich nicht heran. Ich kannte nicht einmal seine Adresse.

Ich konnte den Blick nicht von dem Schrank wenden, in dem ich den Koffer verstaut hatte. Immerzu dachte ich, gleich geht er auf, wie in einem Horrorfilm, und Simone tritt mit entstelltem Gesicht heraus und zeigt anklagend auf mich. Ich hatte noch etwas Cognac im Haus und trank ihn, aber mir wurde nur schlecht davon, und wieder musste ich mich übergeben. Schließlich fiel mir ein, dass ich irgendwo noch Schlaftabletten hatte. Ich fand sie in einer Schublade, nahm ein paar und schlief vollständig bekleidet ein. Erst am nächsten Morgen, als es schon hell wurde, wachte ich auf. Ich hatte acht Stunden geschlafen.

Als Erstes ging ich zum Schrank und machte ihn auf – er war leer. Ich bekam weiche Knie, riss mich zusammen und stellte fest, dass auch Abes Sachen verschwunden waren. Ich konnte nur vermuten, dass er gekommen war und alles mitgenommen hatte. Auf der Suche nach einem Koffer hatte er den gefunden, in dem Simones Leiche versteckt war. Warum er ihn trotzdem genommen hatte, war mir ein Rätsel.

Ich duschte und zog mich um. Dann ging ich zum Concierge und fragte, ob er Abe gesehen habe, aber das verneinte er. Er war eben erst gekommen, und der Nachtconcierge war schon nach Hause gegangen.

Am Abend klopfte die Polizei bei mir an. Ich hatte den ganzen Tag eine Zigarette nach der anderen geraucht und fühlte mich so zittrig, dass ich kaum aufstehen konnte.

Sie waren zu zweit, beide in Uniform, einer Ende fünfzig, der andere etwa so alt wie ich. Als ich aufmachte, sah ich als Erstes, dass sie den verschwundenen Koffer mitgebracht hatten. Seltsamerweise war ich fast erleichtert: Ich würde zahlen müssen für das, was ich getan hatte, falls ich es wirklich getan hatte, aber wie auch immer, wenigstens hätte der Albtraum dann ein Ende. Ich bat sie herein und bestätigte, dass ich Joshua Fleischer hieße und amerikanischer Staatsbürger sei.

Sie begannen mit der Frage, ob der Koffer mir gehöre. Ich sagte: Ja. Sie fragten, warum ich ihn um drei Uhr morgens in der Nähe der Kreuzung Rue Duplessis und Rue de Plone abgestellt habe, fünf Minuten zu Fuß von meiner Wohnung. Ein Stadtstreicher, der dort schlief, habe mich erkannt – den Amerikaner aus der Rue de Rome.

Ich erwiderte, das sei ich nicht gewesen; der Stadtstreicher habe wahrscheinlich Abraham Hale gesehen, meinen ehemaligen Mitbewohner, der nachts, während ich schlief, in die Wohnung gekommen sei und mir von der Statur her etwas ähnlich sehe.

Sie fragten, ob ich eine grüne Cordhose und eine marineblaue Jacke besitze. Das waren die neuen Sachen, die ich in der Nähe des Hotel Le Méridien gekauft hatte. Ich räumte ein, diese Sachen gehörten mir und ich hätte sie am Vortag getragen, aber es könne sich dennoch nur um eine Verwechslung handeln: Ich hätte ein starkes Schlafmittel genommen und die ganze Nacht durchgeschlafen. Jedoch hätte ich Grund zu der Annahme, dass Abraham Hale in die Wohnung gekommen sei. Wer weiß, vielleicht habe er meine Sachen angezogen, manchmal tue er das.

Ich zündete mir eine Zigarette an und fragte mich, ob es möglich war, dass sie den Koffer noch gar nicht geöffnet hatten und folglich nicht wussten, dass darin eine Frauenleiche steckte. Oder war das Ganze ein makabres Spiel – Simone längst auf dem Obduktionstisch des Pathologen und das Gebäude von Polizisten umstellt, die nur auf das Signal warteten, meine Wohnung zu stürmen und mich festzunehmen?

Der Ältere fragte, ob mir klar sei, dass der Koffer auch ohne richterliche Anordnung durchsucht werden dürfe, wenn er einfach irgendwo abgestellt worden sei. *Jetzt geht es los*, dachte ich. Ich sagte, das sei mir klar, und er schob die Hände in die Hosentaschen. Ich sah eine Pistole im Halfter und Handschellen an seinem Gürtel. Der Jüngere bückte sich und machte den Koffer auf.

Er war voller Kleider, offenbar in großer Eile hineingestopft. Abes Kleider, um genau zu sein, die über Nacht aus der Wohnung verschwunden waren. Keine Spur von der Leiche. Sie fragten, warum ich diese Sachen fortgeworfen hatte.

Ich verstand überhaupt nichts mehr. Warum hatte Abe den belastenden Koffer so gut sichtbar abgestellt, nachdem er die Leiche irgendwie entsorgt hatte?

›Hatten Sie Streit mit … Mr. Hale?‹, ging die Fragerei weiter. ›Wo ist Mr. Hale jetzt? Wann und wo haben Sie ihn das letzte Mal gesehen?‹

Ich antwortete, Abe habe sich seltsam benommen, aber Streit sei nicht das richtige Wort. Abe sei ins 18. Arrondissement gezogen, mehr wisse ich nicht. Ich hätte ihn noch nie dort besucht. Das letzte Mal hätte ich ihn vor ungefähr einer Woche in einem Café getroffen.

Endlich gingen sie. Ich schloss die Tür hinter ihnen, setzte mich in einen Sessel und rätselte, was das alles zu bedeuten hatte. Nach einigen Minuten gab ich auf. Ich hatte solche Kopfschmerzen, dass ich beinahe wieder das Bewusstsein verlor.

In der verzweifelten Hoffnung, irgendeinen Hinweis zu finden, durchsuchte ich die Kleider in dem Koffer. In einer Tasche fand ich Abes Reisepass und ein kleines Goldmedaillon mit der Freiheitsstatue, das ich Laura, Simones Schwester, geschenkt hatte, konnte mir aber nicht vorstellen, wie es in Abes Besitz gelangt war. Und dann stieß ich zwischen den Kleidern auf einen Zettel, auf dem in Großbuchstaben stand: *VERSCHWINDE!*

Mein Instinkt riet mir, dieser Aufforderung zu folgen. Ich kaufte ein Flugticket nach New York, packte und fuhr am nächsten Tag zum Flughafen. Ich benutzte Abes Pass, da meiner verschwunden war und ich auf keinen Fall zum Konsulat gehen und Ersatzpapiere beantragen wollte. Dafür hatte ich es zu eilig, nach Hause zu kommen.

Nachdem ich die Grenzkontrolle überstanden hatte und wieder in den Staaten war, setzte ich mich vor dem Flughafen auf eine Bank. Leute fragten mich, ob sie mir helfen könnten, aber ich bekam kein Wort heraus.

Der Rest hat eigentlich nichts mehr mit dem zu tun, weshalb ich Sie hergebeten habe. Ich verbrachte ein paar Monate in Mexiko und fand dann nach und nach in mein altes Leben zurück. Die Befürchtung, dass die Polizei bei mir anklopfen würde, klang allmählich ab und legte sich schließlich ganz.

Danach hatte ich nur sporadische und oberflächliche Beziehungen zu Frauen, und der Gedanke an Heirat kam mir nie. Sollte ich in jener Nacht zum Mörder geworden sein, bedeutete das, es könnte auch ein zweites Mal geschehen, und so musste ich jede Möglichkeit einer Wiederholung einer so schrecklichen Tat ausschließen.

Von Simone oder Abe habe ich nie mehr etwas gehört. Jahrelang versuchte ich das alles zu vergessen, und eine Zeitlang glaubte ich, es sei mir gelungen. Aber dann ist vor ein paar Wochen etwas passiert – die Einzelheiten sind nicht wichtig –, und ich erkannte, dass diese Erinnerungen die ganze Zeit über da gewesen waren, ausgesperrt aus meinem Bewusstsein, aber immer da. Ich habe mir nie verziehen, was in jener Nacht geschah und dass ich dort war, ob als Mörder oder nicht. Ich war geflohen wie ein Feigling, statt zu bleiben, um die Sache aufzuklären und Verantwortung zu übernehmen.

Ich wollte mein Gewissen beschwichtigen, indem ich einen großen Teil meines Lebens wohltätigen Zwecken widmete. Ich wünschte, ich könnte die Uhr zurückdrehen. Das ist nicht möglich, aber ich will diese Welt nicht verlassen, ohne zu wissen, ob ich ein Verbrecher bin oder nicht.«

Wir saßen im Dunkeln, beide erschöpft. Sein Gesicht war nicht mehr zu erkennen, ich sah nur noch einen Schatten, eine verschwommene Silhouette in dem schwarzen Wasser, das uns umgab und uns zu Gefangenen des Geheimnisses machte, das er mir anvertraut hatte.

Er stand langsam auf, machte Licht und setzte sich wieder.

»Jetzt wissen Sie, worum es geht«, sagte er und sah mich irgendwie herausfordernd an. »Und morgen, wenn Sie einverstanden sind, machen wir uns an die Arbeit.«

»So einfach ist das nicht«, sagte ich. »Zunächst einmal brauche ich Ihre Krankenakte. Und dann müssen Sie mir schriftlich bestätigen, dass Ihnen die Risiken einer solchen Therapie bewusst sind und Sie die volle Verantwortung für alle denkbaren Folgen übernehmen. Je nach den Medikamenten, die Sie bekommen, bleibt abzuwarten, ob eine solche Erklärung überhaupt rechtsgültig ist und Sie nicht möglicherweise im Zustand verminderter Zurechnungsfähigkeit handeln.«

»Das ist mir alles bekannt. Sie finden eine Kopie meiner Krankenakte in Ihrem Zimmer. Was diese Erklärung betrifft, hat mein Anwalt sich bereits kundig gemacht – die Schmerzmittel, die mir verordnet wurden, haben keinen Einfluss auf meine geistigen Fähigkeiten.«

»Ich sehe, Sie haben an alles gedacht.«

»Ich hatte Monate und Jahre Zeit, darüber nachzudenken, und ich bin ein sehr ordentlicher Mensch.«

»Wir könnten es mit Wortassoziationen versuchen«, sagte ich. »Zur Vorbereitung würde ich nur ein, zwei Tage brauchen. Manchmal sind die Ergebnisse wirklich spektakulär, viel aufschlussreicher als die, die man vermittels hypnotischer Regression erzielt.«

Er schüttelte den Kopf. »Ich möchte an der Hypnose festhalten. Danach können wir immer noch entscheiden, ob weitere Tests nötig sind.«

»Josh, haben Sie damals Tagebuch geführt?«

»Nein, ich habe kein Tagebuch geführt. Warum fragen Sie?«

»Manchmal spielt unser Gedächtnis uns schlimme Streiche … Erinnerungen an bestimmte Geschehnisse entsprechen nicht unbedingt dem, was wirklich geschehen ist.«

»Ich habe ein sehr gutes Gedächtnis, James. Schon immer. Und in den letzten paar Tagen, bevor Sie hierherkamen, habe ich alles zu Papier gebracht, habe mich genau an jedes Detail zu erinnern versucht.«

»Das ist mir klar, Sie erinnern sich an viele Einzelheiten, aber unser Gedächtnis ist keine Kamera, die Bilder und Geräusche aufzeichnet; es besitzt eine unglaubliche Fähigkeit, das Erinnerte zu schönen und nicht selten auch zu fälschen.«

»Ich weiß, worauf Sie hinauswollen, aber ich kann Ihnen versichern, das ist bei mir nicht der Fall. Wenn Sie mich jetzt entschuldigen wollen, ich muss mich ausruhen. Wir sehen uns morgen früh.«

Ich fand die Krankenakte auf dem Couchtisch in meinem Zimmer. Daneben, in einem Umschlag mit dem Logo einer von Joshua Fleischers Stiftungen, eine Haftungsverzichtserklärung für den Fall irgendwelcher nachteiligen Folgen der Therapiesitzungen sowie eine ärztliche Bescheinigung, dass seine aktuelle medikamentöse Behandlung keinerlei Auswirkung auf seine geistigen Fähigkeiten haben konnte.

Die Leukämie war im Spätstadium diagnostiziert worden, nach Behandlung mit Zytostatika remittiert und dann mit voller Wucht zurückgekehrt. Es kam einem Wunder gleich, dass der Mann noch lebte und keine stärkeren Schmerzen hatte. Dennoch, alles in allem war es ein typischer Fall ohne besondere Auffälligkeiten.

Bevor ich mich schlafen legte, griff ich zu Notizbuch und Füllfederhalter und skizzierte das weitere Vorgehen. Ich formulierte auch einen Plan B, falls der erste scheiterte.

ACHT

Am nächsten Tag führte ich zwei Hypnosesitzungen durch. Meine dabei entstandenen Aufzeichnungen folgen hier im Wortlaut.

Sitzung 1

Patient: Joshua Fleischer, männlich, 64, erkrankt an Leukämie, weitere Erkrankungen nicht bekannt.

Patient aufgeregt, Puls und Blutdruck leicht erhöht, Pupillen erweitert. Innere Anspannung äußerlich sichtbar; ihm liegt daran, dass alles gut vorbereitet ist. Bekräftigt mehrmals, dass er volles Vertrauen in mich habe.

Vor Beginn der Sitzung telefonierte er kurz mit seinem Anwalt in New York. Sodann vergewisserte er sich, dass Walter und die Schwester in Bereitschaft standen, und testete den Alarmknopf. Auf meine Bitte wurden die Vorhänge im Zimmer zugezogen. Die im Haus anwesenden Pflegekräfte und Dienstboten wurden von ihm angewiesen, uns nicht zu stören.

Die Sitzung wird in Bild und Ton digital aufgezeichnet, der Datenträger bleibt im Besitz des Patienten. Kopien dürfen nicht angefertigt werden.

Ich beginne das Verfahren zur Herbeiführung des Trancezustands vermittels verbaler Suggestion.

Patient ist sehr angespannt. Nennenswerte Reaktion erst, als ich vorschlage, er solle sich innerlich an einen leeren Strand versetzen. Seine Beeinflussbarkeit nimmt zu. Ich schicke mich an, die Trance herbeizuführen. Er reagiert positiv. Stufe zwei erfolgreich eingeleitet.

Als Erstes versuche ich es mit der Methode der objektivierenden Induktion. Die tatsächliche Identität des Patienten wird temporär außer Kraft gesetzt, um die mit der Suspendierung der repressiven Filter einhergehende Unruhe zu mildern.

»Joshua Fleischer ist jetzt vier Jahre alt. Er fühlt sich ruhig und geborgen. Sie sind seine einzige Verbindung zu anderen Menschen. Können Sie ihn bitten, Ihnen zu schildern, was er sieht?«

»Da ist ein Rasen. Er hat Angst vor einer Hummel, die in seiner Nähe fliegt. Mrs. Michaelson … Ja, er … Das Gras ist nass. Er könnte unsichtbar sein. Vielleicht ist er im Gras verschwunden. Wasser … Debbie sollte herauskommen und bei ihm sein. Sie trägt rote Strümpfe und weiße Sandalen.«

»Wer ist Debbie?«

»Seine Babysitterin. Sie telefoniert immer stundenlang, und ihre Haare riechen nicht gut. Sie hat ein großes braunes Muttermal unter der Nase.«

Er ist unruhig, er stöhnt.

»Ein alter Mann wurde von einem Auto überfahren. Die Straße war grau. Er hat gesehen, wie man die Leiche von der Fahrbahn holte. Sein Gesicht war rot. Er weiß nicht, wo die anderen sind. Debbie sollte bei ihm sein. Er hört ihre Stimme, aber er kann sie nicht sehen. Ameisen, überall sind Ameisen.«

»Alles ist gut. Seitdem sind viele Jahre vergangen, Joshua ist jetzt sechzehn. Sie stehen direkt neben ihm. Erzählen Sie mir, wer er ist und was er sieht.«

Er macht ein ängstliches Gesicht. Er blickt hin und her, als versuche er festzustellen, wo er sich befindet; nagt an den Fingernägeln seiner linken Hand, zwirbelt eine nicht vorhandene Locke über seinem Ohr.

Plötzlich beugt er sich vor, als habe er einen Schlag in den Nacken erhalten, und stöhnt laut auf. Er nimmt die Hände vors Gesicht, hält sich den Mund zu, wie um einen Schrei zu unterdrücken. Er macht die Augen auf und sieht mich an, ohne mich zu sehen. Speichel läuft ihm übers Kinn. Er atmet hektisch.

»Wo ist Joshua?«

»Er ... es reicht ...«, sagt er und macht eine Handbewegung, mit der er etwas zu beenden scheint. »Bitte ... verzeih ... ihm.«

Seine Stimme ist die eines Teenagers, der seine Tränen nicht mehr zurückhalten kann. Er weint. Dabei klingt er so, als sei er unter Narkose, sein Kehlkopf scheint sich dagegen zu sperren, Sätze richtig auszusprechen. Die Worte kommen breiig. Seine Augen sind halb geschlossen. Er schaukelt auf seinem Stuhl hin und her und streckt wie ein Blinder die Hände vor sich in die Luft.

»Er hat dort nichts zu suchen«, sagt er mit anderer Stimme, der eines Erwachsenen, hart und streng. »Was zum Teufel macht er da mit diesem Mädchen? Ausgerechnet *er*! Wer hat ihm den Alkohol gegeben, Herrgott nochmal?«

Plötzlich wirft es ihn zurück, er prallt mit den Schultern an die Sessellehne, hebt beide Hände an sein linkes Schlüsselbein und stößt Laute aus, die auf starke Schmerzen schließen lassen.

»Das rote Zimmer«, sagt er. »Dieses Zimmer … Ich will da nie wieder hineingehen …«

Ich schweige zehn Sekunden lang und induziere dann Stufe drei. Er atmet jetzt gleichmäßig. Seine Miene entspannt sich.

»Zehn Jahre sind vergangen, Josh hat das College abgeschlossen. Wie feiert er am Tag seines Examens?«

Er wirkt nachdenklich. Er lacht, fährt mehrmals mit der Zunge über seine Lippen, schluckt, als habe er übermäßigen Speichelfluss. Er sagt etwas, so leise, dass ich es nicht verstehe. Er scheint etwas zu suchen. Immer wieder schaut er auf sein linkes Handgelenk, als wolle er nach der Uhrzeit sehen.

»Ich glaube, sie kommt nicht«, sagt er und steckt sich pantomimisch eine Zigarette an. Er »raucht« wütend, immer nervöser. »Hey, Phil, wie geht's? Nein, Mann, das wird wohl nichts, aber ich warte noch was, vielleicht … Jemand muss … Hat nichts mit Feigheit zu tun, nur …«

Er verstummt. Konzentriert sich, bewegt lautlos die Lippen, als versuche er sich an etwas zu erinnern. Sein Gesichtsausdruck verändert sich alle paar Sekunden. Dann holt er tief Luft und gerät in einen nahezu katatonischen Zustand, die Arme gerade nach vorne ausgestreckt, Handflächen nach oben wie jemand, der einen gefangenen Vogel freilässt.

»Joshua ist in Frankreich, in Paris, in der Suite eines Hotels, Le Méridien. Abe Hale, sein Freund, muss in wenigen Minuten kommen. Joshua und Simone sind bereits da.«

Er scheint sich sehr zu konzentrieren und nickt hastig, als verstehe er nicht, was von ihm erwartet wird.

»Joshua denkt, es ist ein Fehler«, sagt er traurig. »Es gefällt ihm dort, er möchte bleiben. Er kann nicht glauben, dass Simone da mitgemacht hat. Er weiß, es könnte gefährlich sein, aber … Vielleicht gibt es noch andere Möglichkeiten …«

»War es Joshs Idee, sich dort zu treffen?«

»Nein, es war ihre … Ist doch egal. Abe hätte einfach nicht kommen sollen.«

»Warum sind die beiden in dieser Hotelsuite?«

»Sie sagt, sie wollte … Abe versucht es ihr auszureden, aber sie hört nicht hin. Er ist ein Verrückter. Sie sagt, sie würde lieber sterben als ihm sagen, was …«

Seine Stimme ist leise, müde. Plötzlich zuckt er zusammen und dreht sich um, als habe er irgendwo rechts hinter sich ein Geräusch gehört. Sekundenlang bewegt er stumm die Lippen.

»Das ist der Zimmerservice. Sie bestellen noch eine Flasche«, sagt er zu einem Unsichtbaren zu seiner Rechten. »Hey, wo … Nein, er glaubt nicht …«

Er sieht sich um, heftig blinzelnd wie jemand, der sich im Dunkeln zu orientieren versucht. Plötzlich reißt er den Mund auf und starrt panisch mit weit offenen Augen ins Leere. Ihm bricht der Schweiß aus.

»Die Uhr an der Wand. Sehen Sie hin und sagen mir, wie spät es jetzt ist.«

Er dreht den Kopf langsam nach links, wie eine mechanische Puppe, und murmelt etwas Unverständliches.

»Wie spät ist es jetzt?«

»Nein«, sagt er und schüttelt energisch den Kopf. »Er kann das nicht machen. Das wäre nicht richtig. Nein, niemals. Sie sollten ...«

Er zieht die Beine an und umfasst seine Knie, als säße er auf dem Fußboden.

»Müssen ... Das ist ein Fehler ... Nein, er will nichts sagen. Die Entscheidung liegt ganz bei ihnen beiden.«

Er bewegt weiter den Kopf hin und her, als beobachte er jemanden, der sich auf engem Raum bewegt. Oder als blättere er kopfschüttelnd in einem Buch.

»Also ...«

»Er kann sie jetzt sehen ... O mein Gott, das darf nicht wahr sein! Was haben sie getan? O nein ...«

Er schreit so laut auf, dass es mit Sicherheit im ganzen Haus zu hören ist. Er krümmt sich nach vorn, stellt die Füße auf den Boden und umklammert beide Knie. Wieder verfällt er in katatonische Starre.

Auf Fragen reagiert er nicht mehr, zwei Versuche, die Regression weiterzuführen, schlagen fehl. Ich entscheide mich dagegen, die Trance in Phase vier einzuleiten, und hole ihn langsam in den Wachzustand zurück.

Schwer atmend blickt er um sich und sieht nach der Uhr auf dem Tisch.

»Nur zwölf Minuten sind vergangen«, sagt er.

»Wir sind in eine Sackgasse geraten«, erkläre ich. »Es hatte keinen Sinn, es weiter zu versuchen.«

»Und, was haben wir herausgefunden?«

Er ist ungeduldig, seine sonst so beherrschte Fassade hat Risse bekommen, und er unternimmt nichts, sie wieder herzustellen.

»Nichts von Bedeutung«, sage ich, und er kann seine Enttäuschung nicht verbergen. »Sie waren in dem Hotelzimmer, sehr wahrscheinlich mit Simone und Abe, genau wie Sie gesagt haben.

Einer von Ihnen versuchte, den anderen etwas auszureden. Abe kam später, aber wie es aussieht, haben Sie beide in dem Zimmer auf ihn gewartet. Ich glaube nicht, dass Sie im Schlafzimmer versteckt waren, als er kam, im Gegensatz zu dem, was Sie mir erzählt haben. Offenbar hat Ihr Gedächtnis diese Erinnerungen außerordentlich gut abgeriegelt, ganz wie von mir erwartet. Sie haben ständig wiederholt, dass Sie kein Wort sagen würden.«

»Ist das alles?«, fragt er. Er wendet den Blick von mir zum Videorecorder, der immer noch läuft, als hege er den Verdacht, ich verheimliche ihm etwas.

Ich erkläre, die erste Sitzung diene lediglich der Sondierung, und in der zweiten werde ich nicht die objektivierende Methode anwenden. Ich erläutere ihm diese Methode – sie suggeriert dem Probanden, er sei jemand anderer, der die in Frage stehende Szene beobachtet; auf die Weise können Blockaden und Hemmungen umgangen werden. Schildert der Proband eine Szene aus der Sicht eines neutralen Beobachters, wird sein Bericht wesentlich genauer. In der zweiten Sitzung werde ich seine wahre Identität benutzen.

Er scheint nicht sonderlich überzeugt, stimmt dann aber

zu und fragt, ob wir die zweite Sitzung sofort durchführen können. Ich sage, er sollte erst einmal ein paar Stunden ruhen und sich möglichst entspannen. Zum Beispiel könne er Musik hören und versuchen, das Räderwerk seiner Gedanken abzuschalten.

Er weist den Vorschlag zurück und lädt mich stattdessen auf eine Spritztour ein.

Ich soll fahren. Walter holt den Wagen, und wir brechen auf. Josh erklärt mir den Weg. Nach zwanzig Meilen auf dem Highway halten wir in der Nähe der Abzweigung zur I-95 vor einem Lokal namens Nancy's Diner. Wir bestellen Hummer, aber er rührt seinen kaum an. Er erzählt von Angelmethoden und dass er früher oft mit einem Freund angeln gegangen sei. Er ist mit den Gedanken woanders, sein Verhalten hat sich verändert. Er wirkt zerstreut, irgendwie abweisend. Dass ich mir Notizen mache, scheint ihn zu stören.

Ich frage, ob ihm etwas eingefallen sei, und er gibt mir eine ausweichende Antwort.

Ich weise darauf hin, dass bei einer psychologischen Untersuchung wie dieser jede Kleinigkeit von entscheidender Bedeutung sein kann.

Nach kurzem Zögern fängt er an: »Ich glaube, ich habe sie getötet, James. Mir sind ein paar Dinge eingefallen … Verschiedene Dinge, schlimme Dinge … mir eben wieder eingefallen. Ich sehe sie deutlich vor Augen, aber irgendwie neutral, als sei nicht ich das gewesen, sondern als sähe ich es in einem Film oder so.«

»Es ist Ihnen nicht bewusst«, erkläre ich, »aber in Ihrem Gehirn hat eben ein echter Sturm getobt. Lassen Sie die

Dinge erst einmal zur Ruhe kommen, bevor Sie voreilige Schlüsse ziehen. In unserem Gedächtnis gibt es nicht nur Lücken, sondern auch jede Menge falsche Erinnerungen. Augenzeugen eines Autounfalls, zum Beispiel, schildern das Ereignis oft vollkommen anders, als es sich in Wirklichkeit abgespielt hat. Unser Gedächtnis speichert nicht einfach ab, was auf die Netzhaut fällt. Schließlich sind wir keine Roboter. Unser Bewusstsein agiert wie ein Regisseur, schneidet Szenen aus seinem Film, wie es ihm gefällt, und verbindet andere miteinander, um ihnen einen bestimmten Sinn zu verleihen. Wir zeichnen nicht *Tatsachen* auf, sondern *Bedeutungen* und *Gefühle*, die von einem Individuum zum anderen unterschiedlich sind, auch wenn die Tatsachen dieselben sein mögen.«

»Das weiß ich alles«, sagt er müde. »Aber ich bin mehr denn je überzeugt, dass ich sie ermordet habe. Ich weiß zwar nicht, warum, aber ich habe es getan.«

Er spricht, als habe er bisher nie ernsthaft daran geglaubt, dass er den Mord begangen haben könnte, und jetzt auf einmal seien ihm die Augen aufgegangen: Nur er könne es gewesen sein.

Wir kehren zu seinem Anwesen zurück.

Noch einmal werden bei ihm Blutdruck, Herzfrequenz, Puls und Blutzuckerspiegel gemessen. Er bekommt seine Medikamente, aber nicht die Schmerztabletten. Wir gehen ins Wohnzimmer und schalten das Aufnahmegerät ein. Ich schlage eine neue Sitzordnung vor. Er soll auf der Couch liegen, ich sitze im Sessel. Die zweite Sitzung beginnt.

Sitzung 2

Diesmal fällt der Patient schneller in Trance. Er atmet tief, was auf tiefen Schlaf hindeutet.

Er reagiert positiv auf meine Suggestion, er sei vier Jahre alt, und erzählt, wie ihm die ersten Sandalen gekauft wurden. Er ist sehr kooperativ. Wieder erwähnt er die beunruhigende Nähe von Wasser.

Ich frage, wie er im Anschluss an das College nach Paris gekommen sei. Er stutzt.

»Er hat es mir vorgeschlagen. Ich weiß nicht warum. Ich will da nicht hin. Aber nach dem Skandal war nichts mehr wie vorher.«

»Was für ein Skandal?«

Schweigen.

Ich wiederhole die Frage. »Was für ein Skandal?«

»Die Geschichte mit ihrem Mann. Wen interessiert's? Alle wissen Bescheid. Er kam ums Leben, und ich ging nach Paris, aber da wurde es noch schlimmer. Mit *ihm* wird alles immer nur schlimmer. Und jeder muss ihm seinen Willen lassen. Und niemals hat er Schuld an dem, was ihm passiert.«

»Reden Sie von Abe?«

»Er war … Wenn er nur auf mich gehört hätte … wäre es nie zu dem Skandal gekommen.«

»Reden Sie von Abe?«

»Der Mann, der … ich darf kein Wort sagen.«

Sein Tonfall ändert sich. Er »sieht« sich gründlich um.

»Wir sollten nicht davon reden … Wenn er dahinterkommt … Besser, die Dinge ruhen zu lassen … Ich weiß nicht, was ich tun soll … Keiner von uns weiß das.«

Er murmelt etwas Unverständliches und schüttelt den Kopf.

»Wie sehen Sie Simone?«

Ohne zu zögern sagt er: »Sie ist anders. Ich will ihr nicht wehtun. Er tut ihr bestimmt etwas an, wenn … Ich liebe sie, glaube ich.«

»Da ist jemand, der ihr wehtun will?«

»Ja, er … So ist er nun mal, so hat man es ihm beigebracht. Er ist ein schlechter Mensch. ›Doch jeder tötet, was er liebt … Der Feigling tötet mit einem Kuss … Der Kühne greift zum Schwert.‹«

Lange Pause.

»Sie liebt ihn nicht. Er sollte das Land verlassen.«

»Und was will *er* Simone antun?«

Er fährt sich stöhnend mit der Rechten durchs Haar und dreht den Kopf zur Seite. Seine Augen sind geschlossen, aber ich sehe die Augäpfel unter den Lidern hektisch hin und her rollen.

»Meine dumme Freundlichkeit … Ständig sagt er mir, er werde … Obwohl ich ihm damals gezeigt hatte, dass …«

»Ist Abe der Mann, der Simone etwas antun will?«

Er grinst hämisch und sagt mit veränderter Stimme: »Nein, der Scheißweihnachtsmann.«

»Ich möchte, dass Sie mir genau zuhören. Wie sind Sie in das Hotel Le Méridien gelangt? Mit Simone und Abe? Sind Sie später dazugekommen? Wie spät ist es auf der Uhr an der Wand, als Sie das Zimmer betreten?«

Er macht ein ängstliches Gesicht. »Wer hat Ihnen das erzählt?«, flüstert er. »Niemand kann das wissen. Es ist sehr wichtig, dass niemand das weiß. Er hat meinen Pass gestohlen, dieses verdammte Schwein!«

»Sie haben es mir erzählt, weil Sie vollstes Vertrauen zu mir haben. Und ich möchte, dass Sie mir weiter erzählen, was da passiert ist.«

Er schüttelt den Kopf und versucht von der Couch aufzustehen. »Ich habe Angst«, sagt er.

»Sie brauchen keine Angst zu haben«, versichere ich. »Sie sind jetzt in Sicherheit, niemand kann Ihnen etwas antun.«

»Sie kapieren das nicht, was?«, fragt er aufgebracht. »Es ist sehr wichtig, dass niemand davon weiß. Er würde sie umbringen.«

»Warum?«

»Weil die Leute das nicht verstehen würden … Sie hat sehr darunter gelitten.«

»Aber jetzt sind wir weit weg, in Sicherheit, und sie können Ihnen nichts tun. Diese Leute können weder Ihnen noch sonst wem etwas tun. Die sind endgültig weg. Sie brauchen keine Angst mehr vor ihnen zu haben.«

Er schüttelt den Kopf, als glaube er nicht, dass ich die Wahrheit sage.

»Was ist in jener Nacht geschehen?«

»Es gab eine Schlägerei.«

»Reden Sie von Simone?«

»Ja.«

»Sind Sie als Erster in das Hotel gekommen? Ich meine, vor ihm? War Simone bei Ihnen?«

»Ich war zuerst da. Wir haben viel getrunken. Ich war durcheinander. Einmal ging ich aus dem Zimmer und wollte schon abhauen, aber dann bin ich wieder reingegangen. Ich sagte ihm, er soll aufhören, den Leuten wehzutun.«

»Wovon sprechen Sie?«

»Von ihm, von dem, was er uns angetan hat.«

»Sprechen Sie aus, was Sie damit meinen.«

»Ich kann nicht, niemand würde das verstehen.«

»Und hat er es getan?«

»Ich hatte Angst, ich weiß nicht …«

Er verstummt. Seine Erregung nimmt zu. Er ballt die rechte Hand zur Faust und boxt in die Luft.

»Blut«, flüstert er, und Tränen laufen ihm übers Gesicht. »Blut, wie auf dem Highway. Der Highway ist grau, und alle sind tot. Ich kann sie sehen. Sie hat Blut in den Augen. Sie weint Blut.«

Plötzlich beginnt er am ganzen Leibe zu zittern, wie unter Strom. Weißer Schaum tritt ihm aus den Mundwinkeln. Er biegt die Hände zurück, als versuche er etwas Schweres wegzustemmen, das ihm die Brust zerquetscht. Seine Finger sind zu Krallen gekrümmt.

Ich beende die Sitzung und hole ihn aus der Trance, aber er verharrt in dieser Starre. Ich drücke den Alarmknopf, und augenblicklich eilt die Schwester herbei.

Ich blieb noch zwei Tage, bekam aber keine Möglichkeit mehr, mit ihm zu sprechen.

Er hatte einen Nervenzusammenbruch erlitten, die Tests ergaben jedoch keine wesentlichen Veränderungen seiner medizinischen Parameter. Aber seine Grundstimmung hatte sich massiv verändert. Er wollte nicht einmal wissen, ob die zweite Sitzung etwas Neues erbracht hatte.

Mein schriftlicher Bericht wurde in einen Tresor eingeschlossen und sollte ihm erst vorgelegt werden, wenn er den Wunsch danach äußerte.

Ich vermied es, irgendwelche endgültigen Schlüsse zu ziehen, war mir aber sicher, dass er zumindest als Komplize an der Ermordung der Frau beteiligt gewesen war, womöglich hatte er es sogar allein getan.

Nach den mir vorliegenden Fakten schienen weder Josh noch Abe Hale dem psychologischen Profil eines potentiellen Mörders zu entsprechen. Aber manche Menschen sollten sich besser nie begegnen, man denke an Bonnie und Clyde. Das ist wie bei einer chemischen Reaktion – zwei harmlose Substanzen können, wenn sie miteinander in Berührung kommen, eine Explosion auslösen. Als er an jener Tür in New Jersey auf den Klingelknopf drückte und Abraham ihm aufmachte, änderte sein Leben sich für immer.

Davon abgesehen gab es noch eine Menge anderer Dinge, die nicht zueinander passen wollten und deren Abfolge und wahre Bedeutung ich nicht hatte enträtseln können. Aber ich sagte mir, unter den gegebenen Umständen sei das auch nicht wichtig.

Beim Abschied – Walter brachte bereits mein Gepäck zum Auto – versuchte Josh mir etwas zu sagen, bekam aber kein Wort heraus. Er lag im Bett, Hände und Gesicht so weiß wie die Laken. Er machte nur eine angewiderte Geste und drehte sich zur Wand.

Wir würden uns nie mehr wiedersehen, da war ich mir sicher. Dennoch hatte ich das Gefühl, dass die Geschichte noch nicht vorbei war.

Bevor ich ins Auto stieg, gab Walter mir einen Umschlag mit meinem Namen darauf. »Von Mr. Fleischer«, sagte er. »Ich möchte Sie bitten, das erst zu öffnen, wenn Sie in New York sind.«

Ich dankte ihm, legte den Umschlag ins Handschuhfach und fuhr los. Er blieb vor der Haustür stehen und winkte mir nach.

Als das Eisentor hinter mir ins Schloss fiel, atmete ich erleichtert auf. Es kam mir vor, als sei ich tagelang in einem stickigen Zimmer eingesperrt gewesen, und jetzt endlich habe jemand die Fenster weit aufgestoßen und frische Luft hereingelassen.

Ich hatte noch nie einen Patienten gehabt, der dem Tod so nahe war wie Joshua Fleischer. Dieser Tod, sein Tod, lauerte halb in einem Winkel versteckt nur noch auf den richtigen Augenblick.

Von der Rückfahrt ist mir kaum etwas in Erinnerung geblieben. Der Verkehr auf dem Highway war dichter als auf der Hinfahrt, dazu kam starker Regen, der mich stundenlang begleitete. Einmal hielt ich an einer Tankstelle, tankte auf, trank einen Kaffee und dachte darüber nach, wie es weitergehen sollte. Joshs Geschichte wollte mir nicht aus dem Kopf, und ich war mir sicher, dass sie mich noch lange verfolgen würde.

NEUN

Ich kam erschöpft nach Hause, duschte und legte mich sogleich zu Bett. Am Morgen rief als Erstes ein Kollege aus L.A. an und erzählte mir von einer Konferenz in der Schweiz, die in drei Tagen stattfinden sollte. Professor Atkins, der dort als Redner erwartet werde, sei erkältet und könne nicht daran teilnehmen. Die Einladung kam zwar ziemlich überraschend, doch war ich sofort bereit, für ihn einzuspringen – weil es mich zwang, mir Joshs Geschichte vorerst aus dem Kopf zu schlagen.

Der Umschlag von Josh lag noch auf meinem Schreibtisch, als ich von der Konferenz zurückkam; während ich meine E-Mails las und meinen Bericht für die UCLA entwarf, schielte ich ab und zu danach, fand aber nicht den Mut, ihn zu öffnen. Ich vermutete, es handle sich um einen Abschiedsbrief, und dem fühlte ich mich noch nicht gewachsen.

Josh war mir sympathisch. Ein geradezu romantischer Charakter, hin- und hergerissen zwischen Gut und Böse, gleichwohl stark genug, sehr viel Gutes zu tun. Hatte er Simone damals in Paris getötet? Wenn ja, warum? Wahrscheinlich würde niemand es je erfahren.

Eines Abends fand ich, es sei an der Zeit, den Brief zu lesen.

Ich hatte auf TCM einen alten Film gesehen und mir eine Tasse Kaffee gemacht. Dann setzte ich mich an den Schreibtisch und notierte, was in den nächsten Tagen zu tun war. Der Umschlag lag zwischen Bleistifthalter und Laptop. Mir kam in den Sinn, dass es sich um einen letzten Wunsch meines ehemaligen Patienten handeln könnte und dass ich den nicht ignorieren sollte. Ich öffnete den Umschlag.

Darin war ein kleinerer Umschlag. Und zwei Blatt Papier mit meinem Namen darauf. Es war wie vermutet ein Brief von Josh.

»Lieber James,

wenn Sie diese Zeilen lesen, wird Ihre Arbeit getan sein. Ich weiß nicht, ob es uns jemals gelingen wird, das Geheimnis zu lüften, und jetzt weiß ich nicht einmal mehr, ob ich das überhaupt jemals gewollt habe. Aber ich weiß, dass Sie gekommen sind, um mir zu helfen, und dass Sie das nicht des Geldes wegen getan haben, und dafür danke ich Ihnen noch einmal.

Ich habe mich nicht nur aufgrund Ihrer erwiesenen Kompetenz und Ihres Ansehens in der akademischen Welt für Sie entschieden. Meine vorbereitenden Nachforschungen empfahlen Sie mir auch aus einem anderen Grund – insofern nämlich, als Sie eine ähnliche Tragödie durchlebt haben. Die Rede ist natürlich von Julie Mitchell. Auch Ihnen dürfte die wahre Bedeutung von Schuld und Reue nur allzu geläufig sein.

Nehmen Sie es mir nicht übel, dass ich in Ihrer Vergangenheit recherchiert habe. Dies geschah ausschließlich in der Absicht, Sie besser kennenzulernen, bevor ich Ihnen das dunkelste Geheimnis meines Lebens anvertrauen konnte. Und vielleicht folgte ich dabei auch einer gewissen Intuition, an die ich mein Leben lang geglaubt habe und die mich selten getäuscht hat.

Geld wird oft verachtet, seine Macht zu Unrecht für überschätzt gehalten. Was wohl daran liegt, dass Reichtum immer das Privileg einer winzigen Minderheit gewesen ist. Deswegen werden Leute, die niemals zu Reichtum gelangen, auch niemals um die geradezu mystischen Kräfte wissen, die wahrer Reichtum entfalten kann. Glauben Sie mir, seine Macht ist gewaltig.

Jedenfalls hat mein Geld mir gestattet, ein gewisses Dokument zu erwerben. Es befindet sich in dem beiliegenden Umschlag. Ich muss gestehen, ich habe es gelesen. Ich denke, sein Inhalt wird Ihnen helfen, Antwort auf eine ungeklärte Frage zu finden. Das bin ich Ihnen schuldig.

Warum ist das Dokument bis jetzt nicht ans Licht gekommen? Weil die von Schmerz überwältigten Eltern beschlossen, es Ihnen vorzuenthalten. Sie waren überzeugt, dass Sie indirekt den Tod ihrer Tochter herbeigeführt haben. Vielleicht waren Sie selbst insgeheim auch davon überzeugt. Ich weiß nicht, ob Sie das heute auch noch glauben, denke mir aber, dass dem so ist.

Ich habe gelogen, als ich Ihnen sagte, ich hätte keine Angst vor dem Tod. Beim Gedanken an den Augenblick, wo ich auf der Schwelle stehe, überkommt mich die furchtbarste Angst, die ich je erlebt habe, so sehr mein Kampf gegen diese Krankheit mich auch erschöpft haben mag. Ich empfinde dasselbe wie damals in Paris, das entsetzliche Gefühl, vor etwas Unwiderruflichem zu stehen, mir der Tatsache bewusst zu sein, dass alles, was geschehen ist und noch geschehen wird, nie mehr gutzumachen ist, zumindest nicht in dieser Welt. Und in den letzten Tagen wurde mir klar, dass auch ich, ganz gleich was in Paris wirklich geschehen ist und ob ich schuld daran war oder nicht, in dieser Nacht gestorben bin.

Jetzt, dem Tod so nahe, erkenne ich die Sinneseindrücke wieder, es schmeckt und riecht wie damals. Mag sein, dass mein Gedächtnis mich in vielem getäuscht hat, doch all diese Eindrücke sind irgendwo in einem Winkel meines Kopfs intakt geblieben. Vielleicht werden wir niemals wissen, was in jener Nacht in Paris geschehen ist, aber ich weiß mit absoluter Sicherheit, dass ich in der Nähe des Todes war.

Wir dürfen die Jugend nicht verklären. Kein anderer Lebensabschnitt ist so banal, und junge Leute sind eine leichte Beute. Zur Schule gehen sie nur, weil sie müssen, und lernen dort sinnlose Dinge, die sie schnell wieder vergessen. Sie haben kindische Ziele, empfinden unbekümmert Liebe oder Hass, weil sie keine Ahnung haben, was Liebe und Verlangen und Leidenschaft bedeuten oder welche Folgen extreme Gefühle für das Leben eines Menschen haben können.

Tatsächlich zerstören viele Menschen in diesem Alter ihr Leben und tappen in Fallen, aus denen sie nie wieder herauskommen. In diesem Alter legen künftige Alkoholiker, Mörder, Diebe, Folterer, Betrüger und all die anderen stummen Komplizen des Bösen den Grundstein für ihre Persönlichkeit.

In diesem Alter glaubt man, selbst die schlimmsten Fehler ließen sich noch beheben, verzeihen und vergessen. Dem ist nicht so. Ich denke, irreversible Fehler begehen wir eher in der Jugend, wenn unser wahres Ich noch intakt ist, als später, wenn die Gesellschaft uns in einen Kokon aus Ängsten und Überdruss und Komplexen eingesponnen hat, der unsere Sinne betäubt und unsere spontanen Regungen unterdrückt. Kein Erwachsener ist jemals so niederträchtig wie ein niederträchtiger Jugendlicher. Das Schicksal wollte es, dass ich einem solchen begegnete, und vielleicht war ich damals auch so einer. Abe, Simone und ich hätten uns niemals kennenlernen dürfen. Es wäre mir ein Leichtes, die ganze Schuld ihnen allein zuzuschieben, aber etwas in mir hat das Böse, das über uns schwebte, akzeptiert, wenn nicht gar geliebt, und ist ihm in das Zimmer gefolgt, in dem der Mord begangen wurde.

Ich werde Sie sehr wahrscheinlich nicht wiedersehen. Es tut mir leid, dass wir uns nicht früher und unter anderen Umständen begegnet sind. Passen Sie auf sich auf. Sie sind ein guter Mann.

Ihr Freund

Josh

PS: Versuchen Sie bitte nicht, tiefer zu graben; die Dinge sind viel komplizierter, als ich sie Ihnen darzustellen vermochte. Bei unseren Gesprächen ist mir etwas aufgegangen: Manche Ereignisse sollten niemals ans Licht kommen, weil sie dann welken wie Blumen, die man an der Wurzel aus dem Boden gezogen hat, und nach gar nichts mehr aussehen. Nur noch abstrakte Figuren, sinnlose Begebenheiten, Tintenkleckse, in denen jeder sehen kann, was er will, weil die ursprüngliche Bedeutung, egal was irgendwer jetzt darin erblickt, längst nicht mehr da ist, nicht einmal für die, die damals selbst dabei waren. Wir alle haben das Recht, zu vergessen und vergessen zu werden. Also lassen Sie die Toten in Frieden ruhen, James. Es ist besser so.«

Josh konnte den Brief eigentlich nur am Morgen des Tages geschrieben haben, an dem wir die beiden Sitzungen durchgeführt hatten, oder am Abend davor. Wieder empfand ich tiefes Bedauern, dass ich ihm den Frieden, nach dem er sich sehnte, nicht hatte geben können.

Ich betrachtete den zweiten Umschlag.

Julie hatte während unserer Beziehung immer distanziert und selbstbewusst gewirkt, als sei dies alles nur ein Spiel für sie. Es war nicht einmal eine Beziehung im eigentlichen Sinn gewesen, im Grunde nur ein paar sexuelle Begegnungen an Orten und unter Umständen, die so außergewöhnlich waren, dass ich mir dabei wie ein Versuchskaninchen vorkam, wie ein Crashtest-Dummy.

Einmal sagte ich ihr das auch, und sie bestätigte es mehr oder weniger. Sie sagte: »Ich glaube, manche Männer halten die umgekehrte Situation für das Normale: Frauen als Sexobjekte. Jahrhundertelang habt ihr Frauen als Wesen betrachtet, die zu eurem Vergnügen da sind, ohne dass euch jemals in den Sinn gekommen ist, dass es auch genau umgekehrt sein könnte. Wer weiß, vielleicht hat es schon immer eine Verschwörung der Frauen gegeben?«

»Noch bis zum Beginn des zwanzigsten Jahrhunderts wurden Frauen für nymphoman gehalten, wenn sie starke Orgasmen hatten, und liefen Gefahr, in eine psychiatrische Klinik eingesperrt zu werden«, erklärte ich ihr. »Ein Mann, der im Durchschnitt dreimal die Woche ins Bordell ging – das sagen uns Statistiken aus der viktorianischen Epoche –, wurde für normal gehalten, eine Frau hingegen, die aus reinem Vergnügen ihren Mann betrog, wurde womöglich für wahnsinnig gehalten und musste den Rest ihres Lebens im Irrenhaus verbringen.«

»Weil Männer Angst vor der Terra incognita des weiblichen Körpers haben. Weißt du, was ich denke, was Sex für die meisten Männer bedeutet?«

»Du wirst es mir gleich sagen.«

»Sex versöhnt euch mit dem Gedanken, dass ihr sterben müsst.«

»Gilt das für Frauen nicht auch?«

»Ich habe mich längst mit dem Gedanken versöhnt, dass ich sterben muss, und ich habe beschlossen, den Zeitpunkt dafür selbst zu bestimmen.«

»Und was bedeutet Sex also für dich?«

»Sex bietet die beste Möglichkeit, einen anderen so zu sehen, wie er wirklich ist.«

Ich öffnete den Umschlag. Darin steckten zwei mit blauem Kugelschreiber hastig beschriebene Zettel aus einem Spiralblock.

»Liebster,

sobald man zu sterben beschließt, wird das Leben unglaublich einfach. Von diesem Augenblick an kann man es bedingungslos genießen, ohne Furcht oder Scham. Mein Entschluss stammt aus einer Zeit, lange bevor ich Dir begegnet bin. Unsere Begegnung war reiner Zufall. Sie hat an meinem Entschluss nichts geändert, weil nichts mich davon abbringen kann, jedoch hat sie mich bewegt, die Sache ein wenig aufzuschieben. Vielleicht wirst Du niemals wissen, was für wunderbare Stunden Du mir in meinem letzten Jahr auf dieser Erde geschenkt hast.

Alles was ich jetzt schreiben kann, würde sich falsch anhören, aber ich möchte nicht gehen, ohne Abschied zu nehmen. Von Angesicht zu Angesicht wäre mir das nicht möglich. Ich denke, diese kleine Feigheit wirst Du mir durchgehen lassen.

Seit wir zusammen sind, hast Du mir Fragen über mich gestellt, genau wie ich selbst. Ich habe Dich oft belogen, nicht weil ich Angst vor der Wahrheit hatte oder weil ich ein perverses Spiel mit Dir treiben wollte, sondern ganz einfach, weil ich nicht wusste, was ich Dir sagen soll. Ich habe mich mein ganzes Leben lang vor Antworten und vor der Wahrheit gedrückt, seit mir jemand, als ich fünf Jahre alt war, zu erklären versuchte, dass es den Weihnachtsmann gar nicht gibt. Damals habe ich erkannt, dass die Wahrheit keinen Wert besitzt und dass Fantasie das Wichtigste ist. Die sogenannte Wahrheit ist bloß ein Friedhof, eine Summe von Dingen, die gestorben sind, weil die Menschen nicht mehr von ihnen träumen. Tausende Jahre lang haben Millionen Liebende vom Mond geträumt, bis Neil Armstrong dort hinflog und bewies, dass es sich bloß um einen banalen Klumpen Staub handelt, einen öden, feindlichen Ort.

Ich muss etwa zwölf gewesen sein, als meine Eltern eine Reise zum Grand Canyon planten. Sie zeigten mir Fotos, sie kauften Broschüren und Bücher mit Hochglanzfotos. Ich wollte das alles nicht sehen, ich wollte die Augen aufschlagen und mich vor einem Wunder wiederfinden, das ich mir niemals hätte vorstellen können. Ich wollte, dass es mir den Atem verschlägt und mich sprachlos macht. Nur kam es nicht dazu – dafür hatten meine Eltern gesorgt. Doch als ich Dich kennenlernte, hat es sich genau so angefühlt. Ich danke Dir sehr für alles, was Du für mich getan hast, und dass Du versucht hast, mich zu retten. In gewisser Weise ist Dir das gelungen.

Ich erinnere mich an einen Satz aus dem Buch, das Du so magst: »Ich bin nicht einer und einfach, sondern vielfach und viele.« Es ist Zeit, dass ich mich zusammenreiße und verschwinde. Ich kann es kaum erwarten zu tun, was ich zu tun habe. Ich fühle mich wie vor einer Reise zu einem wunderbaren Ort und freue mich, dass ich die Glückliche bin, die auserwählt wurde.

Julie«

Kein Zweifel, es war ihre Handschrift.

Wahrscheinlich hatten ihre Eltern den Brief versteckt; dabei hätte er beweisen können, dass Julie und ich eine Affäre gehabt hatten.

Mindestens eine Stunde lang blieb ich am Schreibtisch sitzen, starrte die vor mir ausgebreiteten Papiere an und gab mir alle Mühe, mich zu sammeln. Ich versuchte mich an unser letztes Zusammensein zu erinnern, doch es gelang mir nicht. Was hatte sie angehabt? Hatte sie Lebwohl gesagt? Hatten wir uns geküsst? Hatte ich danach versucht, sie anzurufen? Hatte sie geantwortet oder mich zurückgerufen?

»Du machst immer alles so kompliziert«, hatte sie einmal gesagt.

Wir waren in meiner Wohnung, im Bett. Ich erzählte ihr von dem Buch, das ich über meine klinischen Experimente schreiben wollte.

»Ich hoffe, du machst mich nicht zu ›Fall Miss X‹ oder ›Akte Nr. 2343VM‹. Meinst du, den Leuten ist irgendwo immer bewusst, warum sie etwas Bestimmtes tun? Du suchst nach Ereignissen und Tatsachen, die an sich keine besondere Bedeutung haben, du leuchtest in die Köpfe deiner Patienten wie ein Automechaniker unter die Motorhaube, aber manchmal habe ich das Gefühl, dass dir das Wesentliche entgeht. Was hoffst du zu finden? Für mich sind die wunderbarsten Dinge die, die sich nicht erklären lassen.«

Ich legte die Papiere zusammen und verstaute sie in dem kleinen Safe hinter meinem Schreibtisch, zog mich an und ging aus dem Haus. Es regnete, die Stadt zitterte unter einer dicken Schicht grauer Wolken. Das feuchte Pflaster glänzte im Dunkeln wie ein Fluss.

Ich kam zur Sixth Avenue, auf der es noch von Menschen wimmelte, die mir alle so fremd vorkamen, als stammten sie von einem anderen Planeten. Unterwegs holte ich mir bei

Joe's ein Stück Pizza, ging dann in eine Bar und bestellte mir einen Drink.

Irgendwo, Hunderte Meilen weit entfernt, lag ein Mann im Sterben, umringt von Gespenstern, inmitten eines Vermögens, das ihn vor nichts und niemandem mehr schützen konnte. Und er hatte mich nicht nur an die Hand genommen und in sein Spukhaus geführt, sondern auch meine eigenen Albträume wieder aufleben lassen.

Ich glaube, in diesem Augenblick, während mich durchs Fenster der graue Regen anstarrte, fasste ich den Entschluss herauszufinden, was in jener Nacht in Paris geschehen war – wenn schon nicht Josh zuliebe, dann wenigstens mir zuliebe.

Am nächsten Tag rief ich Kenneth Mallory an. Er hatte zehn Jahre lang als Polizist beim NYPD gearbeitet und sich dann als Privatdetektiv selbstständig gemacht. Die Künstleragenturen am Broadway nahmen gern seine Dienste in Anspruch, wenn sie etwas über die Vergangenheit ihrer Klienten erfahren wollten. Wer Millionen ins Marketing investierte, wollte nicht riskieren, dass irgendein Revolverblatt plötzlich mit Enthüllungen über Drogen und Orgien und geklaute Autos alles zunichtemachte. Mallory war auf derartige Nachforschungen spezialisiert und schnüffelte in ganz New York herum, ein Mann mit Zugang zu den wohlgehüteten Geheimnissen der Reichen und Berühmten, diskret, hartnäckig und erfolgreich, ein Schatten aus Fleisch und Blut in den Straßen der Stadt.

Kennengelernt hatte ich ihn vor vier Jahren, als die Polizei einen meiner Patienten verdächtigte, er habe einen Killer beauftragt, seine Frau zu töten. Kurz bevor sie in ihrem Haus in Fort Green, Brooklyn, erschossen wurde, hatte sie eine Lebensversicherung über einen hohen sechsstelligen Betrag abgeschlossen, und Mallory sollte sich die Sache im Auftrag der Versicherung ansehen. Am Ende wurde der tatsächliche Mörder gefasst, und es erwies sich, dass zwischen ihm und dem Ehemann des Opfers keinerlei Verbindung bestand.

Ich würde nicht sagen, dass wir Freunde wurden, denn so etwas gab es für Mallory offenbar nicht, aber wir waren in Verbindung geblieben und trafen uns zwei- oder dreimal im Jahr zum Essen.

Nachdem er sich einverstanden erklärt hatte, den Fall zu übernehmen, schickte ich ihm eine Mail mit allen Einzelheiten, die mir über Josh, Abraham Hale und Simone Duchamp bekannt waren. Ich riet ihm, seine Ermittlungen in den Archiven der Pariser Polizei zu beginnen, weil ungeklärte Mordfälle dort auf Eis gelegt und die Akten jahrzehntelang aufbewahrt würden. Er sagte, er habe einen Kontaktmann bei der Pariser Polizei und werde mir Bescheid geben, sobald er etwas in Erfahrung gebracht habe.

Die Ermittlung würde mich viel Zeit und Geld kosten, aber mit dem Scheck von Josh ließen sich alle denkbaren Kosten decken, und Zeit hatte ich bis zu meinem nächsten Projekt noch genug.

Andererseits hatte ich eine Vertraulichkeitsvereinbarung unterschrieben und gegen diese bereits dadurch verstoßen, dass ich Mallory mit den Namen und Fakten der Angelegenheit versorgt hatte. Aber er lebte davon, ein zuverlässiger Hüter von Geheimnissen zu sein, folglich war das Risiko, die Geschichte eines Tages in der Zeitung zu lesen, gleich null. Dazu kam, dass Josh mich dafür bezahlt hatte, die Wahrheit über jene Nacht ans Licht zu bringen. Mir allein war das nicht gelungen, aber mit Mallorys Unterstützung gelang es mir vielleicht doch.

Eine Woche lang hörte ich nichts von ihm, dann rief er eines Donnerstagabends an, als ich aus dem Fitnessstudio kam. Mein Handy klingelte genau in dem Moment, als ich ins Auto stieg.

»Hi, kannst du reden?«, fragte er so ruppig wie immer.

»Klar, was gibt's?«

»In den Archiven der Pariser Polizei gibt es keinen Mordfall mit einem Opfer namens Simone Duchamp. Weder 1976 noch in irgendeinem anderen Jahr.«

Ich war mehr als überrascht.

»Das ist unmöglich! Vielleicht ist die Akte verlorengegangen. Damals hatte man …«

»Ja, sicher, das weiß ich selbst«, sagte er. »Damals gab es noch keine Datenbanken und so weiter … Aber es ist nicht so, dass Polizisten vor der Computerzeit ihre Berichte in billige Notizblöcke geschrieben und dann weggeschmissen haben. Mein Kontaktmann hat sich sämtliche einschlägigen Akten angesehen, und ich kann dir versichern, die sind in bester Ordnung. Es gibt keinen ungeklärten Fall Simone Duchamp, Alter zwanzig bis dreißig. Er hat den gesamten Zeitraum von 1970 bis 1979 überprüft. Entweder hat dein

Freund sich im Namen geirrt, oder die Zeit stimmt nicht. Aber es gibt ein paar ungeklärte Mordfälle in Paris, die altersmäßig passen würden. Ich maile dir die Liste.«

»Was ist mit Vermisstenmeldungen? Mein Patient sagte, die Leiche sei verschwunden. Und wenn sie nie gefunden wurde, hat man nicht in einem Mordfall ermittelt, sondern nach einer Vermissten gesucht.«

»Okay, das überprüfe ich, aber versuch du bis dahin herauszufinden, ob dein Mann dir den falschen Namen gegeben hat. Nach über vier Jahrzehnten erinnert er sich vielleicht nicht mehr so genau. Du bist noch zu jung, du kannst nicht wissen, dass man mit zunehmendem Alter seine Erinnerungen an frühere Erlebnisse mehr und mehr verfälscht. In den meisten Ländern wird eine vermisste Person nach einigen Jahren für tot erklärt und entsprechend registriert. Ich überprüfe das noch mal, für alle Fälle.«

»Danke, Ken. Ich fürchte, ich komme an den Mann nicht mehr ran.«

»Darf ich was fragen?«

»Nur zu.«

»Bist du sicher, dass du in diese Geschichte reingezogen werden möchtest? Dein Patient ist eine große Nummer. Und ich weiß aus Erfahrung, dass bei solchen alten Geschichten immer ein Haufen schmutzige Wäsche zum Vorschein kommt, wenn so richtig reiche Typen darin verwickelt sind.«

»Ich weiß, was du meinst, aber ich will es trotzdem.«

»Kannst du ihm wirklich trauen? Ihr habt nur ein paar Tage miteinander verbracht, du kannst also nicht behaupten, ihn gut zu kennen – bei allem Respekt vor deinem Beruf.

Vielleicht hat er sich bloß eine Geschichte zusammengesponnen, warum auch immer.«

»Ken …«

»Okay, es ist dein Geld. Ich rufe an, wenn ich was habe.«

Vier Tage nach Thanksgiving bekam ich einen Brief von Joshs Anwalt, zusammen mit einer alten Schwarzweißfotografie und einem kleinen Goldmedaillon mit der Freiheitsstatue.

»Mr. Cobb,

hiermit teile ich Ihnen mit, dass Mr. Fleischer am Donnerstag gegen 15 Uhr gestorben ist. Es war ein Wunder, dass er nach Ihrem Besuch noch so lange durchgehalten hat. Er hat nicht gelitten und ist im Schlaf gestorben. Ich bin sehr froh, dass es so ausgegangen ist und dass wir, seine Freunde, in den letzten Stunden bei ihm sein und ihn auf seinem letzten Weg begleiten konnten. Es war das Mindeste, was wir für ihn tun konnten, nach allem, was er für uns getan hat.

Hochachtungsvoll

Richard Orrin

PS: Beiliegendes Foto und das Medaillon sind Geschenke von Mr. Fleischer. Soweit ich weiß, wurde das Foto Mitte der Siebziger in Paris aufgenommen. Er hatte es in seinen letzten Tagen auf dem Nachttisch neben sich stehen.«

Das Medaillon war schlicht, oval und mit der Freiheitsstatue verziert; es ließ sich aufklappen, aber es war nichts drin.

Das Foto zeigte eine junge Frau in einem weißen Kleid; sie trug einen breiten Sonnenhut, der ihr Gesicht in Schatten tauchte, und saß mit zwei Männern an einem Tisch unter Bäumen.

Die Konturen der drei verschwammen in großen Lichtflecken wie auf einem impressionistischen Gemälde. Einer der Männer saß vor der Frau, zwischen ihnen ein Tisch voller Kaffeetassen, Flaschen und Aschenbecher. Er saß entspannt in einen Stuhl gelehnt, die Beine übereinandergeschlagen. Seine ausgestellten Hosenbeine waren hochgerutscht und ließen die halbe linke Wade sehen. Seine rechte Hand ruhte im Schoß, die Linke hielt er lässig an die Hüfte gestemmt. Er wirkte hochmütig, ein Eindruck, den sein Menjoubärtchen im Dreißiger-Jahre-Stil noch verstärkte. Der andere Mann, wahrscheinlich Abraham Hale, saß zwischen den beiden am Kopfende des Tisches, der Frau zugewandt, den Blick jedoch auf den anderen Mann gerichtet, der ihn mit einer Geste oder einem Wort überrascht hatte und dem er darauf gerade antworten wollte.

Das Foto war überbelichtet, die Gestalten darauf zerflossen in einem milchigen Nebel; unmöglich, sie deutlicher zu erkennen. Ich drehte es um. Rechts unten war in altmodischer Schönschrift notiert: *Erinnerung an Paris: Abe, Josh und Simone, 29. September 1976.* Ich legte es auf den Schreibtisch und starrte es lange an.

Also kein Abschiedsgruß. Ich vergegenwärtigte mir Joshs Augen, seine welken Hände, sein Gesicht, zerfurcht von den Gräben eines Kampfes, von dem ich nicht wusste, ob er ihn verloren oder gerade gewonnen hatte.

Ich hatte nie zuvor so engen Kontakt mit einem dem Tod geweihten Mann gehabt und war mir sicher, ich würde die wenigen Tage, die wir zusammen verbracht hatten, niemals vergessen, jede Einzelheit im Gedächtnis behalten, jeden Blick, jedes Wort, jede Gebärde und jedes Heulen des Winds vor den Fenstern.

Zwei Monate später, nach den Weihnachtstagen, berichtete Mallory am Telefon, er habe etwas Interessantes ausgegraben. Wir trafen uns am folgenden Abend im Gramercy am Union Square. Nachdem wir eine Kleinigkeit bestellt hatten, reichte er mir ein Notizbuch über den Tisch. Gebunden in schwarzes Leder, alt und abgegriffen.

»Vielleicht hilft dir das weiter«, sagte er. »Ich bin mir nicht sicher … eine ziemlich wirre Geschichte, wie du sehen wirst, aber die Namen dieser Leute tauchen darin auf. Offiziell gehörte das Tagebuch einem gewissen Jack Bertrand. Ende der Neunziger wurde er wegen Totschlag angeklagt, für schuldig, aber unzurechnungsfähig befunden und in die psychiatrische Klinik Kirby eingewiesen, wo er vor fünfzehn Jahren starb. Frag mich nicht, wie ich daran gekommen bin, das willst du gar nicht wissen. Lass dir Zeit, lies es, dann reden wir.«

Ich steckte das Notizbuch ein und wechselte das Thema, konnte es aber kaum erwarten, einen Blick in diese Aufzeichnungen zu werfen. Wieder zu Hause, machte ich mir eine Tasse Kaffee und schlug die mit einer fahrigen Handschrift bedeckten Seiten auf. Der Text war nahezu unlesbar, und so bat ich tags darauf einen Computerexperten, das

Ganze zu scannen und durch ein Handschriftenerkennungs-programm laufen zu lassen. Am Ende kam ein fast makelloses Dokument heraus, das ich noch am selben Abend zu lesen begann.

ZEHN

Jack Bertrands Tagebuch (1)

New York, New York, Dezember 1998

Angefangen hat alles mit einer Frau, die einen Mann suchte, und der war nicht ich.

Aber ich sollte Ihnen die Geschichte der Reihe nach erzählen, denn es geht mir darum, aus zufälligen, bedeutungslosen Fragmenten der Wirklichkeit eine Geschichte zu machen, die Ihnen erklären soll, warum ich wegen eines Mordes, den ich nicht begangen habe, in einer Klinik für psychisch kranke Kriminelle gelandet bin.

Vor etwa zwei Monaten, am 11. Oktober, rief eine Frau bei der Polizei an und berichtete, bei einem ihrer Nachbarn scheine etwas nicht zu stimmen. Der Mann, Abraham Hale, habe verabsäumt, sein Auto den Vorschriften entsprechend auf die andere Straßenseite umzuparken, und daher einen Strafzettel unter den Scheibenwischer seines Toyota bekommen. Das sei noch nie passiert, hob die Frau hervor. Sie habe Hale Bescheid sagen wollen, aber der habe weder auf ihr Klingeln an seiner Tür noch auf Anrufe reagiert. Zuletzt gesehen habe sie ihn am Donnerstagnachmittag.

Sie wohnten in einem vierstöckigen Brownstone in Jackson Hights, Queens, in der Nähe von Travers Park. Da Mrs. Jenkins bei der Staatsanwaltschaft arbeitete, wurde ihr Anruf ernst genommen, und zwanzig Minuten später erschienen zwei Polizisten vor der Tür von Apartment 8; den Hausmeister hatten sie gleich mitgebracht. Sie läuteten mehrmals, minutenlang, ohne Erfolg. Schließlich nahm der Hausmeister seinen Schlüssel und versuchte die Tür zu öffnen, aber innen war noch die Kette vorgelegt, die sie erst aushebeln mussten, um in die Wohnung zu gelangen.

Neben der Couch im Wohnzimmer lag ein nackter Mann auf dem Boden. Er war groß, dürr, und seine Haut war leichenblass. Keine Blutspuren, keine Anhaltspunkte für Gewalt oder Einbruch. Alles in dem Zimmer schien unberührt, aber der Mann auf dem Teppich war eindeutig tot. Ein Polizist fühlte nach dem Puls und fand keinen, worauf der andere bei der Gerichtsmedizin anrief. Der Hausmeister bestätigte, bei dem Toten handle es sich um Mr. Abraham Hale, den aktuellen Mieter der Wohnung. An Tür und Fenstern waren keinerlei Zeichen eines gewaltsamen Eindringens festzustellen, doch den Polizisten fielen zwei Gläser auf dem Couchtisch auf, eins davon mit Spuren roten Lippenstifts. Sie warteten schweigend, als könne das leiseste Geräusch den Leichnam stören.

Der stellvertretende Gerichtsmediziner kam, stellte bei einer ersten Untersuchung keine Hinweise auf ein Verbrechen fest und erklärte den Mann offiziell für tot. Die Sanitäter verschlossen den Leichensack und brachten den Toten in die Pathologie des Queens Hospital Center an der Jamaica Street.

Weder der Hausmeister noch die Nachbarn kannten irgendwelche Angehörigen des Mannes: Er war nicht verheiratet, hatte keine Lebensgefährtin, keine Kinder oder sonstige Verwandte, was die Sache komplizierte, weil es rein rechtlich bedeutete, dass niemand die Leiche offiziell identifizieren konnte. Er war vier Jahre zuvor in das Haus eingezogen, die Wohnung hatte er über eine Makleragentur gemietet.

Die Gerichtsmedizinerin nahm seine Fingerabdrücke, aber ein Abgleich mit den Datenbanken der Polizei brachte keinen Treffer. Obduktion und Laborergebnisse ergaben keine Hinweise auf Fremdeinwirkung. Der Mann war ungefähr vierundzwanzig Stunden vor dem Eintreffen der Polizei gestorben, Todesursache war die Einnahme eines tödlichen Medikamentencocktails: Antidepressiva, Lithium und Benzodiazepine. Der Körper des Mannes gleiche einem mobilen Medikamenten-Testlabor, bemerkte die Gerichtsmedizinerin.

Hatte Hale Selbstmord begangen? Mit Sicherheit war das nicht zu sagen, aber einiges sprach dagegen. Er hatte seit Jahren Medikamente geschluckt, also musste es irgendwo in seiner Wohnung Rezepte geben, ausgestellt von einem Arzt, der vielleicht genauere Auskunft über seinen verstorbenen Patienten geben konnte. Sehr wahrscheinlich hatte er sich bei der Dosierung oder den Medikamenten selbst vertan, ein Fehler mit tödlichem Ausgang. Konnte jemand ihm die Medikamente in seinen Drink geschmuggelt haben, ohne dass er es merkte? Sehr unwahrscheinlich: So viele Tabletten veränderten den Geschmack eines Getränks so stark, dass jeder es gemerkt hätte, und da der Mann in den achtundvierzig Stunden vor seinem Tod keinen Alkohol getrunken hatte, konnte er auch nicht so betrunken gewesen sein, dass ihm das entgangen wäre. Der Leichnam wies keine Spuren von Gewalteinwirkung auf, nicht den kleinsten Bluterguss oder Kratzer.

Fünf Tage später meldete die Gerichtsmedizinerin den Todesfall beim Magistrat von Queens County, der sich vorläufig um den Nachlass des Mannes zu kümmern hatte und einen eigenen Ermittler in die Wohnung schickte, während die Polizei weiter ihre Nachforschungen anstellte. Die Auflösung eines Nachlasses kann manchmal ein Jahr oder länger in Anspruch nehmen – fehlende Papiere, ein Neffe in Utah, der nicht ans Telefon ging, zwei Cousins, die sich um ein altes Auto zankten. Wie es der Zufall wollte, war jener Ermittler meine Wenigkeit, Jack Bertrand.

Zu der Zeit waren für den Magistrat von Queens County vier Ermittler im Einsatz. Die anderen waren Ralph Mendoza, ein ehemaliger Polizist, Ende fünfzig, groß, melancholisch, geschieden; Linda Martino, siebzehn Jahre lang Hausfrau und Mutter von drei Kindern, bis ihr Mann plötzlich an einem Schlaganfall starb und sie mittellos zurückließ; und ein Twen namens Alan Cole, der erst vor wenigen Wochen eingestellt worden war und von dem ich so gut wie nichts wusste, außer dass er in Missouri aufgewachsen war.

Wir arbeiteten eigentlich immer zu zweit, was Diebstählen vorbeugen sollte, aber Linda und der Neue hatten bereits anderweitig zu tun, und Ralph hatte Urlaub genommen, um sich um die Beerdigung eines Verwandten zu kümmern. Also fuhr ich allein mit dem Bus nach Jackson Heights und suchte als Erstes den Hausmeister auf, einen kleinen Mann mit starkem slawischen Akzent. Er brachte mich zu der Wohnung in der zweiten Etage, entfernte das Absperrband von der Tür, schloss auf, legte mir einen Schlüsselbund auf den Couchtisch im Wohnzimmer und ging.

Die Wohnung hatte fünfundsechzig Quadratmeter, Wohnzimmer, Schlafzimmer und ein kleines Bad, ein anständiges, sauberes Heim für einen Single in mittleren Jahren. Meine Aufgabe als Ermittler bestand darin, Bargeld, Schmuck, Gold, Kunstwerke und andere Wertgegenstände zu suchen und in sichere Verwahrung zu bringen, bis irgendwelche Angehörigen sich die Sachen juristisch einwandfrei unter den Nagel reißen konnten.

Natürlich hatte die Polizei bereits alles gründlich durchsucht, aber außer einigen Papieren nichts gefunden, was sie hätte weiterbringen können; also mussten die Habseligkeiten des Mannes noch vollzählig vorhanden sein. Ich öffnete das Fenster, setzte mich auf die Couch und überlegte, wie ich vorgehen sollte. Ob irgendwo in der Wohnung Gold oder Bargeld verborgen war? Man muss nicht reich sein, um wertvolle Sachen unter den Dielen zu verstecken, besonders wenn man allein lebt. Reiche Leute bewahren ihre Wertsachen in getarnten Wandsafes oder Bankschließfächern auf. Aber der Mann hier hatte keinen Safe, also hatte er vermutlich ein Versteck.

Die Möbel waren alt und zusammengewürfelt, wahrscheinlich nach und nach auf Flohmärkten oder in Secondhand-Läden erworben. Unter dem Couchtisch lag ein kleiner cremefarbener Läufer mit einem blassen bräunlichen Fleck in der Mitte. Neben dem Fenster ein Bücherregal mit ungefähr fünfzig verstaubten Taschenbüchern und einem Stapel alter Zeitschriften. Starker Tabakgeruch hing in der Luft, aber ich sah weder Aschenbecher noch Zigaretten. Ich stand auf, schob den Tisch in eine Ecke, rollte den Läufer zusammen und stellte ihn neben die Tür. Durchs Fenster kam das laute Lachen einer Frau.

Eine Stunde später saß ich in einem Sessel und betrachtete die ärmliche Ausbeute an Gegenständen, die vor mir auf dem Fußboden lagen wie die letzten Relikte eines verschwundenen Planeten. Eine altmodische Hamilton-Uhr, Massivgold mit schwarzem Lederarmband, noch funktionstüchtig; ein hirngegerbter Lederbeutel mit einundzwanzig alten amerikanischen Silbermünzen (5- und 10-Cent-Stücke, Vierteldollar, halbe und ganze Dollar); eine schlicht gerahmte japanische Radierung, Landschaft von oben; ein Christophorus-Amulett an einer Kette, vermutlich Silber oder versilbert, aber ungestempelt; noch eine Armbanduhr, eine Omega, Gold, defekt; eine teure alte Reisetasche, Ghurka Marley Hodgson, aus Leder und Leinwand; ein Case-XX-Taschenmesser mit Hirschhorngriff; ein Zippo-Feuerzeug, leer und ohne Zündstein, mit einer goldenen Hawaii-Reklame auf der Vorderseite.

Die von Verstorbenen hinterlassenen Andenken und Familienerbstücke verlieren ihre Bedeutung keineswegs, doch in Abwesenheit ihres früheren Besitzers verschleiert sich ihr eigentlicher Sinngehalt und wird zu einem Rätsel. Jeder kleine Gegenstand – eine Zahnbürste im Bad, ein in der Hausapotheke vergessenes leeres Arzneifläschchen, ein altes Paar Schuhe im Kleiderschrank, eine Handvoll ungeöffnete Briefe auf dem Wohnzimmertisch, ein unerklärlicher Schlüssel, der zu keinem Schloss passt, alte Fotos – all diese Dinge werden zu Teilen eines Puzzles, die man hin und her schieben muss, bis sie einem plötzlich die wahre Geschichte des Menschen enthüllen, dem sie einst gehört haben. Was für ein Mensch war er? War er glücklich? Wusste er, dass er bald sterben würde? Hatte er Zeit, sich auf die große Reise vorzubereiten, oder kam es völlig unerwartet, aus heiterem Himmel? Was hatte es mit dieser goldenen Uhr auf sich? War sie ein Geschenk seiner Eltern? Lebten die noch und fragten sich, warum er sie nicht anrief? Hatte er sich umgebracht, oder war es bloß ein Unfall?

Genau das gefällt mir an meiner Arbeit: die Rätsel, jedes Mal ein neues Puzzle, jedes mit einer ganz anderen Geschichte.

Ich überprüfte noch einmal die Kleider in dem Spiegelschrank neben dem Schlafzimmerfenster, griff in jede einzelne Tasche und befühlte jede einzelne Naht, fand aber nichts mehr. Gerade als ich ins Wohnzimmer zurückgehen wollte, bemerkte ich eine Schuhschachtel der Marke Cole Haan, die ich beim ersten Durchgang übersehen hatte. Ich machte sie auf. Darin befanden sich drei Spiralnotizblocks, alle vollgeschrieben. Wie ein rasches Durchblättern ergab, steckten keine Geldscheine zwischen den Seiten, also legte ich die Schachtel in den Kleiderschrank zurück und ging ins Wohnzimmer.

Private Fotos oder Briefe fanden sich in der Wohnung nicht, die musste die Polizei mitgenommen haben, auch wenn das eher ungewöhnlich war.

Ich fertigte eine Liste an, packte die Sachen in den für solche Fälle vorgeschriebenen amtlichen Beutel und versiegelte ihn. Dann machte ich mir Kaffee, stellte mich damit ans offene Fenster und rauchte zwei Zigaretten, eine nach der anderen. Normalerweise benachrichtigt der Hausmeister in einem Todesfall unverzüglich die Versorgungsbetriebe, die dann Strom, Wasser, Gas und Telefon abstellen. Hier aber lief noch alles, und ich fragte mich, ob es schon einen neuen Mieter gab.

Ich schloss das Fenster, wusch die Kaffeetasse ab, stellte sie in den Schrank zurück, nahm den Beutel und verließ die Wohnung. Da ich den Hausmeister nicht in seinem Büro im Erdgeschoss antraf, behielt ich die Schlüssel.

Das war an einem Dienstag. Die Frau tauchte drei Tage später auf, am Freitag, gegen sechs Uhr abends.

Die nächsten zwei Tage dachte ich gelegentlich an Abraham Hale, den Mann, der jetzt nur noch eine weitere Nummer im Computersystem unserer Dienststelle war. Seine Sachen lagerten im Bauch des Gebäudes, in der Asservatenkammer, und damit war meine Arbeit in dem Fall im Wesentlichen erledigt. Dass ich noch seine Wohnungsschlüssel besaß, hatte ich keinem erzählt. Es fragte sowieso niemand danach, und der Hausmeister meldete sich nicht, um sie zurückzufordern.

Am dritten Tag, ich konnte nicht anders, fragte ich meinen Chef, Larry Salvo, ob die Polizei noch irgendetwas über Hale herausgefunden habe. Aber er zuckte bloß mit den Schultern und schickte mich zum nächsten Fall, irgendwo in College Point, 127th Street. Diesmal kam Linda Martino mit, und ich musste mir endlose Geschichten über ihre Kinder und miserable Schulen und zudringliche Bankangestellte anhören.

Als wir fertig waren, behauptete ich, um Linda loszuwerden, ich hätte noch einen Termin in der Gegend, und ließ mich an einer U-Bahn-Station absetzen. Von dort fuhr ich nach Jackson Heights und stieg an der Roosevelt Avenue aus. Ich weiß selbst nicht, was ich mir dabei dachte, vielleicht wollte ich nur dem Hausmeister die Schlüssel bringen. Doch als mir die Notizbücher wieder einfielen, wurde ich neugierig. Ich fand, es könne nichts schaden, sich die mal genauer anzusehen. Womöglich besaßen sie für irgendwen Erinnerungswert, und dann wäre es schade, wenn sie einfach fortgeworfen würden.

Ich schloss die Haustür auf, trat in die Vorhalle und bemerkte erst jetzt die Briefkästen. Wenn jemand gestorben ist, wächst die Post noch eine Weile weiter, genau wie Haare und Fingernägel. Leute schreiben einem Briefe, entweder weil sie nicht wissen oder weil es ihnen egal ist, dass man nicht mehr unter den Lebenden weilt; man könnte meinen, sie erlauben sich einen makabren Scherz. Ich fand den Briefkasten mit seinem Namen, öffnete ihn und nahm einen Packen Briefe und Reklame heraus. Das Haus war vollkommen still.

Ich ging in die Wohnung und machte die Tür hinter mir zu. Auf dem Tisch erblickte ich eine Tasse, die vor drei Tagen nicht dort gestanden hatte. Offenbar war die Polizei noch einmal da gewesen, und einer von ihnen hatte sich Kaffee gemacht. Ich prüfte die Lampen und Wasserhähne: Strom und Wasser und auch das Telefon waren immer noch nicht abgestellt, was ziemlich ungewöhnlich war.

Ich setzte mich auf die Couch und sah Hales Post durch, die Reklamezettel warf ich weg. Ein Brief von der Bank in einem weißen Umschlag, eine Rechnung von Time Warner Cable.

Ich öffnete das Fenster und rauchte eine Zigarette, als Aschenbecher nahm ich eine Untertasse. Ich fragte mich, was ich hier machte: Wenn jemand mich in der Wohnung ertappte, war ich in Schwierigkeiten. Ich holte die Notizbücher aus dem Kleiderschrank und untersuchte sie genauer.

Zwei alte Spiralblöcke, Marke Rhodia, und ein elegantes Manual von Clairefontaine mit schwarzem Einband. Die Notizen sahen aus, als seien sie in verschiedenen Zeiträumen entstanden, aber nirgends war ein exaktes Datum angegeben. Allem Anschein nach handelte es sich nicht um Tagebucheinträge, sondern um gelegentliche Notizen. Ich wusste nicht, mit welchem ich anfangen sollte, also schlug ich aufs Geratewohl einen der Rhodias auf und las:

Wenn du jemanden wirklich berauben willst, musst du nicht seine Zukunft zerstören, sondern seine Vergangenheit. Die Zukunft ist definitionsgemäß etwas Ungewisses, eine Summe vager Hoffnungen, die sich meist nicht erfüllen, und wenn doch – gewöhnlich entweder zu spät oder zu früh –, ist man enttäuscht, weil unsere Erwartungen immer zu hoch geschraubt sind.

Unsere Vergangenheit ist das einzig Gewisse, unser einziger echter Schutzraum, auch wenn unser Gedächtnis die längst vergangenen wichtigen Tatsachen ebenso wie die nicht so wichtigen Tatsachen in der Zwischenzeit vollständig umgewandelt hat. Die Vergangenheit ist einmalig und unwiederholbar, und im Gegensatz zur Zukunft gehört sie einem ganz allein; ob gut oder schlecht, bedeutungsvoll oder bedeutungslos, vergeudet oder ertragreich – niemand anders kann sie besitzen.

Und meine hat er mir genommen.

Ich las noch etwa zwei Stunden lang weiter, unterbrochen nur von gelegentlichen Zigaretten am offenen Fenster. Ein paarmal hörte ich draußen Schritte, aber niemand klingelte. Das Licht war aus, und langsam wurde es dunkel in der Wohnung.

Abraham Hales Aufzeichnungen handelten von Ereignissen irgendwann Mitte der siebziger Jahre, als er mit zwei etwa gleichaltrigen Freunden in Paris lebte: Joshua Fleischer, sein Zimmergenosse und bester Freund an der Princeton University, und eine Frau namens Simone Duchamp, seine Geliebte.

Irgendwann kam es zu Unstimmigkeiten, auch wenn er sich in seinen Notizen nicht allzu deutlich zu den Gründen äußerte, und er kehrte in die Vereinigten Staaten zurück. Anscheinend hatte sein Freund Simone verführt, die daraufhin mit ihm Schluss machte, obwohl sie bis dahin sehr glücklich miteinander gewesen waren. Mehrmals kam er darauf zurück, wie skrupellos Fleischer war, wenn er sich etwas in den Kopf gesetzt hatte. Jetzt sann Hale auf Rache und heckte alle möglichen Pläne aus, wie er es ihm heimzahlen könnte. Offensichtlich ließ er Fleischer, der unterdessen auch nach New York zurückgekehrt war, nicht aus den Augen.

Plötzlich klingelte das Telefon. Ein klobiges altes Modell, das auf einem kleinen Gestell neben der Couch stand. Ich fuhr so heftig zusammen, dass mir das Notizbuch auf den Läufer fiel.

Fieberhaft überlegte ich, was ich tun sollte. Am Ende beschloss ich ranzugehen: Womöglich erwarteten mich Informationen, die für die laufende Untersuchung nützlich sein konnten. Der Anrufer musste Hale kennen, hatte aber noch nicht von seinem Ableben gehört. Ich nahm den Hörer ab.

Ich hörte eine Frauenstimme. Ohne sich vorzustellen oder auch nur Hallo zu sagen, fragte sie, ob ich was dagegen hätte, wenn sie wie vereinbart in einer halben Stunde rüberkomme. Irgendwie schien es mir unangebracht, sie darauf hinzuweisen, dass ich nicht der war, für den sie mich hielt, oder ihr die traurige Nachricht am Telefon zu überbringen, weshalb ich nur sagte, sie könne gleich kommen. Sie verabschiedete sich und legte auf, bevor ich es mir anders überlegen konnte. Es geschah alles so schnell, und ich war in Gedanken noch ganz in der Geschichte gewesen, die ich da las.

Ich leerte meinen Behelfsaschenbecher in den Mülleimer, schloss das Fenster und legte die Notizbücher in den Schrank zurück. Ich nahm mir vor, ihr zu sagen – war sie eine Verwandte von Hale? Seine Geliebte? Eine Bekannte? –, es gebe noch einige Formalitäten zu erledigen, deswegen sei ich hier. Ich könnte ihr auch erzählen, rein zufällig sei mir der Mann von früher her bekannt, und daher wisse ich ein wenig von ihm und seinem Leben. Nein, Freunde seien wir nicht, so weit würde ich nicht gehen, aber er habe mir erzählt, dass er in den Siebzigern eine Zeit lang in Paris gelebt hatte. Dann überlegte ich es mir anders: Wenn sie mich etwas fragte, worauf ich keine Antwort wüsste, rief sie womöglich die Polizei.

Mir kam der Gedanke, dass sie mir vielleicht ein paar Auskünfte über ihn geben konnte: Beruf, Arbeitsplatz, Vorlieben und Neigungen, mögliche Motive für einen Selbstmord, falls er sich einmal dazu geäußert haben sollte.

In sein Notizbuch hatte Hale geschrieben:

Die Leute reden gern über die Toten. Auf die Weise holen sie sie ins Leben zurück. Alles, was mit dem Verstorbenen zu tun hat, gehört bereits der Vergangenheit an, sorgfältig verstaut in Schränken, Truhen und Kisten, und der Zeitablauf steht ein für alle Mal fest und ist von jener Bestimmtheit, die erst mit dem Ende eintritt, sobald alle Eventualitäten, Unsicherheiten, Umkehrungen und Enttäuschungen ausgeschlossen sind und nichts mehr missverstanden oder umgedeutet werden kann. Es ist alles da, stabil und stumm wie ein Grabstein.

Daran dachte ich noch, als die Frau, statt zu klingeln, einfach nur anklopfte. Ich machte das Licht im Wohnzimmer an und öffnete die Tür.

Sie war etwa in meinem Alter, vielleicht etwas jünger, und ließ sich anmerken, dass sie eigentlich lieber woanders wäre, auch wenn sie sich bei der Begrüßung ein Lächeln abrang. Sie ging an mir vorbei in die Wohnung und sah sich gründlich um.

»Ich weiß, es ist nicht gerade das Vier Jahreszeiten«, sagte ich.

Mitten im Zimmer blieb sie stehen, unter der Deckenlampe. Sie fragte weder nach meinem Namen, noch was ich hier machte oder wo Hale war, und ich wusste nicht, was ich sagen sollte. Ohne auf eine Aufforderung zu warten, stellte sie ihre Schultertasche neben die Couch und ließ sich in einem Sessel nieder. Dann zündete sie eine Zigarette an und sah sich nach einem Aschenbecher um. Ich holte eine Untertasse aus der Küche und stellte sie auf den Couchtisch. Sie schlug die Beine übereinander und dankte mir.

»Gern geschehen. Möchten Sie Kaffee oder Tee?«

»Nein, danke.«

Sie war nicht direkt schön, aber zierlich, und hatte fantastische Beine, sehr hübsche Augen und elegante Bewegungen. Sie trug ein dunkelgraues zweiteiliges Kostüm und dazu passende Schuhe. Meine Arbeit bringt es mit sich, dass mir auch scheinbar belanglose Einzelheiten nicht entgehen: ihre violett lackierten Fingernägel, die schmale Perlenkette um ihren Hals, die winzigen goldenen Ohrringe und das kleine Muttermal rechts über ihrer Oberlippe. Sie hatte dunkle Ringe um die Augen, die auch ihr Make-up nicht ganz kaschieren konnte.

Ich zündete mir eine Zigarette an, und wir rauchten erst einmal und musterten uns aus den Augenwinkeln, jeder wartete darauf, dass der andere etwas sagte. Als dieses Schweigen peinlich wurde, fasste ich mir schließlich ein Herz.

Ich sagte: »Ich nehme an, Sie wissen nicht, was passiert ist …«

Sie hob die Augenbrauen. »Nein, weiß ich nicht. Wovon reden Sie?«

»Nun, es tut mir sehr leid, aber Ihr Freund, Abraham Hale, ist vor drei Tagen gestorben. Sein Leichnam ist im Queens Hospital Center, Jamaica Street. Wissen Sie, wo das ist? Die Polizei sucht noch nach jemandem, der ihn vorschriftsmäßig identifizieren kann.«

Minutenlang blieb sie stumm, als überlegte sie, wie sie reagieren sollte. Schließlich drückte sie ihre Zigarette aus, sagte: »Tut mir sehr leid, das zu hören«, und zündete sich die nächste an. Sie blickte wie abwesend im Zimmer umher.

Nach einer Weile fragte sie: »Wie ist es passiert?«

»Das weiß niemand so genau. Doch wie es aussieht, hat er eine Menge Schlaftabletten geschluckt.«

»Sie meinen, er hat sich das Leben genommen?«

»Nun ja, kann sein, aber die Polizei geht von einem unglücklichen Versehen aus.«

»Verstehe …«

Ich setzte mich neben sie auf die Couch. Irgendwie fand ich die ganze Situation absurd und unwirklich, wie eine wahllos herausgegriffene Filmszene, die jedem, der den Anfang verpasst hatte, sinnlos vorkommen musste.

»Vielleicht möchten Sie wissen, wer ich bin und was ich hier tue«, bemerkte ich.

»Ich denke, das geht mich nichts an, aber bitte, fahren Sie fort«, sagte sie. »Darf ich vorher noch kurz ins Bad?«

»Selbstverständlich. Hinten links.«

»Ich weiß.«

Sie ließ ihre Zigarette im Aschenbecher, stand auf und

ging mit klickenden Absätzen zum Bad. Ich rauchte zu Ende und nahm eine Tylenol gegen die nahende Migräne. Sie kam zurück, zog ihre Jacke aus und hängte sie an den Haken neben der Tür.

»Waren Sie gute Freunde?«, fragte ich.

»Könnte man sagen.«

Sie nahm ihre Zigarette, ging ans Fenster und sah hinaus. Kerzengerade stand sie da, in jener leicht steifen Haltung, die Frauen eigen ist, die als Kind Ballettunterricht bekommen haben.

»Ich kannte ihn ein wenig«, sagte ich. »Er hat mir erzählt, er habe eine Zeit lang in Paris gelebt. Aber ich wusste nicht, dass er Medikamente nimmt.«

»Ja«, sagte sie, ohne sich zu mir umzudrehen. »Er hat so gern von dieser Zeit erzählt … Von den Medikamenten wusste ich auch nichts. Ich meine, ich wusste nicht, dass er krank war.«

»Wissen Sie, was er beruflich gemacht hat?«

»Ich stelle keine persönlichen Fragen, Mr. …«

Wir hatten uns noch gar nicht vorgestellt. Ich nannte ihr meinen Namen, sie aber nannte mir ihren nicht.

»Also, Mr. Bertrand …«

»Bitte, sagen Sie Jack zu mir.«

»Okay, Jack … Und was genau haben Sie hier noch einmal zu tun?«

»Ich habe vor, diese Wohnung zu mieten. Wohnen Sie hier in der Gegend?«

»Nein, in Woodhaven. Davor in der Bronx. Ich bin vor zehn Jahren nach New York gezogen.«

»Mir ist Ihr Akzent aufgefallen. Ist das Französisch?«

»Ja, französisch. Und wann wollen Sie hier einziehen, Jack?«

»Bald, vielleicht nächste Woche. Ich muss noch einige Formalitäten erledigen.«

Plötzlich wirkte sie unruhig. Sie drückte nervös ihre Zigarette aus, nahm ein Handy aus der Handtasche und ging damit in die Küche. Von dem Telefonat bekam ich nur Bruchstücke mit: »Nein, hat er nicht … Wie kannst du nur so mit mir reden? … Ja, ich gehe gleich dorthin, keine Sorge …« Sie kam ins Wohnzimmer zurück und sagte: »Ich muss jetzt wirklich gehen, tut mir leid. Alles in Ordnung? Sie sind so blass.«

»Ich hatte viel zu tun heute und bin nicht zum Mittagessen gekommen, aber sonst geht's mir gut.«

»Also dann, bis später.«

Sie zog ihre Jacke an, nahm die Tasche und ging zur Tür. Ich nahm meinen Mut zusammen und fragte nach ihrer Telefonnummer.

»Kann ich Sie nächste Woche anrufen? Wir könnten uns doch mal auf eine Tasse Kaffee oder so treffen.«

Sie warf mir einen verblüfften Blick zu, zuckte die Schultern und schrieb ihre Nummer auf einen gelben Notizzettel.

»Bitte sehr.«

»Danke. Ich ruf Sie an.«

Bevor sie ging, tat sie etwas sehr Seltsames: Sie trat dicht an mich heran, flüsterte mir ein einziges Wort ins Ohr, als fürchte sie ungebetene Zuhörer, und ging zur Tür hinaus, ehe ich etwas darauf antworten konnte. Das Wort war: *Verschwinde!*

ELF

Jack Bertrands Tagebuch (2)

Am nächsten Morgen wachte ich früh auf und frühstückte in einem Café in der Nähe. Ich war müde und durcheinander, wie verkatert. Ohne groß darüber nachzudenken, was ich tat, ging ich nach Hause, stopfte ein paar Sachen in eine Reisetasche, ging in Hales Wohnung zurück und verbrachte den Rest des Tages Kaffee trinkend und die Notizbücher lesend auf der Couch im Wohnzimmer.

Ich fühlte mich seltsam hingezogen zu Hale, dessen Leben so früh und auf so tragische Weise zu Ende gegangen war. Was ich bis dahin von seinen Aufzeichnungen gelesen hatte, zeigte mir, er war ein guter und feinfühliger Mensch, nur leider psychisch vollkommen zerrüttet von den dramatischen Ereignissen, die sich in Frankreich zugetragen hatten. Er hatte Joshua Fleischer während des letzten Studienjahrs kennengelernt, und dieser Mann war sein Schicksal gewesen: Von dem Augenblick an war es langsam mit ihm bergab gegangen. Danach hatte er sich nur noch irgendwie durchgeschlagen. Er sah sich als Opfer der tragischen Umstände, in die Fleischer mit seinem Hang zum Bösen ihn versetzt hatte. Nach seinen Notizen zu urteilen, hatte er Simone geliebt, und sie hatte ihn geliebt, doch dann war durch das Einwirken seines sogenannten Freundes alles schiefgelaufen.

In einer Nacht, die er mit Fleischer und Simone in einem Pariser Hotel verbrachte, musste etwas ganz Schlimmes passiert sein. Er nannte keine Einzelheiten, sondern schrieb dazu nur: »In dieser Nacht habe ich alles verloren.« Mit Bezug auf Fleischer fügte er hinzu: »Er hat sie zerstört und mich gleich dazu. Warum hat er das getan? Weil er es konnte, denn genau so ist er, wie ein Skorpion, der denjenigen sticht, der ihm über den Bach helfen will.«

Ich ging ins nächste Geschäft, kaufte ein paar Lebensmittel ein und verbrachte dann das ganze Wochenende mit der Lektüre der Notizbücher. Am Montagmorgen wachte ich früh auf, und es dauerte eine Weile, bevor mir klar wurde, wo ich mich befand. Die Wohnung wirkte so düster und unfreundlich, dass ich mich geradezu erleichtert fühlte, als ich ging. Die Notizbücher ließ ich auf dem Couchtisch liegen. Ich ging zur Haltestelle Elmer Avenue und nahm den Bus. Im Büro überkamen mich Schuldgefühle, als hätte ich etwas Unrechtes getan und man würde mir bald auf die Schliche kommen. Ich konnte es mir nicht leisten, meinen Job zu verlieren. Trotz aller Anstrengungen, ein wenig zu sparen, war ich ständig im Minus.

Es war einer dieser Tage: Uns wurden zwei Wohnungen in den Heights und ein kleines Haus am Queens Boulevard zugeteilt. In einer der Wohnungen war eine Woche zuvor eine alte Frau gestorben, erst dann hatten die Nachbarn die Polizei gerufen; es stank noch furchtbar, als wir dort hinkamen. Jemand zerkratzte unser Auto auf dem Parkplatz, und Linda verstauchte sich auf der Treppe zum Dachboden beinahe den Knöchel.

Bevor wir zum Büro zurückfuhren, gingen wir zum Lunch in ein Café an der 99th Street in Forest Hill.

»Gibt's was Neues über den Mann aus Jackson Heights, Abraham Hale?«, fragte ich sie, als die Kellnerin uns Kaffee und Sandwiches brachte.

»Welcher Mann? Herzchen, was soll das? Ich wollte keinen Extra-Frischkäse, sondern Extra-Lachs.«

»Soll ich es wieder mitnehmen?«

»Nein, schon gut. Dafür habe ich keine Zeit. Also, was ist mit dem Mann? Stimmt da was nicht?«

»Nein, ich bin nur neugierig.«

»Warum?«

»Mir fiel ein, du hast doch einen Kollegen im 115. Bezirk, und …«

»Ja, er heißt Torres, Miguel Torres.«

»Könntest du den mal fragen, ob es irgendwas Neues über diesen Hale gibt?«

»Wozu?«

»Wie gesagt, ich bin bloß neugierig.«

»So neugierig kenne ich dich gar nicht. Hast du in seiner Wohnung etwas gefunden und im Büro nicht gemeldet? Einen Lottoschein oder so was?«

»Bitte, Linda, lass das …«

»Was denn? Ich hab so schon genug Schwierigkeiten, Jack, mehr kann ich wirklich nicht brauchen. Also gut, wenn wir zurück sind, rufe ich Torres an. Wie war noch mal der Name?«

»Abraham. Abraham Hale. Danke. Du hast was gut bei mir.«

»Schon gut. Und jetzt iss deinen Bagel, wir müssen los. Alles in Ordnung mit dir? Du siehst nicht gut aus. Vielleicht solltest du mit dem Rauchen aufhören.«

»Heutzutage reden wir nicht mehr von Umweltverschmutzung oder Kriminalität oder beschissenem Essen, sondern nur noch davon, wie schädlich Zigaretten sind. Sieh dir diesen Bagel an … Weißt du noch, wie herrlich die früher geschmeckt haben, als wir Kinder waren? Weißt du noch, wie gut damals alles war? Vergiss es. Ich habe schlecht geschlafen, das ist alles. Ich habe keinen Hunger, und dieses Zeug ist ekelhaft.«

»Ich weiß, du bist Single. Aber lebst du mit jemand zusammen?«

»Nein. Warum?«

»Weil ich weiß, wie schwierig es ist, allein zu leben. Hast du das von Ralph gehört?«

»Was?«

»Sein Onkel ist gestorben, und er hat ein kleines Vermögen geerbt, eine Zwei-Hektar-Farm in Mayville County, am See. Er wird kündigen und dort hinziehen.«

»Schön für ihn.«

»Du sagst es … Und jetzt bezahl, wir müssen.«

Die nächsten zwei Nächte verbrachte ich wieder mit den Notizbüchern in Hales Wohnung. Da Strom und Wasser nicht abgestellt worden waren und niemand angerufen hatte, fürchtete ich nicht mehr, dort ertappt zu werden.

Die Lektüre dieser Aufzeichnungen hatte mir Fleischer unsympathisch gemacht. Ich wollte verstehen, warum ein guter Mensch wie Hale auf so elende Weise – einsam, verarmt, gescheitert – zu Tode kommen konnte, während Fleischer, ein manipulativer Mistkerl, solche Erfolge feierte. Es war wie im Märchen, nur umgekehrt. Ging es einfach nur um Glück oder Pech? Gibt es einen Moment im Leben, von wo an eine einmal getroffene Entscheidung alles andere bestimmt, egal was noch passieren mag? Fragen, die mich bis in den Schlaf verfolgten.

Aber noch gab es einen Mann, der die Antworten wissen musste. Schon eine Woche später begann ich Fleischer zu beschatten.

ZWÖLF

Jack Bertrands Tagebuch (3)

Ihn aufzuspüren war ein Kinderspiel, schließlich war er bekannt wie ein bunter Hund.

In der Public Library an der 42nd Street erfuhr ich aus alten Tageszeitungen, wie er in den siebziger Jahren berühmt geworden war. Er hatte sein gesamtes Erbe – es war von über zwanzig Millionen Dollar die Rede – einer Stiftung namens White Rose gespendet. Danach lebte er eine Zeit lang im Ausland. Anfang der Achtziger machte er an der Wall Street ein Vermögen, das er am Schwarzen Montag 1987 fast vollständig verlor. Aber schon zwei Jahre später gelang ihm ein spektakuläres Comeback. Das Wall Street Journal schrieb damals, er sei »nicht totzukriegen«.

Ich rief meinen Boss an, nahm ein paar Tage frei, fuhr zur Upper East Side und observierte den Eingang des Gebäudes, in dem Fleischer lebte: sechsunddreißig Stockwerke mit Luxusapartments an der East 58th Street, Ecke First Avenue.

Abraham Hales Auto, ein alter schwarzer Toyota Celica Vierzylinder, stand noch auf dem Parkplatz gegenüber seiner Wohnung. Die Schlüssel hatte ich in einer Schublade gefunden, und so konnte ich Fleischer folgen, als er am nächsten Morgen aufbrach. Er fuhr nicht mit seinem eigenen Wagen, sondern nahm ein Taxi zu einem eleganten Café an der Greenwich Street unweit des Bankenviertels.

Er ging hinein, ich folgte ihm einige Minuten später. Das Lokal war fast leer, trotzdem fragte mich der Empfangschef, ob ich einen Tisch reserviert habe. Ich verneinte, worauf er mich skeptisch musterte und dann zu einem Tisch neben dem Eingang führte. Ich bestellte einen Espresso, der mir von einem Kellner gebracht wurde.

Fleischer saß an einem Tisch neben der Theke, bei ihm eine elegante Frau in den Dreißigern und ein etwa gleichaltriger Mann, beide sehr gut gekleidet. Alle drei wirkten entspannt, aßen ihre Croissants und plauderten. Es sah mir nicht nach einem geschäftlichen Treffen aus.

Fleischer war groß und schlank, hatte ein freundliches Gesicht mit einem schmalen Schnurrbart und dunkles Haar. Er sah viel jünger als, als er war: Hätte ich sein Alter nicht schon gewusst, ich hätte ihn auf fünfunddreißig geschätzt. Er trug einen Maßanzug, und seine Armbanduhr war vermutlich mehr wert als alle meine Habseligkeiten zusammen.

Ich musste an Hale denken, wie er nackt am Boden lag, gehüllt nur in Schweigen und Einsamkeit, während ihm das Leben aus dem Körper sickerte. Und ich fragte mich, ob die Frau, die ich in der Wohnung getroffen hatte, die elegante Dame mit dem seltsamen Akzent, etwa jene Simone aus seinen Notizen war. Konnte es sein, dass sie ihnen in die Staaten gefolgt war? Und falls ja: Hatten sie noch Kontakt miteinander? Immerhin hatte sie gewusst, wo das Bad in der Wohnung war, also musste sie dort schon mal gewesen sein. Aber hatte sie auch noch zu Fleischer Kontakt? War das alles ein perverses Spiel, eine mögliche Erklärung dafür, dass Hale sich am Ende das Leben genommen hatte? Sein Tod hatte sie anscheinend kaum berührt.

Plötzlich stand er auf und half der Frau in den Mantel. Ich legte einen Fünfer auf den Tisch und wollte ihnen nach, aber der Kellner fing mich ab und sagte, der Kaffee koste 5,99 $. Ich fischte einen weiteren Dollar aus der Hosentasche und eilte hinaus, zu spät: Fleischer und seine Begleiter waren verschwunden.

Noch am selben Tag, gegen fünf Uhr nachmittags, stand ich gerade rauchend am Fenster und versuchte mir vorzustellen, was in jener Nacht damals in Paris passiert sein mochte, als meine Kollegin Linda mich auf dem Handy anrief. Sie erzählte, die polizeilichen Ermittlungen liefen noch, weshalb ihr Freund ihr nichts Genaues über Abraham Hale sagen wolle. Sie fragte, warum ich nicht zur Arbeit gekommen sei. Ich sagte, ich hätte ein paar Tage freigenommen, und legte auf.

In seinen Aufzeichnungen erzählte Hale sehr detailliert von sich und Fleischer. Warum sagte er nicht, was damals wirklich in diesem Hotel passiert war? Ein paarmal betonte er, jene Nacht habe sein ganzes Leben zerstört, aber ihm fehlte einfach der Mut, Klartext zu reden.

Um mir einen Überblick zu verschaffen, nahm ich Bleistift und Papier und zeichnete ein paar Kästchen; in eins schrieb ich »Abraham Hale« und verband es mit einem anderen, »Joshua Fleischer«. Alles schien seinen Ursprung in jener Nacht in Paris zu haben, also schrieb ich in ein weiteres Kästchen »Simone Duchamp, Hotelzimmer, Herbst 1976«.

In jener Nacht musste einer der beiden oder beide zusammen etwas Schreckliches getan haben. So viel stand fest. Danach waren sie in die Staaten zurückgekehrt. Und Simone? Nach dem Vorfall kam sie in Hales Aufzeichnungen nicht mehr vor, nur noch er selbst und Fleischer. Seine Erinnerungen an Simone betrafen ausschließlich jene Zeit in Paris Mitte der siebziger Jahre. Aber wenn sie wirklich die Frau war, die ich in seiner Wohnung getroffen hatte, mussten sie Kontakt gehabt haben, nachdem sie, wie er schrieb, vor zehn Jahren nach New York gekommen war.

Unter das Kästchen mit Simones Namen zeichnete ich ein weiteres, »Fakten«. Sie hatte ein Verhältnis mit einem der beiden gehabt, ihn dann aber fallenlassen und sich dem anderen zugewandt. Warum? Hale war davon ausgegangen, Fleischer wisse andere zu manipulieren und sich gefügig zu machen. Wahrscheinlich hatte es Hale gekränkt und wütend gemacht, als sie ihn zugunsten Fleischers verließ, zumal er offenbar der festen Überzeugung war, dass Fleischer sie nicht wirklich liebte, sondern ihm nur wehtun wollte. Was ihm gelungen war. Aber was geschah dann?

Eine rhetorische Frage. Es gab nur zwei Menschen auf der Welt, die mir Antworten liefern konnten: Simone, falls sie wirklich die Frau war, die ich getroffen hatte, und Fleischer, falls er einverstanden sein sollte, mit mir zu reden.

Eine Stunde später, gegen sieben, klingelte das Telefon in der Wohnung. Es war die Frau, die mich dort schon einmal besucht hatte. Ihre Stimme hörte sich an, als spräche sie aus der Tiefe eines Brunnens.

»Entschuldigen Sie, aber mir geht es nicht gut«, stöhnte sie. »Könnten Sie zu mir kommen? Ich habe Ihnen etwas Wichtiges zu sagen.«

Ich war überrascht. Wir kannten uns doch kaum, und jetzt lud sie mich einfach so zu sich ein.

»Sicher … Ist was passiert?«

»Wie meinen Sie das? Wie gesagt, wir müssen reden. Wollen Sie nun kommen oder nicht?«

»Okay, Entschuldigung, ja. Kann ich Ihre Adresse und Telefonnummer haben?«

»Was? Die haben Sie doch schon.«

»Ich glaub, ich habe sie verloren.«

Ich notierte ihre Adresse neben den Kästchen meines Diagramms. Nachdem sie aufgelegt hatte, warf ich eine Jacke über und fragte mich, ob ich ihr Blumen mitbringen sollte, fand dann aber, ich sollte so schnell wie möglich zu ihr, offenbar war sie krank. Ich stieg ins Auto und machte mich auf den Weg nach Woodhaven. Es war schon dunkel, und erst nach einigen Minuten merkte ich, dass ich ohne Licht fuhr. Ich hielt am Grand Central und kaufte ein Handy, ein kleines Ericsson mit ausziehbarer Antenne, das aussah wie ein großer schwarzer Käfer. Der Verkäufer, ein junger Mann mit einem roten Drachentattoo auf dem rechten Unterarm, zeigte mir, wie ich ihre Nummer in dem Gerät abspeichern konnte.

Auf dem Jackie Robinson Parkway wurde mir deutlich bewusst, dass ich jedes Maß verloren hatte. Ich lebte in Hales Wohnung, benutzte sein Auto, sein Telefon, seinen Strom, sogar gelegentlich seine Kleidung. Es ging nicht mehr darum, dass ich meinen Job verlieren konnte. Hausfriedensbruch, Einbruch, Diebstahl, falsche Identität und vermutlich noch ein halbes Dutzend Vergehen mehr konnten mir zur Last gelegt werden. Früher oder später würden der Hausmeister oder die Nachbarn Verdacht schöpfen und die Polizei verständigen.

Über die 87th Street gelangte ich schließlich zu der angegebenen Adresse, einem alten zweigeschossigen Backsteinhaus mit verwahrlostem Vorgarten. Ich parkte unter einer Straßenlaterne und ging über die mit Hundedreck bedeckte Fläche zum Eingang. Rechts neben der Tür war eine Gegensprechanlage mit drei Knöpfen, aber die Namensschildchen waren nicht beschriftet. Auf dem Fußabtreter lagen eine Gratiszeitung und ein paar Flyer, offenbar schon seit Tagen. Ich zögerte kurz, dann rief ich sie mit dem Handy an und sagte, ich sei da. Gleich darauf hörte ich den Summer und trat ein.

Ein starker Essensgeruch hing in der Luft, die Holzdielen knarrten. Ich fand keinen Lichtschalter und tastete mich wie ein Blinder die Treppe hinauf. Oben war eine gelbe Tür. Ich klopfte an.

Sie stand praktisch nackt vor mir, bekleidet nur mit einem hauchdünnen Nachthemd, ohne BH oder Unterwäsche, die Haare zu einem kurzen Pferdeschwanz zurückgebunden. Sie sah älter aus als beim letzten Mal. Sie bat mich herein und ging hüftschwingend ins Wohnzimmer. Ich schloss die Tür und folgte ihr.

Die Wohnung war klein, dunkel und ziemlich heruntergekommen, es stank nach billigem Parfüm und Tabakrauch. Auf dem Boden lagen Kleidungsstücke. Lampen gab es in dem Zimmer nicht, nur eine nackte Glühbirne, die wie ein riesiges Glühwürmchen von der Decke hing.

»Darf ich rauchen?«, fragte ich.

»Ja, sicher, in der Küche ist ein Aschenbecher«, sagte sie. »Gott, bin ich müde … Haben Sie was zu trinken mitgebracht?«

»Nein, tut mir leid, aber ich könnte was besorgen.«

»Hier in der Gegend gibt es keine Schnapsläden. Vergessen Sie's.«

Sie setzte sich aufs Sofa, ich holte den Aschenbecher aus der Küche. Sie bat um eine Zigarette, und wir rauchten erst einmal schweigend. Das Sofa war so schäbig wie die anderen Möbel: zwei altersschwache Sessel, ein paar fast leere Bücherregale, am Fenster ein Esstisch mit vier Stühlen. Der Teppich fadenscheinig und voller Löcher.

»Danke für die Einladung«, sagte ich schließlich. »Ihre Wohnung gefällt mir.«

»Sehr freundlich von Ihnen, das ist ein Drecksloch, aber was Besseres kann ich mir zurzeit nicht leisten«, gab sie bitter zurück. »Geht's Ihnen gut? Ich glaub, ich hab die Grippe, ich fühle mich furchtbar. Vielleicht hätten Sie nicht kommen sollen.«

»Keine Sorge, das passt schon. Darf ich was fragen?«

»Klar.«

»Sie sind Simone, richtig? Simone Duchamp? Ich weiß nicht, wie man das richtig ausspricht, ich kann kaum Französisch.«

Erst nach kurzem Zögern antwortete sie: »Ja, natürlich bin ich Simone. Ich dachte, das wissen Sie? Warum?«

»Ihr verstorbener Freund Abraham hat mir von Ihnen erzählt: Wie Sie sich Mitte der Siebziger in Frankreich kennengelernt und ineinander verliebt haben und wie dann dieser andere, Fleischer, versucht hat …«

»An diese Zeit erinnere ich mich nicht mehr so gut, und überhaupt, ich will jetzt nicht von meiner Vergangenheit sprechen. Machen Sie es sich doch bequem.«

Der Saum ihres Nachthemds war weit hochgerutscht. Ich sah einen großen grünlichen Fleck über ihrem rechten Knie.

»Wann sind Sie hierhergekommen – in die Staaten?«, fragte ich und gab mir alle Mühe, den Blick von ihren Beinen und dem rasierten Schamhügel abzuwenden.

Sie gähnte.

»Vor etwa zehn Jahren. Möchten Sie einen Kaffee?«

»Nein, danke. Warum sind Sie den beiden damals nicht gleich gefolgt?«

»Gefolgt? Wem?«

»Den Männern, die Sie in Paris kennengelernt haben, Hale und Fleischer. Soweit ich weiß, waren beide verliebt in Sie …«

»Ich sagte schon, ich spreche nicht gern über meine Vergangenheit. Sind Sie Psychiater oder so was?«

Sie stand auf und ging in die Küche; ich hörte Wasser in die Spüle laufen und sah mich genauer in dem Zimmer um: Die Tapete schälte sich an den Rändern ab, die Dielenbretter waren an einigen Stellen stümperhaft ausgebessert. Neben dem Sofa lag ein Stapel Pornohefte. Die Vorhänge waren schmuddelig.

Sie kam mit zwei Bechern Kaffee zurück und reichte mir

einen. Ihr Nachthemd war jetzt ganz offen, aber das schien ihr nichts auszumachen.

»Sie sollten nicht rauchen, wenn es Ihnen so schlecht geht«, sagte ich. Es klang selbst in meinen Ohren schwach und unangebracht.

»Wen interessiert das schon?« Sie schwang sich im Schneidersitz auf einen Sessel. »Also, haben Sie heute Nacht noch was mit mir vor, oder wollen Sie bloß da rumsitzen und mir komische Fragen stellen? Ich sagte doch, wir müssen reden.«

»Wovon leben Sie, Simone?«

»Was? Na, ich bin Musikerin, sieht man das nicht? Ich spiele Klarinette. Sieht man mir das nicht an? Was ist bloß mit Ihnen?«

Ich war entsetzt. Wie hatte Abraham Hale sie in seinem Tagebuch beschrieben? Eine schöne junge Frau, kultiviert, hochgebildet, aufgewachsen in einer wohlhabenden französischen Familie. Und jetzt solche Sprüche – als habe sie mit der Nennung ihres Berufs eine neue Maske aufgesetzt, die nichts mehr von ihrer ursprünglichen Eleganz, Grazie und Schönheit durchschimmern ließ.

Ich konnte mir die Frage nicht verkneifen: »Wie sind Sie in dieses Leben geraten, Simone? Warum haben die Ihnen nicht geholfen?«

Sie sah mich provozierend über den Rand des Bechers an, den sie zwischen ihren Handflächen drückte, als wollte sie ihn zerbrechen.

»Wenn man am Boden liegt, will keiner was von einem wissen. Und ich bitte nicht gern um Hilfe. Ich bin kein

Krüppel, ich komme allein zurecht, ob gut oder schlecht, ist mir egal. Starren Sie mich nicht so an! Sie haben keine Ahnung, wie sich das anfühlt, wenn man etwas ist und plötzlich … Also, kommen wir jetzt zur Sache? Oder wollen Sie nur da sitzen und gaffen?«

»Abraham hat mir viel von Ihnen erzählt, und er hat ein Tagebuch geführt. Ich wollte mit Ihnen nur über ein paar Dinge reden, die er geschrieben hat.«

»Was für ein Tagebuch? Geht es da um mich?«

»Ja, er erwähnt Sie sehr oft. Ich glaube, er hat Sie wirklich geliebt.«

Sie wurde wütend.

»Hören Sie, das ist jetzt nicht mehr lustig … Warum sollte irgendwer was über mich in sein beschissenes Tagebuch schreiben? Kann ich es sehen? Was schreibt er über mich?«

»Ganz ruhig, bitte, es ist nicht direkt ein Tagebuch, nur ein paar Notizen, und ich bin mir nicht sicher, ob …«

»Ich will das sehen, egal was es ist. Kapiert?«

»Okay, nächstes Mal bringe ich es Ihnen mit, immer mit der Ruhe.«

Das schien sie ein wenig zu besänftigen. Sie stand auf, ließ das Nachthemd fallen und strich sich über die Brüste.

»Gehen wir jetzt ins Schlafzimmer oder nicht?«

Ehrlich gesagt, ich war wie vom Donner gerührt.

Ich legte ihr alles Bargeld hin, das ich bei mir hatte, und meine Zigaretten und ging. Als ich die Tür hinter mir zumachte, hörte ich sie lachen.

DREIZEHN

Jack Bertrands Tagebuch (4)

Ich folgte Fleischer die ganze Woche. Täglich frühmorgens ging er aus dem Haus und kam spätabends zurück; die meiste Zeit verbrachte er in seinem Büro im Bankenviertel.

Punkt ein Uhr ging er essen, immer in demselben kleinen Restaurant an der East 1st Street in der Nähe des Marble Cemetery. Ein kräftig gebauter Mann in den Dreißigern, immer in Schwarz gekleidet – Chauffeur, Leibwächter und Faktotum in einem –, ging unterdessen für ihn einkaufen oder brachte Sachen zur Reinigung. Jeden Freitag um zwanzig Uhr holte Fleischer die Frau ab, mit der ich ihn in dem Café gesehen hatte, und nach dem Essen verbrachten sie zwei Stunden in ihrer Wohnung, nicht weit von seiner Adresse in der East 76th Street.

Ich versuchte, mir Simone aus dem Kopf zu schlagen. Aber ständig sah ich sie vor mir, in dieser schäbigen Wohnung, nackt, wütend, wahrscheinlich betrunken und irgendwie bemüht, mich ins Bett zu locken. Ob Abraham Hale gewusst hatte, was aus ihr geworden war? Hatte er womöglich deswegen Selbstmord begangen? Und wenn er es gewusst hatte – warum hatte er dann nichts unternommen, ihr zu helfen? Er war nicht gesund, aber vielleicht hätte er ihr aus diesem Leben heraushelfen können. Ich hatte ein Rätsel gelöst, nur um gleich auf das nächste zu stoßen. Wenn ich an die ganze Geschichte dachte, kam ich mir vor wie in einem Albtraum: Man versucht zu gehen, spannt alle Muskeln an und kommt nicht vom Fleck.

Eines Abends gegen sieben klingelte es an der Gegensprechanlage. Es war Linda, meine Kollegin. Ich machte ihr auf und wartete am Ende des Flurs auf sie. Ich war ziemlich durcheinander, denn während ich Fleischer durch die Stadt gefolgt war, waren die Notizbücher verschwunden. Sie hatten wie gewöhnlich auf dem Couchtisch gelegen, doch als ich zurückkam, waren sie nicht mehr da. Simone musste in meiner Abwesenheit gekommen sein und sie mitgenommen haben, was bedeutete, dass Abraham Hale ihr einen Schlüssel gegeben hatte.

»Ich wusste, dass du hier bist«, sagte Linda, ganz außer Atem von der Treppe. »Wo ist das Geld, Lebowski? Kennst du den Film? Solltest du dir ansehen, der ist toll.«

Ich bat sie herein und ging in die Küche, Kaffee machen.

»Man wird dich noch rausschmeißen, Jack«, sagte sie, an den Türrahmen gelehnt. »Komm morgen ins Büro und sprich mit Larry. Mit dem kann man reden, das weißt du. Sag ihm, du warst krank oder so was.«

Ich trug die Kaffeebecher ins Wohnzimmer. Nur eine kleine Stehlampe in einer Ecke spendete etwas Licht. In dem Raum herrschte eine düstere Atmosphäre wie in einem *Film noir*. Ich öffnete das Fenster und zündete mir eine Zigarette an.

»Er war einverstanden, dass ich mir ein paar Tage freinehme«, sagte ich. »Vor einer Woche habe ich mit ihm telefoniert.«

»Er sagt, du hättest nicht angerufen und auch nicht auf seine Anrufe reagiert.«

»Er lügt.«

Sie stellte ihren Becher auf den Couchtisch, kam zu mir, legte mir die Hände auf die Schultern und sah mir in die Augen.

»Jack, was hast du, Baby? Sag es mir, bitte. Du machst mir eine Höllenangst. Ich habe dich sehr gern und will dir helfen.«

»Ich habe gar nichts, Linda. Trotzdem danke. Ich wollte nur …«

Ich verstummte mitten im Satz, weil ich nicht wusste, wie ich das ausdrücken sollte. Was genau wollte ich denn eigentlich? Ich nahm noch einen Zug und drückte die Zigarette aus.

»Linda, ich möchte nicht unhöflich sein, aber ich finde, du solltest jetzt gehen«, sagte ich. »Ich habe zu tun.«

»Was denn? Hast du einen neuen Job?«

»Entschuldige, aber das geht dich nichts an.«

»Warum redest du so mit mir? Ich will doch nur helfen.«

»Ich weiß. Aber mir geht's gut, glaub mir.«

Sie ging zur Tür. Sofort tat es mir leid, dass ich so barsch gewesen war. »Bitte«, sagte ich, »erzähl keinem, dass du mich hier gefunden hast. In dieser Wohnung, meine ich.«

Sie zog die Tür auf, drehte sich um und sagte: »Sieh dich vor, Jack. Du weißt, wo du mich findest, wenn du Hilfe brauchst. Ich an deiner Stelle würde morgen ins Büro kommen und mit Larry reden. Noch ist es nicht zu spät. Also, mach's gut.«

Ich sah Linda über die Straße gehen. Sie schaute noch einmal zu mir hoch, stieg in ihr Auto und fuhr davon. Ich duschte, zog mich an und machte mich auf die Suche nach Fleischer. Es war zwanzig vor sieben. Mir blieb nicht viel Zeit. Wenn Linda im Büro erzählte, dass sie mich in Hales Wohnung gefunden hatte, wären sie sehr bald hinter mir her.

In einer Bodega am Parkplatz kaufte ich mir ein Thunfisch-Sandwich, aß es und sah mir dabei die Umgebung an. Ein J. Crew-Geschäft; eine kurze Schlange vor einem Geldautomaten; ein teures Restaurant namens The Living Room; ein als Krümelmonster verkleideter Mann, der Flyer verteilte; ein kleines Kind, das seine Mutter am Arm zog, um ihr etwas zu zeigen; ein älterer Mann, der unter seinem albernen Filzhut wie hypnotisiert auf etwas Unsichtbares starrte. Und gegenüber glühten die oberen Stockwerke von Fleischers Bürohochhaus rot im Sonnenuntergang.

Ich war fast mit dem Sandwich fertig, als Fleischers Auto herankam. Ich stellte mich an den Zebrastreifen, und als der Fahrer bei Rot halten musste, beugte ich mich vor, klopfte ans Fenster und rief laut genug, dass er mich drinnen hören konnte: »Mr. Fleischer, einen Augenblick, bitte!«

Der Chauffeur ließ das Fenster einen Spalt breit aufgleiten und fragte: »Was wollen Sie?«

»Ich möchte mit Mr. Fleischer sprechen. Ist er im Auto?«

»Was geht da vor, Walter?«, hörte ich eine Stimme aus dem Innern der Limousine. Ich rief: »Guten Abend, ich muss mit Ihnen über Simone sprechen, Simone Duchamp!«

Die Ampel sprang auf Grün, und schon wurde hinter uns gehupt. Das Auto bewegte sich etwa zehn Meter nach vorn und hielt am Bordsteinrand. Fleischer stieg aus und winkte mir zu, ich winkte zurück. Das Auto verschwand in der Einfahrt zur Tiefgarage, und Fleischer kam auf mich zu.

»Sagten Sie Simone Duchamp?«, fragte er und sah mir forschend ins Gesicht. »Wer sind Sie?«

»Mein Name ist Jack Bertrand. Wir sind uns noch nicht begegnet, aber ich weiß eine Menge über Sie.«

Wie viel Zeit hatte ich in dieser schäbigen Wohnung verbracht und mir ausgemalt, wie es wäre, mit ihm zu reden ... Aber jetzt, verloren im endlosen Strom der Fußgänger, hatte ich keine Ahnung, wo ich anfangen sollte. Jemand rempelte mich an und ging weiter, ohne sich zu entschuldigen. Ich stand da und starrte Fleischer an, mutlos und zu keinem Gedanken fähig.

»Alles in Ordnung mit Ihnen?«, fragte er. »Sie sehen nicht gut aus. Entschuldigen Sie, wenn ich noch mal frage, aber haben Sie vorhin den Namen Simone Duchamp erwähnt?«

Hinter ihm tauchte sein Chauffeur auf, Walter; ohne mich aus den Augen zu lassen, glitt er durch die Menge wie ein großer Kater auf uns zu. Ich fragte mich, ob er bewaffnet war.

»Ja«, sagte ich. »Habe ich.«

»Was ist mit ihr?«, fragte er. Der Chauffeur kam bei uns an und fragte: »Alles in Ordnung, Sir?«

»Scheint so«, sagte Fleischer. »Ich werde kurz mit diesem Herrn hier sprechen, Mr. Jack ...« »Bertrand.« »... Bertrand. Nun, Mr. Bertrand, sollen wir? Hier ist wohl nicht der rechte Ort dafür. Aber ich kenne ein Café in der Nähe.«

»Ist gut.«

Wir gingen los, Walter folgte uns mit etwas Abstand. Das Café machte einen gemütlichen Eindruck mit seinen massiven Holzdielen und den vertäfelten Wänden, an denen alte Schwarzweißfotos aus Irland hingen. Walter blieb draußen, während wir uns an einen Zweiertisch setzten und Kaffee bestellten.

»Ich höre«, sagte er und löffelte etwas Zucker in die winzige Tasse. »Was wissen Sie über Simone Duchamp?«

Ich musste die Frage einfach stellen: »Interessieren Sie sich wirklich für sie?«

Er sah mich überrascht an.

»Was soll die Frage? Natürlich tue ich das, sonst wäre ich jetzt nicht hier und würde mit Ihnen reden! Mr. Bertrand, hören Sie … ich bin ein vielbeschäftigter Mann. Sie sind es, der mich sprechen wollte. Ich war so freundlich, Sie hierher einzuladen und Ihnen die Möglichkeit zu geben, mir zu sagen, was Sie von mir wollen, obwohl ich Sie gar nicht kenne. Wenn Sie diesen Namen nur benutzt haben, um …«

»Ich kenne sie«, sagte ich. »Sie lebt in Woodhaven. Falls Sie das noch nicht wussten: Sie ist vor etwa zehn Jahren aus Frankreich hierhergekommen.«

Er sah mich völlig verblüfft an.

»Sie sagen, sie lebt? Sie lebt hier in New York?«

»Sollte sie tot sein?«

Er schob seine Tasse zur Seite, stützte einen Ellbogen auf den Tisch und beugte sich zu mir herüber.

»Okay, wer sind Sie und was wollen Sie von mir? Geld? Wollen Sie mich erpressen? Warum sollte ich Ihnen glauben? Nichts für ungut, aber Sie sehen aus wie ein Geisteskranker. Woher kennen Sie die Frau?«

»Wer ich bin und woher ich sie kenne, spielt keine Rolle. Sie glauben wirklich, alle sind nur hinter Ihrem Geld her, oder? Sie und Ihr verfluchtes Geld ...«

Er unterbrach mich, um Fassung ringend: »Sie sagten, sie lebt in Queens. Haben Sie die Adresse? Ich würde viel dafür geben zu erfahren, wo sie jetzt ist, aber nur, wenn ich sicher sein kann, dass Sie mir nichts vormachen.«

Ich nippte grinsend an meinem Kaffee. Plötzlich fühlte ich mich stark und zuversichtlich. Er machte den Eindruck eines Mannes, der nichts unversucht lassen würde, um das zu bekommen, was ich in der Tasche hatte. Keine Spur mehr von seinem kühlen Gebaren. Es machte mir richtig Spaß, ihn ins Schwitzen zu bringen.

»Wie gesagt, ich weiß einiges über sie«, sagte ich und faltete meine Papierserviette.

»Zum Beispiel?«

»Nun, zum Beispiel, dass sie eine Nutte ist.«

Er verzog das Gesicht, murmelte »Was?« und wiederholte dann laut: »Was?«

»Ja, eine Prostituierte. Überrascht? Sie können sie selber fragen, wenn Sie wollen. Ich habe ihre Handynummer und die Adresse.«

»Wer sind Sie? Sie kommen mir irgendwie bekannt vor. Kennen wir uns? Sind Sie mir gefolgt?«

»Ich sagte bereits, wer ich bin, spielt keine Rolle. Wollen Sie die Polizei rufen oder mir diesen Wachhund draußen auf den Hals hetzen? Soll ich Ihnen ihre Adresse geben oder nicht?«

»Wie viel wollen Sie dafür?«

»Ihr Geld können Sie behalten, Arschloch!«

Ich zückte einen Stift, scrollte durch die Kontakte in meinem neuen Handy, schrieb ihre Nummer und die Adresse auf eine Serviette und schob sie ihm rüber. Sein bohrender Blick ließ mich nicht los.

»Ich brauche Ihr Geld nicht. Auf Ihre Geschichte und Ihr früheres Leben bin ich zufällig gestoßen, nachdem vor ein paar Wochen ein Mann gestorben ist. Er liegt noch in der Leichenhalle, weil niemand ihn begraben will. Wahrscheinlich hat er sich umgebracht, mit einer Überdosis. Einsam, traurig und verzweifelt. Aber das schert Sie nicht, stimmt's? Denn sonst hätten Sie ihm geholfen, Sie Schwein!«

»Was reden Sie da?«

»Das wissen Sie ganz genau! Ich rede von Abraham Hale, dessen Leben Sie zerstört haben!«

Am ganzen Körper zitternd, als sei mir schrecklich kalt, stand ich auf und ging hinaus, wobei ich beinahe mit Walter zusammenstieß, der neben dem Eingang wartete. Im Schaufenster des Cafés sah ich noch Fleischers Gesicht. Er saß da und stierte vor sich hin, die Ellbogen auf dem Tisch, das Kinn in den verschränkten Händen. Er wirkte verstört, als hätte er ein Gespenst gesehen.

Soweit ich mich erinnere, lief ich den Rest des Abends ziellos durch die Straßen, stieg an der East 77th Street in die Subway und am Times Square wieder aus und ging zur Lower East Side. Dort setzte ich mich auf eine Bank, rauchte eine nach der anderen und sah den Autos zu, die in der Ferne wie Spielzeuge auf Schienen über die Brücke fuhren.

Ich ließ mir das Gespräch mit Fleischer noch einmal durch den Kopf gehen und erkannte, dass ich dumm gewesen war.

Ich hatte davon geträumt, Abraham Hale zu rächen, stattdessen aber hatte ich seinem größten Feind Simones Telefonnummer und Adresse gegeben. Seine Überraschung wirkte echt, was bedeutete, sie waren nicht in Verbindung geblieben, und er hatte nicht gewusst, dass sie im Lande war. Sie hatte vermutlich gute Gründe dafür gehabt, ihm aus dem Weg zu gehen. Hätte sie ihn ausfindig machen wollen, wäre das ein Kinderspiel gewesen. Mir jedenfalls hatte es keine Schwierigkeiten bereitet. Hales Aufzeichnungen zufolge war Fleischer ein gefährlicher Mann. Aber wenn sie Angst vor ihm hatte, warum war sie nach New York gezogen? Sie hätte sich auch jeden anderen Ort auf der Welt aussuchen können. Wenn sie nicht wegen der beiden hergekommen war, welchen anderen Grund konnte sie haben, aus Frankreich hierherzuziehen?

Ich ärgerte mich über mich selbst: Ich hatte die einmalige Chance gehabt, ein paar Antworten zu erhalten, und ich hatte sie vertan.

Mir war nicht danach, nach Jackson Heights oder in meine Wohnung zurückzukehren. Da mir die Zigaretten ausgegangen waren, stand ich auf, ein Geschäft suchen, und bewegte mich in die entgegengesetzte Richtung, nach Midtown. In einer rund um die Uhr geöffneten Bodega kaufte ich zwei Päckchen und aß ein Sandwich. Es war kurz vor Mitternacht.

Plötzlich befürchtete ich, Simone in Gefahr gebracht zu

haben. Was, wenn Fleischer sie anrief oder zu ihr fuhr? Sie war bloß eine ältere Prostituierte, ein winziges Stäubchen in der endlosen Wüste der Stadt. Ein Mann wie er hätte keine Schwierigkeiten, sie geräuschlos verschwinden zu lassen.

Die Polizei hatte die Ermittlungen noch nicht abgeschlossen, und es schien mir denkbar, dass Fleischer, direkt oder indirekt, mit Hales Tod zu tun gehabt haben könnte. Und wenn das stimmte, würde Fleischer alles tun, um den Verdacht von sich abzulenken.

Hale und Simone waren die einzigen Augenzeugen dessen, was Fleischer damals in den Siebzigern in Frankreich getan hatte. Was genau das war, wusste ich nicht, aber es musste etwas Schlimmes gewesen sein. Jetzt war Hale tot, gestorben unter merkwürdigen Umständen, und mir kam der Verdacht, Simone könnte Fleischers nächstes Opfer werden, nachdem er jetzt erfahren hatte, dass sie noch am Leben war und womöglich auspacken würde.

Bevor ich nach Woodhaven fuhr, versuchte ich ein paarmal, sie anzurufen, aber ihr Handy war ausgeschaltet. Schließlich nahm ich ein Taxi und fuhr direkt hin. Ich zahlte über vierzig Dollar, fast alles, was ich bei mir hatte, und fragte mich, wie ich später nach Hause kommen sollte. Wo ich das Auto gelassen hatte, wusste ich nicht mehr: vielleicht in Jackson Heights, vielleicht aber auch auf einem Parkplatz in der Nähe von Fleischers Wohnung an der Upper East Side.

Als ich vor dem Haus stand, konnte ich mich auch nicht mehr an die Nummer ihrer Wohnung erinnern. Ich wollte es noch einmal mit dem Handy probieren, aber jetzt war der Akku leer.

Ich drückte auf irgendeinen Klingelknopf und hörte die verschlafene Stimme einer älteren Frau. Ich bat um Entschuldigung, nannte meinen Namen und erklärte, ich wolle zu Ms. Simone Duchamp.

»Ich kenne keinen, der Simon heißt«, sagte sie.

»Nicht Simon. Simone, mit einem E am Ende, ein französischer Mädchenname. Sie wohnt im ersten Stock.«

»Ach, Sie meinen Maggie. Hübsch, kastanienbraunes Haar?«

Mir kam der Gedanke, dass Simone für ihren Job wahrscheinlich einen anderen Namen benutzte, also sagte ich: »Ja, genau. Simone war ihr Spitzname in der Schule, und …«

»Erwartet sie Sie, Schätzchen?«

»Natürlich, wir sind verabredet.«

»Na schön, kommen Sie rein.«

Der Summer ertönte, und ich ging ins Haus. Der Essensgeruch war immer noch da, als habe er sich in den Wänden festgesetzt. Im Dunkeln tastete ich mich zum ersten Stock hinauf. Im zweiten Stock ging eine Tür auf, Licht strömte ins Treppenhaus. Dieselbe Stimme wie aus der Gegensprechanlage fragte: »Haben Sie's gefunden, Mister?« Ich richtete den Blick nach oben und sah eine alte Frau im weißen Morgenmantel, die sich über das Geländer lehnte.

»Ja, danke«, sagte ich. Das Licht ging aus, die Frau verschwand. Mit Hilfe meines Feuerzeugs fand ich die gelbe Tür und klingelte. Nach einer Weile hörte ich Schritte und dann ihre Stimme hinter der Tür: »Wer ist da?«

Erleichtert begriff ich, dass ihr nichts passiert war. Ich sagte, ich sei es, und sie öffnete die Tür.

»Was zum Teufel soll das?«, fragte sie, ließ mich aber an sich vorbei in die Wohnung. »Konnten Sie nicht vorher anrufen? Wie spät ist es?«

»Sehr spät. Geht's Ihnen besser? Letztes Mal waren Sie erkältet.«

»Sie kommen doch nicht mitten in der Nacht, um mich zu fragen, wie es mir geht?«

Sie trug nur Pantoffeln, ansonsten war sie nackt, ihre Haare zerwühlt. Aber so ohne Make-up und ohne die billige Unterwäsche sah sie irgendwie natürlicher aus, ansprechender.

»Tut mit wirklich leid«, sagte ich. »Ich habe versucht, Sie anzurufen, aber Ihr Handy war ausgestellt, und dann war mein Akku leer. Alles in Ordnung hier? Hat Fleischer versucht, Sie zu erreichen?«

Sie rieb sich den Schlaf aus den Augen und fragte: »Wovon reden Sie? Wer ist Fleischer?«

»Was soll das heißen, wer ist Fleischer? Ich habe mir Ihretwegen schreckliche Sorgen gemacht!«

Wir gingen ins Wohnzimmer. Sie zog ein T-Shirt an, überließ mir die Couch und setzte sich mir gegenüber im Schneidersitz auf den Fußboden. »Ach ja, Fleischer«, sagte sie, »der Franzose, richtig? Kann ich eine Zigarette haben?«

»An den müssen Sie sich doch erinnern!«, sagte ich. »Er ist kein Franzose, er ist Amerikaner. Sie haben ihn in Frankreich kennengelernt. Was haben Sie heute bloß?«

»Warum sollte ich mich an den erinnern? Und was, wenn ich gerade nicht allein gewesen wäre? Sie können nicht einfach so hier reinplatzen … Ich dachte, das hätte ich klargestellt.«

»Ja, das haben Sie, aber in Anbetracht der Umstände …«

»Was für Umstände?«

»Ich habe Fleischer vorhin Ihre Nummer gegeben, und ich dachte …«

»Wovon sprechen Sie?«

»Tut mir sehr leid, ich hätte das nicht tun dürfen, aber er hat etwas gesagt, das mich aus der Fassung …«

»Wie bitte?«

Und während sie mich plötzlich anschrie und beschimpfte, wurde mir klar, was ich wirklich von dieser Geschichte gewollt hatte, seit ich zufällig darauf gestoßen war. Es ging mir nicht darum, Hale zu rächen, der war schließlich tot, und es ging auch nicht darum, Fleischer zu bestrafen, der für einen wie mich viel zu einflussreich war. Wenn ich ihn wirklich hätte verprügeln wollen, hätte ich das ja gleich in der Bar tun können. Und vielleicht wollte ich das ursprünglich sogar, aber dann hat es sich in eine andere Richtung entwickelt.

Es ging von Anfang an allein um sie, um Simone. Die ganze Zeit wollte ich nur verstehen, warum sie sich damals in Paris für Fleischer entschieden hatte. Okay, er war reich, aber sie war auch nicht gerade das hungernde kleine Mädchen mit den Schwefelhölzern, das sich die Nase an einer zugefrorenen Fensterscheibe plattdrückte. Wie konnte es sein, dass eine so schöne, kluge und gebildete Frau ein gefährliches Raubtier wie Fleischer einem anständigen jungen

Mann wie Hale vorzog, der bis über beide Ohren verliebt in sie war? Was fand sie an diesem bösen Mann so attraktiv? Warum lassen Frauen zu, dass die Schurken ihren Samen auf der ganzen Welt verteilen, während die Guten einsam und unglücklich sterben? Und jetzt vermoderte sie in einem Drecksloch, arm und verzweifelt, und verkaufte ihren Körper für Geld. Ich dachte, vielleicht könnte ich die Uhr zurückdrehen und Simone dazu bringen, noch einmal über alles nachzudenken; sie sollte sich eingestehen, damals einen Riesenfehler begangen, den Falschen gewählt und damit den Mann zerstört zu haben, der sie wirklich geliebt hatte.

Aber sie rastete völlig aus. Und nicht nur mit Worten; sie griff mich auch tätlich an, biss und kratzte wie eine durchgedrehte Katze, und dann ging sie auch noch mit einem Küchenmesser auf mich los. Ich versuchte sie zu beruhigen. Irgendwann bekam ich ihre Handgelenke zu fassen und konnte sie festhalten; und als sie endlich zu schreien aufhörte, bat sie mich zu gehen. Das hätte ich gern getan, aber auch wenn sich das verrückt anhört, ich wusste nicht, wie ich nach Hause kommen sollte. Ich war in Woodhaven, wo ich mich nicht auskannte, und zu Fuß hätte ich für den Heimweg mindestens zwei Stunden gebraucht. Den Bus konnte ich nicht nehmen, weil ich kein Geld mehr dabeihatte. Ich dachte, es könne doch nicht so schlimm sein, wenn ich noch ein paar Stunden bleiben und dann am Morgen gehen würde.

Ich versuchte ihr das zu erklären, aber sie fing wieder an zu schreien, ich solle auf der Stelle verschwinden. Sie sagte, sie hole die Polizei, wenn ich nicht gehe. Da habe ich sie gefesselt und in die Badewanne gelegt. Ich wollte ihr nicht wehtun, ich war so vorsichtig wie möglich. Sie wehrte sich dann nicht mehr, weinte nur noch leise, und bevor ich sie geknebelt habe, flehte sie mich an, sie nicht zu töten. Ich versuchte sie zu beruhigen und sagte, ich wolle ihr nichts tun, ich sei furchtbar müde und durcheinander und müsse nur mal ausschlafen. Also ließ ich sie in der Wanne, legte mich auf die Couch und schlief bis zum Morgen.

Als ich gegen sechs Uhr aufwachte, war sie tot.

Als Erstes sah ich das Blut. Ich hatte es überall, im Gesicht, an den Händen, an Jacke und Hemd, große, rote, klebrige Flecken. Mir taten alle Knochen weh, wie bei einer Grippe. Ich musste aufs Klo, und als ich ins Bad kam, lag sie da in der Wanne in einer großen Pfütze geronnenen Bluts. Ich fühlte nach ihrem Puls und stellte fest, dass sie schon eine ganze Weile tot sein musste, denn ihre Haut war eiskalt.

Ich spülte sie mit der Brause ab, trug sie ins Wohnzimmer und legte sie mit dem Gesicht nach oben auf den Boden. Ich nahm ihr den Knebel und die Fesseln ab und untersuchte sie. Sie hatte vier oder fünf tiefe Wunden am Oberkörper. Die sahen aus wie halb geöffnete, rubinrote Lippen. Ich ging ins Bad zurück und entdeckte neben der Toilette ein Tranchiermesser. Klinge und Griff waren voller Blut. Während ich schlief, musste jemand hereingekommen sein und sie getötet haben. Da sie gefesselt und geknebelt war, hatte sie sich nicht wehren oder um Hilfe rufen können.

Ich steckte in der Klemme. Die alte Frau aus dem zweiten Stock hatte mein Gesicht gesehen und würde auch meine Stimme erkennen: »Nummer vier, vortreten!« »O mein Gott, ja, Sir, das ist er, ganz sicher.« »Danke, Ma'am, Sie haben uns sehr geholfen.« Die anderen Nachbarn mussten die Schreie während unseres Streits auch gehört haben.

Für die Kriminalpolizei wäre es ein Leichtes, die Vorgänge in der Mordnacht zu rekonstruieren: Sie hatte spät abends Besuch von einem Freier bekommen, es gab Streit, wahrscheinlich um Geld, denn er hatte keins, und schließlich verlor er die Beherrschung, schnappte sich ein Messer aus der Küche und erstach sie. Aber ich war das nicht, Sir. »Wissen Sie, Jack, das sagen alle. Selbst wenn sie am Tatort geschnappt werden, behaupten sie immer noch, sie seien unschuldig. Alle. Können Sie sich einen Anwalt leisten? Verstehe … In diesem Fall wird Ihnen ein Pflichtverteidiger gestellt. Nicht direkt Johnnie Cochran, falls Sie verstehen, aber immerhin haben Sie einen Rechtsbeistand. Hören Sie, ich denke nicht, dass Sie das geplant haben, Jack. Lassen Sie mich raten: Sie haben es im Affekt getan, richtig? Zigarette? Vielleicht hat sie etwas Komisches gesagt, und Sie haben die Beherrschung verloren, das kann ich verstehen, auch ich bin ein Mann, und manche Frauen wissen nur zu gut, wie sie einen in den Wahnsinn treiben können …«

Zwei Stunden lang spülte und schrubbte ich das Blut aus meinen Kleidern; dann fielen mir die Notizbücher ein, und ich durchsuchte die ganze Wohnung, ihre exotische Unterwäsche, Dildos, Schminksachen, Perücken und alles andere. In einer Handtasche fand ich einen in Kentucky ausgestellten Führerschein auf den Namen Margaret Lucas, Größe 1,70, Augenfarbe braun. Das Foto zeigte sie, kein

Zweifel. Wahrscheinlich hatte sie nach der Ankunft in den Saaten ihren Namen geändert. Auf Margaret Lucas, genau wie die alte Frau oben sie genannt hatte. Hales Tagebücher fand ich nicht, also hatte sie sie wohl vernichtet.

Was ich dann getan habe, weiß ich nicht mehr genau, aber irgendwann fiel mir auf, dass der Aschenbecher auf dem Couchtisch überquoll und mein zweites Päckchen Zigaretten fast leer war. Es wurde dunkel, leichter Regen schlug ans Fenster. Den ganzen Tag hatte ich dort gesessen, nackt, zwei Schritte von ihrer Leiche entfernt.

Ich nahm meine Kleider von der Wäscheleine über der Wanne und zog mich an. Dabei hatte ich das komische Gefühl, alles von oben zu sehen, als schwebte ich unter der Decke. Jede Kleinigkeit fiel mir grell in die Augen. Wie durch eine riesige Lupe sah ich einen Fleck an der Wand und darunter eine Japan-Rose in einem Keramiktopf; ich sah das rote Herztattoo auf ihrem rasierten Schamhügel, einen Brandfleck an der Rückwand der Couch, einen umgekippten grünen Schuh neben der geschlossenen Balkontür, eine über diesen fremden neuen Planeten irrende Hummel, die behutsam ihre Fühler schwenkte.

Der da mitten im Zimmer saß, war nicht mehr ich, sondern ein Fremder, ein flüchtiger Bekannter, und die Tote auf dem Boden war nicht Simone, sondern eine ältere Nutte, die ich noch nie gesehen hatte. Der Mann war in Schwierigkeiten, demnächst wäre er der Hauptverdächtige in einem Mordfall, aber das ging mich nichts an. Auch die Pariser Geschichte schwand mir nach und nach aus dem Gedächtnis, wie Requisiten einer Theaterkulisse, die nach der Vorstellung abgebaut und von der Bühne getragen werden. Ich war weit weg von alldem, und nichts war mehr von Bedeutung.

Jetzt geht der mit den Schwierigkeiten ins Bad, macht Licht und rasiert sich sorgfältig mit dem Doppelklingenrasierer, den er auf dem Glasregal unter dem Spiegel gefunden hat. Dann nimmt er das Handy der Toten aus ihrer Handtasche, schaltet es ein, ruft bei der Polizei an und berichtet kurz und knapp, was passiert ist. Blass und konzentriert wartet er am Fenster und raucht eine letzte Zigarette. Fünf Minuten später hört er in der Ferne die Sirenen und sieht die Lichter der weißblauen Wagen zum Tatort rasen.

Er geht zur Tür, schließt auf und stellt sich auf den Treppenabsatz. Als die Polizisten auf ihn zustürzen, tritt er einen Schritt zurück und legt die Hände auf den Kopf. Der erste Uniformierte ist sehr jung, groß und dünn wie eine Bohnenstange und hat einen blonden Schnurrbart. Er richtet seine Pistole auf den Mann und schreit: »NYPD! Hände hoch, sofort! Ich will deine Hände sehen! Auf den Boden knien, sofort! Keine Bewegung! Keine Bewegung!«

Der Mann kniet sich hin und sagt: »Die Leiche ist im Wohnzimmer«, und legt sich mit dem Gesicht nach unten auf den Boden. Ich spüre seine Erleichterung, als der junge Polizist seine Pistole wieder ins Halfter steckt und ihm Handschellen anlegt. Die Polizisten – es sind jetzt fünf oder sechs, dazu zwei Sanitäter, sie alle kommen angerannt wie ein Schwarm riesiger blaugrüner Ameisen – machen sämtliche Lampen in der Wohnung an, tun ihre Arbeit und murmeln in Walkie-Talkies, die an ihren Schultern befestigt sind. Ich weiß, bald werden sie ihn in einem ihrer Autos wegbringen, dann stecken sie die Tote in einen Gummisack und fahren sie in die Leichenhalle, wo sie endlich wieder mit Abraham Hale vereint wird. Aber ich bleibe noch eine Weile, still und stumm, und nehme all die unglaublichen Einzelheiten wahr, die ich noch nie zuvor gesehen habe, genau wie die Hummel, die jetzt oben an der Decke langsam auf die Lampe zukriecht, um dort vielleicht Schutz zu finden.

VIERZEHN

Jack Bertrands Tagebuch (5)

Dr. Larry Walker, der Chefpsychiater der Klinik, führte sich auf wie ein Schuljunge, der gerade eine richtig schwere Matheaufgabe gelöst hat und es nicht erwarten kann, das seinem Lehrer mitzuteilen. Er hatte alle seine bisherigen Aufzeichnungen akkurat auf dem Schreibtisch angeordnet, aber diesmal lief kein Bandgerät mit.

Ich lehnte am Fensterrahmen und schaute hinaus. Viel zu sehen war nicht durch die mit einem Gitter gesicherte Scheibe: das graue Pflaster des Hofs, weiß getüncht vom Morgenlicht, Betonblöcke, der hohe Maschendrahtzaun, der die Gebäude einschloss wie eine riesige Falle. Die Aussicht war mir nach den vielen Gesprächen mit Walker bestens vertraut.

Das Büro war offenbar vor kurzem renoviert worden, es roch nach Lack und Farbe. Die Möblierung war schlicht: gegenüber der Tür ein Schreibtisch, an dem er während unserer Gespräche saß, zwei Regale mit dicken Büchern, eine Kunstledercouch und zwei Stühle, deren Beine am Boden verankert waren. An den Wänden alle möglichen Zeichnungen und Gemälde, wahrscheinlich von Patienten. Die meisten in düsteren Farben, menschenleere Landschaften oder einfach abstrakte, offenbar sinnlose Tintenkleckse.

»Doc, kann ich Sie was fragen?«

»Bitte.«

»Ich habe gehört, heute früh wurde eine Schwester von einem Patienten angegriffen, als sie ihm beim Essen helfen wollte. Er hat ihr mit den Zähnen ein Ohr abgerissen.«

»Ja, das stimmt leider.«

»Glauben Sie wirklich, dass ich hierher gehöre, in ein solches Haus? Ich bin doch eindeutig nicht verrückt.«

»Dieses Wort verwenden wir hier nicht.«

»Egal.«

»Jack, Sie wurden nach Begutachtung durch drei Experten auf richterliche Anordnung in diese Klinik eingewiesen. Ich habe weder die Pflicht noch die Absicht, darüber zu befinden, ob diese Einweisung zu Recht oder Unrecht verfügt wurde. Das verstehen Sie doch bestimmt.«

»Warum verschwenden Sie dann Ihre Zeit und sprechen mit mir, wenn es sowieso nichts ändert?«

»Weil ich herausfinden möchte, *warum* Sie das getan haben.«

Ich hatte den Eindruck, wir verstanden uns immer weniger. Seit Wochen mühte ich mich vergeblich, ihm zu erklären, dass ich vielleicht nicht alles über mich und die wahren Gründe wusste, warum ich hier war – wie kann jemand von sich behaupten, er wisse genau, wer er wirklich ist? –, aber zumindest war ich ihm gegenüber immer vollkommen offen und ehrlich gewesen.

»Bitte hören Sie mir genau zu«, sagte er.

»Natürlich, Doc, das tu ich immer.«

»Jack, ich habe alles, was Sie mir in den vergangenen zwei

Monaten erzählt haben, sorgfältig durchgelesen, jedes einzelne Wort. Ich möchte jetzt ein paar Details herausgreifen, die mich neugierig gemacht haben. Wo sind Sie aufgewachsen, Jack?«

»In Long Branch, Monmouth County, New Jersey. An der Küste. Ich dachte, das wissen Sie. Steht das nicht in den Akten?«

»Durchaus, aber Sie haben Ihre Heimatstadt oder die Namen Ihrer Eltern niemals erwähnt, weder in Ihren Aufzeichnungen noch während unserer Gespräche. Niemand hat Sie hier angerufen, und Sie haben niemanden angerufen. Haben Sie Geschwister?«

»Nein, ich bin ein Einzelkind.«

»Verstehe. Und was ist mit Ihren Eltern?«

»Was soll mit ihnen sein? Sie sind gestorben, alle beide.«

»Wann und wie sind sie gestorben?«

»Wann und wie sie gestorben sind? Mom starb, als ich acht war, ich kann mich kaum an sie erinnern. Und mein alter Herr ist vor zehn Jahren an einem Herzinfarkt gestorben, im August achtundachtzig. Mehr weiß ich nicht, ich war nicht auf der Beerdigung. Ehrlich gesagt, wir haben uns nicht sehr nahegestanden. Er hat getrunken und mich als Kind regelmäßig verprügelt. Warum fragen Sie?«

Ich sehnte mich nach einer Zigarette, aber nachdem ich ihn ein paarmal vergeblich angefleht hatte, mir welche mitzubringen, hatte ich es aufgegeben. Rauchen war in der Klinik nicht erlaubt, und Verstöße gegen die Regeln waren vollkommen ausgeschlossen. Soweit ich wusste, gab es Wärter, die den Patienten alles Mögliche ins Haus schmuggelten und damit einen guten Reibach machten, aber Geld hatte ich eben nicht.

»Nur Geduld … Wie hießen Ihre Eltern?«

»Das ist echt verrückt … John und Nancy Bertrand.«

»Und Sie haben keine anderen Verwandten?«

»Doch, möglich. Worauf wollen Sie hinaus, Doc?«

»Auch die haben Sie in Ihrer Geschichte nie erwähnt. Und jetzt habe ich ein paar Fragen zu dieser Frau. Margaret Lucas.«

»Den Namen hat sie sich zugelegt. Mir wäre es lieber, Sie würden sie bei ihrem richtigen Namen nennen: Simone Duchamp, wenn es Ihnen nichts ausmacht.«

»Sie haben mir erzählt, Sie hätten sich kennengelernt, als sie an jenem Freitagnachmittag nach Jackson Heights kam, offenbar, um den Mann zu besuchen, der kurz zuvor gestorben war, Abraham Hale. Sie haben sie als elegante Erscheinung beschrieben, eine Frau mit entzückendem französischen Akzent und guten Manieren. Aber bei Ihrer zweiten Begegnung, als Sie bei ihr in Woodhaven waren, scheint sie einen ganz anderen Eindruck auf Sie gemacht zu haben: Da war sie eine gewöhnliche ältere Prostituierte, und von ihrem Akzent und ihren Manieren war kaum noch etwas übrig.«

»Nun, sie war an dem Abend krank, und vielleicht …«

»Nein, Jack, es war, als hätten Sie jemand ganz anderen beschrieben.«

»Ich habe Ihnen nur erzählt, was ich gesehen und gedacht habe. Was wollen Sie von mir?«

»Margaret Lucas *war* ihr richtiger Name, Jack. Einundvierzig Jahre alt, aufgewachsen in Rowan County, Kentucky. Ende der Achtziger war sie eine kleine Filmschauspielerin hier in New York. Sie haben sie vor einem Jahr kennengelernt.«

Ich kam nicht mehr mit. War das ein Test? Manchmal hatte ich das Gefühl, er würde nur so aus Spaß in meinen Gedanken herumpfuschen.

»Nein, Doc. Ich habe sie an diesem Freitag kennengelernt, wie ich Ihnen gesagt habe. Ich habe Sie nie belogen, kein einziges Mal. Ich habe nichts zu verlieren. Warum sollte ich Sie belügen?«

Eine Schwester kam herein und brachte ihm eine Akte. Die Frau war lang und dünn wie eine Bohnenstange und sah mich kalt an. Ihre Augen waren hellblau, fast durchsichtig, wie die eines Huskys. Ich fragte mich, ob diese blaue Aktenmappe mit mir zu tun hatte. Aber der Arzt unterschrieb nur auf einem der Bögen und gab ihr die ganze Akte zurück. Nachdem sie gegangen war, fuhr er fort:

»Ich sage nicht, dass Sie lügen, Jack. Es ist nur … Nun ja, wir bekommen die Teile schon noch zusammen. Die Begegnung mit Mr. Fleischer … Ihre Schilderung entspricht nicht genau dem, was sich an dem Abend wirklich abgespielt hat.«

»Er hat Ihnen etwas anderes erzählt? Das wundert mich nicht. Glauben Sie ihm?«

»Ich wollte ihn persönlich aufsuchen, aber offenbar ist er für ein paar Monate nach Maine gezogen. Ich konnte jedoch mit seinem Leibwächter sprechen, Walter, der alles mit eigenen Augen gesehen und mir erzählt hat, was er auch der Polizei erzählt hat: Sie seien den beiden eines Abends vors Auto gesprungen und hätten etwas von einer Französin namens Simone gerufen. Sie hätten Mr. Fleischer gebeten, die Frau in Ruhe zu lassen, und als er ausstieg und nachsehen wollte, was da los war, hätten Sie ihn mit einem Messer angegriffen. Wäre es Walter gelungen, Sie festzuhalten und die Polizei zu holen, hätte er dieser Frau das Leben gerettet. Es gelang ihm aber nicht; Sie sind weggelaufen. Im späteren Verlauf dieser Nacht sind Sie nach Woodhaven gefahren, sind mit Ms. Lucas in Streit geraten und haben sie getötet. Sie haben fünfmal mit dem Messer zugestochen und sie sterben lassen. Übrigens hat Mr. Fleischer Sie wiedererkannt.«

»Fleischer lügt …«

»Jack, Sie brauchen mir von Ihrer Seite nichts mehr zu erklären, weil ich den Ablauf inzwischen kenne, von Anfang bis Ende. Ich versuche lediglich, *Ihnen* begreiflich zu machen, was wirklich geschehen ist, *warum* es geschehen ist und *wie* es möglich war, dass es geschehen konnte. Ich bin Arzt, kein Polizist. Für mich sind Sie kein brutaler Mörder, sondern jemand, der Hilfe braucht.«

»Danke, ich weiß das wirklich zu schätzen, aber …«

»Hören Sie mir zu, Jack! Gehen wir zum Anfang zurück. Sie haben mir erzählt, wie Hales Leiche in Jackson Heights gefunden wurde. Sie waren nicht dabei, wie können Sie dann so viele Einzelheiten wissen? Zum Beispiel, dass er nackt am Fußboden lag; oder die Gläser auf dem Couchtisch, eins davon mit Spuren von Lippenstift, Indiz dafür, dass ihn vor seinem Tod eine Frau besucht hatte … Verstehen Sie? Sie können diese Details nicht kennen, wenn Sie nicht selbst dort gewesen waren.«

»Natürlich war ich an diesem Morgen nicht da, aber zwei Tage später. Ich muss im Büro einen Polizeibericht gelesen haben, oder jemand hat mir den Tatort beschrieben, ich weiß nicht mehr. Warum ist das so wichtig?«

»Das will ich Ihnen sagen, Jack: Weil in dieser Wohnung kein Toter gefunden wurde, vollgestopft mit Schlaftabletten. Beim Magistrat von Queens County ist kein solcher Fall anhängig, und in der Leichenhalle in der Jamaica Street liegt niemand, der so heißt. An jenem Morgen kamen zwei Polizisten zu *Ihrer* Wohnung, weil eine Nachbarin sie gerufen hatte. Sie hatte bemerkt, dass Sie Ihr Auto nicht den Vorschriften entsprechend auf die andere Straßenseite gestellt hatten, was noch nie zuvor passiert war, und Sie hatten auf ihr Klingeln nicht reagiert. Sie haben den Polizisten erzählt, Sie hätten die Grippe, dann haben Sie Ihr Auto umgeparkt, und die Polizisten sind gegangen.«

Plötzlich hatte ich einen ganz trockenen Mund und musste mich räuspern, bevor ich weitersprechen konnte. Wie ein Blitz flammte ein Bild vor mir auf: Ich sprach mit dem Hausmeister, Mike, es ging um die Renovierung der Wohnung, vor meinem Einzug. Er hatte eine schwere Erkältung und schnaubte ein Papiertaschentuch nach dem anderen voll. Und ich erinnerte mich an noch etwas: den Lärm der Müllabfuhr, jeden Morgen pünktlich um acht.

Ich schaute wieder aus dem Fenster. Die Sonne war aufgegangen, der Himmel blutrot verschmiert. In der Nacht hatte es geregnet, im Hof glänzten Pfützen. Ein schwarzer

Vogel senkte sich geräuschlos aufs Pflaster und stieg wieder auf.

»Das Ganze war also nur eine Lügengeschichte?«, fragte ich.

»Nein, Jack, keine Lügengeschichte, sondern eine Wahnvorstellung. Ihre Wahnvorstellung.«

»Und Hale und Fleischer und Simone, was ist mit all diesen Leuten und Orten, mit denen ich nie zuvor etwas zu tun hatte? Und was ist mit den Notizbüchern, von denen ich Ihnen erzählt habe?«

»Wie erklären Sie sich, dass die verschwunden sind?«

»Ich kann nur vermuten, dass Simone sie vernichtet hat, nachdem ich ihr dummerweise von Hales Tagebüchern erzählt hatte. Wahrscheinlich hat sie die Wohnung in meiner Abwesenheit durchsucht und sie gefunden. Ich hatte sie ja nicht versteckt. Sie lagen auf dem Couchtisch im Wohnzimmer.«

»Hören Sie, Folgendes steht bis jetzt fest: Sie haben seit 1994 in dieser Wohnung gelebt. Sie sind dort vor vier Jahren eingezogen, als Sie die Stelle beim Magistrat von Queens County angetreten haben. Davor haben Sie für eine Einzelhandelsfirma gearbeitet, und davor haben Sie fünf Jahre in Kalifornien gelebt. So viel hat die Polizei bisher ermitteln können.«

»In Kalifornien bin ich nie gewesen, Doc, niemals.«

»O doch, ganz bestimmt. Was alles Übrige angeht, sind Sie ein Gespenst. Es gab tatsächlich einen James L. Bertrand, aufgewachsen in Mercer County, New Jersey, Eltern John und Nancy Bertrand; aber der ist 1968 im Alter von zwölf Jahren an Lungenentzündung gestorben. Er liegt auf dem Greenwood Cemetery. Die Polizei nimmt an, Sie haben irgendwann in den Achtzigern oder noch früher Ihre Identität geändert und sich einen neuen Namen zugelegt. Wer auch immer Ihre Papiere gefälscht hat, stattete Sie mit der Identität von Jack Bertrand aus. Der war jung gestorben und hatte keine nahen Verwandten.

Die Polizei sucht noch nach einer Bestätigung für das, was Mr. Fleischer uns über Ihre wahre Identität erzählt hat. Fingerabdrücke und ärztliche oder zahnärztliche Unterlagen aus der Zeit von vor über zehn Jahren sind in den Datenbanken nicht erfasst, aber Sie haben mir in unseren Gesprächen einige Hinweise gegeben. Und wenn ich die mit dem abgleiche, was Mr. Fleischer uns erzählt hat, komme ich zu dem Schluss, dass Ihr richtiger Name Abraham Hale ist und Sie Fleischer vor langer Zeit an der Universität kennengelernt haben.«

Und dann drückte er mir seine Version meines Lebens aufs Auge, und Schwarz wurde zu Weiß:

Ihm zufolge hätte ich vor zwei Jahren einen Arzt namens Vincent Roth aufgesucht und ihm Symptome vorgetragen, die auf paranoide Schizophrenie hindeuten. Der Arzt verordnete mir Medikamente, und ich kam für drei Wochen ins Bellevue Hospital an der 1st Avenue. Nach der Entlassung ging es mir noch schlechter. Nach und nach rissen alle Verbindungen zu meinem eigenen Leben ab, mein Leben wurde für mich zu dem eines anderen, eines bedauernswerten und tief gestörten Mannes namens Abraham Hale, dessen Leben von einem seiner Freunde zerstört worden war, den er mit Anfang zwanzig an der Universität kennengelernt hatte.

Die Notizbücher existierten nicht. Die vielen Einzelheiten dieser Geschichte – falls sie denn stimmen – kannte ich vermutlich deshalb, weil es sich dabei um Fragmente meiner eigenen Erinnerungen handelte, die mein verwirrtes Gedächtnis in eine andere Form gegossen hatte.

Vor einem Jahr lernte ich nach der Entlassung aus der Klinik Margaret Lucas kennen und fragte sie, ob sie einmal die Woche in meine Wohnung kommen und die Rolle einer Französin namens Simone Duchamp spielen könne. Damit begann unsere bizarre Beziehung. Als mir das Geld ausging, wollte sie aussteigen. Schließlich suchte ich sie eines Abends in ihrer Wohnung auf und erstach sie, nachdem ich zuvor auf der Straße eine Auseinandersetzung mit Joshua Fleischer gehabt hatte.

Die Staatsanwaltschaft hatte sicherheitshalber bei den französischen Behörden angefragt, ob sie einen ungeklärten Fall aus den Siebzigern um das Verschwinden einer Pariserin namens Simone Duchamp in den Archiven hätten. Die Antwort war Nein.

Ich habe so viele Fragen, will aber nicht mehr streiten, es hat ja doch keinen Sinn. Geld ist Macht, und reiche Leute bekommen alles, was sie brauchen, und können tun, was sie wollen. Unbedeutende Wichte wie ich leben einzig und allein zu dem Zweck, ihnen zu Willen zu sein und möglichst lange am Leben zu bleiben, um ihnen zu dienen. Wenn einer von der Herrenrasse böse wird, verschlingt er unsereins mit Haut und Haaren. So läuft das.

Ich weiß nicht, wie viel Fleischer sich diese Inszenierung kosten lässt und wie lange ich hier eingesperrt bleiben werde, es ist mir auch egal. Aber meine Erinnerungen lasse ich mir von Ihnen nicht wegnehmen. Ich weiß, wer ich bin und was ich getan habe und was nicht. Ich erinnere mich an vieles: Namen, Orte und Gesichter. Ich habe eine Vergangenheit, ich vergeude meine Gegenwart innerhalb dieser Mauern, und ich versuche immer noch, mir meine Zukunft vorzustellen. Ich bin auf Hunderten von Straßen gegangen und Tausenden von Menschen begegnet und habe Millionen von Wörtern ausgesprochen. Und jetzt wollen sie mit mir machen, was sie mit diesem Abraham Hale gemacht haben: mich auslöschen, ausradieren, mir alles nehmen, was ich habe.

Ich bedaure, dass ich die Notizbücher verloren habe. Sie hätten ein für alle Mal bewiesen, was für ein kluger und gutherziger Mensch Abraham Hale gewesen war und was für ein manipulatives Ungeheuer Fleischer ist. Und so rufe ich mir immer wieder ins Gedächtnis, was ich in diesen Aufzeichnungen gelesen habe, jedes einzelne Wort, jedes einzelne Komma. Vielleicht habe ich etwas übersehen, und die Geheimnisse jener Zeit in Paris standen irgendwo zwischen den Zeilen versteckt und sind jetzt in den Tiefen meiner Erinnerung begraben. Ich halte es weiterhin für meine Pflicht, den wahren Charakter dieses Mannes zu enthüllen, auch wenn er seine Aufzeichnungen bewusst dunkel hielt und ein Rätsel in einem anderen verbarg und dies wiederum in einem anderen, wie bei diesen russischen Puppen. Aber eines Tages wird mir alles wieder einfallen, ganz bestimmt. Ich habe keine Eile, denn hier hat das Leben jegliche Form und Kohärenz verloren und ist nurmehr ein Schwarm von Echos in den Höhlen der Zeit.

FÜNFZEHN

New York, vor sechs Monaten

Ein paar Tage später rief Mallory mich an und fragte, ob ich das Tagebuch gelesen hätte.

»Ja, hab ich. Dieser Jack Bertrand, ist der im Krankenhaus gestorben?«

»Ja, in der psychiatrischen Klinik Kirby, im März 1999. Er hat sich auf der Toilette erhängt. Als man am Morgen die Tür aufbrach, war er tot.«

»Waren die sicher, dass es sich bei ihm tatsächlich um Abraham Hale handelte?«

»Na ja, das haben sie aufgrund von Joshua Fleischers Aussagen und der Tagebuchnotizen vermutet. Aber sie haben niemanden gefunden, der ihn mit Gewissheit identifizieren konnte, weil Fleischer nicht in diese Sache reingezogen werden wollte und man ihn nicht gegen seinen Willen zur Kooperation zwingen konnte. Bertrands Eltern waren schon lange tot, ansonsten hatte er keine Verwandten. Und, unter uns gesagt, ich glaube nicht, dass die Polizei sich lange damit aufgehalten hat herauszufinden, wer der Mann wirklich war. Er hat diese Frau umgebracht, wurde noch am Tatort verhaftet, für schuldig, aber unzurechnungsfähig erklärt und in einer psychiatrischen Klinik hinter Schloss und Riegel gebracht. Damit war der Fall gelöst, und alle waren zufrieden.

Kein Mensch hat sich darum geschert, ob er ein Niemand aus Louisiana oder ein Versager aus New Jersey war – Hauptsache, er war im Irrenhaus weggesperrt.«

»Ja, wahrscheinlich hast du recht.«

»Allerdings habe ich noch einmal mit meinem Kontaktmann in Frankreich gesprochen. Sie haben auch unter den Vermisstenfällen keine Simone Duchamp. Konntest du überprüfen, ob das der richtige Name ist? Vielleicht hat Fleischer dich angelogen, und unser Mädchen hat nie existiert.«

»Ich glaube nicht, dass er mich angelogen hat. Warum hätte er das tun sollen? Und Wahnvorstellungen hatte er auch nicht. Hör zu, ich weiß, dass Simone jahrelang bei ihren Eltern in Lyon gelebt hat. Ihr Adoptivvater, Lucas Duchamp, war im Zweiten Weltkrieg ein Held des französischen Widerstands. Ach, übrigens, sie hatte eine jüngere Schwester, Laura. Hatte ich das erwähnt?«

»Nein. Okay, ich bleib hier weiter am Ball, sollte dir aber sagen, dass du dein Geld wahrscheinlich zum Fenster hinauswirfst.«

»Hast du irgendetwas über die Zeit gefunden, in der Josh und Abraham in Paris gelebt haben?«

»Könnte sein, dass ich ihre damalige Bleibe gefunden habe, in der Rue de Rome. Das Gebäude wurde Mitte der Achtziger komplett renoviert und zu einem Hotel umgebaut. Ein Mann namens Alain Bizerte hat damals dort als Hausmeister gearbeitet, ist aber vor zehn Jahren gestorben. Es gibt keine Unterlagen über die Personen, die Zimmer in dem Haus gemietet hatten, bevor es ein Hotel wurde. Die Stiftung, die das Zimmer angemietet hatte, L'Etoile, ist einundachtzig aufgelöst worden, und niemand weiß, wo ihr Archiv gelandet ist.«

»Ich muss die Wahrheit über diesen Fall herausfinden, Ken.«

»Wenn Wünsche Autos wären, würden Bettler Jaguars fahren. Ich bin nicht schlecht in meinem Job, aber ein Zauberer bin ich nicht. Es war schon ein Riesenzufall, dass ich auf dieses Tagebuch gestoßen bin. Treffen wir uns am Freitag auf einen Kaffee im Starbucks an der 80th und York. Fünfzehn Uhr?«

»Ich kenne ein nettes Restaurant in der Gegend.«

»Danke, aber ich bin auf Diät.«

An diesem Abend arbeitete ich noch lange, und dann schlief ich wie ein Stein. Als ich müde und verwirrt aufwachte, vergoldete die frühe Morgenröte die Scheiben. Ich duschte, rasierte mich und zog mich an, mit den Gedanken bei Josh.

Während unserer Gespräche hatte er sich und Simone zumeist als Opfer von Abrahams Komplexen und Frustrationen dargestellt. Aber nach der ersten Hypnosesitzung hatte er mir auch gesagt, die Erinnerungen, die an die Oberfläche seines Bewusstseins gestiegen waren, hätten ihn davon überzeugt, dass er der Täter gewesen sein müsse.

Josh hielt Abraham für tief gestört, vielleicht sogar für geisteskrank. Es schien auch, dass er seinen ehemaligen Freund an jenem Abend 1998 wiedererkannt hatte, auch wenn er es aus irgendeinem Grund nicht für nötig gehalten hatte, mir das mitzuteilen. Aber obwohl er wusste, dass Abraham geisteskrank war und schon einmal eine Frau unter ähnlichen Umständen umgebracht hatte, glaubte er immer noch, dass nicht sein früherer Freund, sondern er selbst Simone getötet hatte. Doch warum sollte sein Geist eine Welt ersonnen haben, in der er der Mörder war?

Falsche Erinnerungen dienen normalerweise dem Schutz, man erschafft sie, um tragische Erinnerungen umzuformen oder gar auszulöschen, nicht andersherum.

Andererseits ließen Abrahams Aufzeichnungen darauf schließen, dass er und Simone Opfer von Josh gewesen waren, der als skrupelloser Manipulator dargestellt wurde, und dass der Mord an Margaret Lucas zweiundzwanzig Jahre später eine Neuinszenierung des grausigen Mordes in Paris gewesen war. Es lag jedoch auf der Hand, dass das Tagebuch von einem Paranoiden stammte, dessen Zeugnis nicht die mindesten Voraussetzungen für Glaubwürdigkeit erfüllte. Tatsächlich war es höchstwahrscheinlich so, dass Abraham auch Simone getötet hatte. Schizophrenie entwickelt sich häufig in der Spätphase der Pubertät. Abraham kam mit Anfang zwanzig nach Paris, war also mit einiger Sicherheit bereits Psychotiker, beherrscht von tiefsitzenden Wahnvorstellungen, auch wenn sein Umfeld den Ernst der Lage noch nicht erkannte. Sein späteres Handeln bestätigte seinen Wahnsinn nur.

Gleichzeitig musste ich mich fragen, ob Josh mir die ganze Wahrheit gesagt hatte. Warum, zum Beispiel, hatte er mir nichts von seiner Begegnung mit Abraham 1998 erzählt? Im Rahmen meiner klinischen Forschung hatte ich wiederholt zeigen können, dass ein Psychotiker auch unter Hypnose ein

Psychotiker bleibt und dass er sich selbst im Zustand des veränderten Bewusstseins entsprechend verhält, das heißt anders als ein normaler Mensch.

Nicht einmal die tiefste Trance, in die der fähigste Hypnotiseur jemanden versetzt, kann die dicke Schale aus fehlerhaften Wahrnehmungen, halluzinatorischen Verzerrungen und irrtümlichen Überzeugungen ablösen, die so ein Mensch, manchmal über Jahrzehnte, sorgfältig für sich aufgebaut hat. Neurotiker können kooperativ sein und reagieren zuweilen sogar positiv auf posthypnotische Suggestionen, bei Psychotikern hingegen kommt das nie vor. Sie bleiben gefangen in den Labyrinthen, die ihr Geist über Jahre hinweg angelegt hat, zuweilen ihr ganzes Leben lang.

Nichts jedoch lieferte mir Indizien dafür, dass Josh mentale Probleme hatte. Seine Karriere verlief erfolgreich und ohne die für geistig erkrankte Personen typischen Rückfälle. Er hatte sich nie einer psychiatrischen Behandlung unterzogen, und daher hätte sich sein Zustand – falls er je an einer solchen Krankheit litt – stetig verschlechtern müssen; seine Wahnvorstellungen wären systemisch geworden, und seine Persönlichkeit wäre schon vor langer Zeit zerbrochen, wie es bei Abraham geschehen war. Josh litt nicht an akustischen oder visuellen Halluzinationen, und innerhalb der Grenzen der Krankheit, an der er tatsächlich litt, waren seine physischen, mentalen und emotionalen Funktionen vollkommen intakt.

Und die wichtigste Frage: Warum hätte Josh so etwas tun sollen? Lügen? Warum hätte er seine kostbare Zeit und viel Geld aufwenden sollen, nur um mich an der Nase herumzuführen?

Abraham hatte in seinen Aufzeichnungen eine Stiftung namens White Rose erwähnt, Ende der Siebziger von Josh gegründet. Ich suchte im Netz danach und fand heraus, dass die Information stimmte: Es gab so eine Organisation, und sie unterstützte Frauen, die Opfer von häuslicher Gewalt geworden waren. Vielleicht war die Entscheidung für diese Ausrichtung – und eben keine andere – der Schlüssel zum Verständnis der ganzen Situation: Josh hatte sich schon immer für schuldig gehalten, hatte sich zumindest als denjenigen gesehen, der die Kette von Ereignissen in Gang brachte, die schließlich zu Simones Tod führten. Obwohl die Umstände und einige Details noch unklar waren, fragte ich mich, ob er wirklich je daran gezweifelt hatte, dass er Simones Mörders war. Was hatte er von mir erwartet? Sollte ich diesen seinen Glauben bestärken oder zerstreuen?

Mir kamen auch Zweifel, ob Josh tatsächlich hypnotisiert gewesen war oder ob er die Trance nur vorgetäuscht hatte.

Ein Patient muss ein großer Könner sein, wenn es ihm gelingt, sich bei einer Hypnosesitzung zu verstellen, doch gänzlich ausgeschlossen ist es natürlich nicht. Und die Mitschnitte der Sitzungen waren bei Josh verblieben, sodass ich sie nicht mehr daraufhin prüfen konnte. Ich hatte nur meine eigenen schriftlichen Notizen, und die genügten nicht.

Mir fiel ein, dass Josh eine Frau namens Elisabeth Gregory erwähnt hatte, der Abraham das Jobangebot aus Frankreich zu verdanken gehabt habe. Nachdem Josh und Abraham Hale gestorben waren, war sie womöglich mein letzter Anhaltspunkt. Ich schrieb eine Mail an Thomas Harley, einen früheren Kollegen, der jetzt Professor in Princeton war.

»Lieber Tom,

ich hoffe, es geht Dir gut. Während einer Therapiesitzung mit einem Patienten bin ich auf eine interessante Geschichte gestoßen, die sich Anfang der Siebziger in Princeton zugetragen hat. Ich erspare Dir die langweiligen Details, nur so viel: Es geht um zwei junge Männer, beide damals Studenten. Der eine, Joshua Fleischer, studierte Anglistik, der andere, Abraham Hale, Philosophie. In ihrem letzten Studienjahr bewohnten sie zusammen ein Haus. Eine Frau namens Elisabeth Gregory hatte Hale unter ihre Fittiche genommen; sie besaß ein Übersetzungsbüro und dürfte damals Mitte dreißig gewesen sein. Könntest Du mich mit irgendwem in Verbindung bringen, der mir weitere Einzelheiten über die beiden Studenten und Mrs. Gregory berichten kann?

Viele Grüße,

James«

Am Abend hatte ich eine Antwort von Tom im Posteingang.

»Lieber James,

es dürfte ein halbes Jahr her sein, dass ich das letzte Mal das Vergnügen hatte, mit Dir zu sprechen, umso mehr freut mich jetzt Deine Mail. Ich wollte eigentlich zu einer Konferenz nach Zürich fliegen, aber Amy war krank, und ich konnte sie nicht alleinlassen. Sie sitzt direkt neben mir und lässt Dich schön grüßen. Ich weiß nicht, ob Du auf dem Laufenden bist, aber ich habe meine Stelle an der Universität vor vier Monaten aufgegeben. Ich arbeite jetzt in der Forschungsabteilung von Siemens. Ich hatte unsere Kollegen aus den Wissenschaften immer darum beneidet, dass sie eine Alternative zum akademischen Betrieb haben, und bin froh, für mich etwas Ähnliches gefunden zu haben.

Ich werde mich bei der Universitätsleitung nach den beiden, Fleischer und Hale, erkundigen. Vielleicht haben sie zur gleichen Zeit studiert wie einige heutige Lehrkräfte.

An Elisabeth Gregory erinnere ich mich gut. Sie ist jetzt im Ruhestand, lebt aber noch in Mercer County, soweit ich weiß. Wenn Du willst, kann ich Dir ihre Adresse besorgen.

Dein

Tom«

Ich dankte ihm und bat um möglichst rasche Mitteilung von Ms. Gregorys Adresse. Er antwortete am nächsten Tag, und ich schrieb ihr eine Mail, in der ich ausführlich erklärte, worüber ich mit ihr sprechen wollte.

Am Freitag hatte ich vor meinem Treffen mit Mallory drei Patienten nacheinander in meiner Praxis. Als ich fertig war, sagte ich meiner Assistentin, sie könne für heute Schluss machen, und machte mich zu Fuß auf den Weg zum Coffeeshop an der East 80th Street. Es hatte zu schneien aufgehört, dafür senkte sich jetzt aus einem tiefblauen Himmel beißender Frost über die Stadt. Die Gebäude glitzerten in der kalten Sonne.

Ich ging hinein, setzte mich und bestellte mir einen Kaffee. Kurz darauf kam Mallory. Er ließ sich ebenfalls Kaffee bringen und sah mich prüfend an.

»Du siehst nicht gut aus, mein Freund. Alles in Ordnung?«

»Ich hatte einen langen Tag in der Praxis. Jetzt erzähl mir, was du rausgebracht hast.«

»Ich habe zwei Neuigkeiten für dich. Erstens bin ich deinem Problem mit der verschwundenen Frau, Simone, auf den Grund gegangen. Ihr Nachname war nicht Duchamp, sondern Maillot, M-a-i-l-l-o-t, mit zwei ›l‹, und ihr zweiter Vorname war Louise. Simone Louise Maillot. Offenbar hatte Lucas Duchamp sie und ihre Schwester Laura nicht offiziell adoptiert, weshalb sie den Namen ihres leiblichen Vaters behielten. Also: Die Mädchen nannten sich zwar Duchamp, hießen aber offiziell Maillot. Zweitens, ja, es gab unter diesem Namen, Simone Louise Maillot, tatsächlich einen Vermisstenfall. Die Akte befindet sich in den Archiven der französischen Polizei, datiert Oktober 1976. In ein, zwei Tagen meldet sich mein Kontaktmann in Paris mit ausführlicheren Einzelheiten. Wie es scheint, verschwand diese Simone eines Abends spurlos und für immer. Leiter der Ermittlungen damals war ein Marc Oliveira, der aber leider einundneunzig gestorben ist.«

»Aha …«

»Laura Maillot brach ihr Studium nach dem Verschwinden ihrer Schwester ab und ging zu ihren Eltern nach Lyon zurück. Sie kümmert sich bis heute um ihren Stiefvater, Lucas Duchamp, der noch lebt. Er muss jetzt über neunzig sein. Sie wohnen noch unter derselben Anschrift. Der Vater hatte vor zehn Jahren einen Schlaganfall und sitzt seitdem im Rollstuhl. Ich habe versucht, Kontakt mit ihr aufzunehmen, aber sie lebt sehr zurückgezogen. Die haben, glaub ich, zu Hause nicht mal Telefon. Mein französischer Kontaktmann hat jedoch eine langjährige Freundin Lauras aufgespürt und mit ihr gesprochen, sie heißt Claudette Morel. Anscheinend ist sie für ein gewisses Honorar bereit auszupacken. Keine Ahnung, wie vertrauenswürdig sie ist, wenn ich es recht verstanden habe, trinkt sie. Das hier ist ihre Telefonnummer. Viel Glück.«

»Danke, ich ruf sie morgen an.«

Er trank einen Schluck Kaffee und fuhr fort: »Schau, ich bin mir ziemlich sicher, dass Hales Tagebuch alle deine Fragen beantwortet. Er war schon damals in Paris instabil und gewalttätig und hat zwanzig Jahre später schlicht und einfach ein zweites, ganz ähnliches Verbrechen begangen. Vermutlich hat er diese Simone umgebracht, ist getürmt, tags darauf aber noch einmal in die Rue de Rome zurückgekommen und hat ihre Leiche fortgeschafft, während Fleischer schlief, hat sie irgendwo entsorgt und seine Spuren verwischt. Dann ist er in die Staaten zurück und hat seinen Namen geändert, aber sein Wahnsinn wurde immer schlimmer, und am Ende hat er diese Nutte getötet.«

Ich war müde und erschöpft und signalisierte dem Kellner, mir einen Espresso zu bringen.

»Ich kann das nicht glauben, Ken, nimm's mir nicht übel.«

»Wie meinst du das?«

»Warum hat Josh mir nichts von seiner Begegnung mit Abraham 1998 erzählt? Das wäre doch sehr wichtig gewesen, aber er hat es vorsätzlich verschwiegen. Außerdem muss er von der Polizei erfahren haben, dass Abraham später in dieser Nacht eine Frau getötet hat, ein Hinweis darauf, dass er auch fähig gewesen sein dürfte, Simone umzubringen. Und noch etwas: Warum hat die französische Polizei Josh und Abraham damals nicht befragt? Ich bin kein Polizist, aber es liegt doch auf der Hand, dass die beiden sofort als Personen von besonderem Interesse oder sogar als Verdächtige in Betracht kommen mussten, als Simone verschwunden war. Aber nein, die Polizei lässt sie einfach laufen, obwohl jeder weiß, dass sie Simone sehr nahestanden und vielleicht etwas zu ihrem Verschwinden sagen konnten. Und warum hat Lucas Duchamp nicht versucht, Kontakt zu ihnen aufzunehmen, nachdem seine Tochter verschwunden war?«

Er schüttelte den Kopf.

»Vielleicht hat er es ja versucht, aber sie hatten Frankreich schon verlassen.«

»Also wirklich, ein Mann wie er …«

»Okay, die Polizei hatte die beiden nicht auf dem Schirm. Na und? So was läuft nicht wie im Film. Wenn die vermisste Person nicht minderjährig ist und wenn es keine deutlichen Hinweise auf ein Verbrechen gibt, wird bloß ein paarmal telefoniert und der Name in einer Datenbank abgefragt, sonst nichts, auch heutzutage nicht, je nachdem, wie viele Polizisten überhaupt zur Verfügung stehen und wie viele ungelöste Fälle die auf ihrem Schreibtisch liegen haben. Leute verschwinden jeden Tag. Über neunzig Prozent sogenannter vermisster Erwachsener tauchen Wochen, Monate oder Jahre später einfach so wieder auf. Und damals gab es noch keine Überwachungskameras, Handys oder Kreditkarten, die bei den Ermittlungen hätten helfen können.«

»Richtig, aber Joshs Familie war ziemlich bekannt, und es wäre ein Kinderspiel gewesen, ihn aufzuspüren, selbst nach mehreren Wochen. Und noch etwas: Josh hat sich für eine Weile nach Mexiko verzogen. Wollte er sich vielleicht einer Auslieferung nach Frankreich entziehen, die aus den Vereinigten Staaten möglich gewesen wäre, nicht aber aus Mexiko? Lucas Duchamp war ein bekannter Anwalt und hätte seine Beziehungen spielen lassen können, wenn er gewollt hätte. Er hätte die französischen Behörden dazu bringen können, ihre Arbeit zu tun.«

»Schon gut. Worauf willst du hinaus?«

»Ich bin überzeugt, dass wir immer noch nicht wissen, was in jener Nacht tatsächlich geschehen ist, nicht einmal, ob Simone wirklich tot ist oder ob sie noch lebt. Was mir Josh, zum Beispiel, über den am nächsten Tag verschwundenen Koffer erzählt hat, ist doch völlig unlogisch. Vielleicht sollte ich für ein paar Tage nach Frankreich fliegen und mit dieser Claudette Morel und Simones Schwester Laura reden.«

Ein Mann in einem dicken Wintermantel kam herein und setzte sich an den Tisch neben uns. Als unsere Blicke sich trafen, zwinkerte er mir zu und lächelte.

»Ich an deiner Stelle würde für diese Geschichte keine Zeit und kein Geld mehr verschwenden«, sagte Mallory. »Ich bin mir nicht einmal sicher, ob die Frauen irgendetwas über die Geschichte wissen.«

Er legte einen Zwanziger auf den Tisch und stand auf.

»Das geht auf mich. Ich bleibe am Ball, und wenn du was brauchst, ruf an. Ich muss für ein paar Wochen an die Westküste.«

»Danke und viel Erfolg mit deiner Diät.«

SECHZEHN

Übers Wochenende notierte ich mir alle noch offenen Fragen. Ich hatte Abrahams Tagebuch zweimal gelesen und Mallorys Berichte schriftlich zusammengefasst. Eine dieser Fragen lautete: War Abraham schon damals in Paris so instabil gewesen, wie Josh ihn schilderte, oder hatte er erst später abgebaut, in den vielen Jahren, die er in Not und Angst zubrachte, nach der Tragödie, die ihm das Herz gebrochen hatte? Was, wenn er die Wahrheit sagte und Josh in den Neunzigern tatsächlich sein Geld und seine Macht dafür eingesetzt hatte, ihm die Schuld in die Schuhe zu schieben und ihn ein für alle Mal in einem Gefängnis für geisteskranke Kriminelle verschwinden zu lassen? Falls Abraham jemals den Versuch unternommen haben sollte, der Polizei die Wahrheit zu erzählen, hätte ihm niemand geglaubt.

Ich beschwor den Geist von Google und fand die Website von White Rose. Dort erfuhr ich, dass die Stiftung ihre Tätigkeit auf der Grundlage eines Vermächtnisses von Mr. Salem H. Fleischer, Joshs Vater, ausübte. Da fiel mir etwas auf: Josh hatte mir erzählt, seine Eltern seien im Juni 1973 bei einem Autounfall ums Leben gekommen, die Stiftung war jedoch erst vier Jahre später, im Februar 1977, eingerichtet worden.

Ich notierte mir die Nummer des Präsidenten ihres Vorstands, eines Mannes mit Namen Lionel J. Carpenter. Nach mehreren vergeblichen Versuchen, ihn telefonisch zu erreichen, verband eine unwirsche Assistentin mich schließlich weiter. Ich stellte mich vor und sagte, ich riefe im Auftrag des verstorbenen Joshua Fleischer an. Mr. Carpenter wurde sofort hellhörig.

»Dr. Cobb, haben Sie in letzter Zeit mit Joshua gesprochen? Ich meine, persönlich …? Wann?«

»Ja, Mr. Carpenter, ich habe ihn in Maine gesehen, als ich im Oktober vergangenen Jahres dort sein Gast war.«

»Ich hatte im Laufe der vergangenen vierzig Jahre kein einziges Mal das Vergnügen, ihm persönlich zu begegnen«, teilte er mir zu meiner Überraschung mit. »Auf seine Bitte hin übernahm ich bei ihrer Gründung zwar die Leitung der Stiftung, aber danach hatten wir im Grunde keinen Kontakt mehr … Sein Anwalt rief mich vor einigen Wochen an und teilte mir mit, dass er gestorben sei.«

»Das stimmt leider«, sagte ich. »Er hatte Leukämie. In diesem Zusammenhang hat er meine ärztlichen Dienste in Anspruch genommen. Ich bin Psychiater, und Mr. Fleischer war einer meiner Patienten.«

»Ihr Name ist mir geläufig, Mr. Cobb. Ich glaube, ich habe Sie letztens im Fernsehen gesehen. Sie haben ein Buch veröffentlicht, nicht wahr?«

»Ja, das stimmt. Mr. Carpenter, ich möchte Ihnen eine Frage stellen, wenn Sie nichts dagegen haben: Wurde die Stiftung White Rose von Joshua gegründet oder von seinem Vater?«

Schweigen am anderen Ende der Leitung.

»In gewisser Weise«, sagte er vorsichtig, »war es Joshuas Idee. Aber ich bespreche solche Angelegenheiten ungern am Telefon. Wenn Ihr Terminkalender es zulässt, könnten wir uns heute Nachmittag treffen. Morgen verlasse ich für ein paar Tage die Stadt. Kommen Sie doch einfach in mein Büro, siebzehn Uhr, würde das passen?«

»Sicher, vielen Dank. Ich werde da sein.«

Carpenter war in den Siebzigern, groß und hager. Er forderte mich auf, mich zu setzen, bat seine Assistentin, uns Kaffee zu bringen, und sagte: »Ich bin Mitte der Sechziger in Salems Anwaltskanzlei eingetreten, acht Jahre vor der Tragödie. Nach seinem Tode behielten wir den Namen der Kanzlei, Fleischer und Partner, noch fünf Jahre unverändert bei. In späteren Jahren traten neue Partner bei uns ein, da mussten wir den Namen dann ändern. Sal war ein außergewöhnlicher Mensch, allseits beliebt und hochintelligent. Seine Partys waren seinerzeit in Manhattan gesellschaftliche Ereignisse. Er hatte enge Verbindungen zu den Kennedys und hielt mit Jackie bis zum Schluss Kontakt.«

»Mr. Carpenter, wie war Joshs Beziehung zu seinen Eltern, wenn ich mir die Frage erlauben darf?«

Er nahm die Brille ab und polierte sie mit einem Taschentuch.

»Ehrlich gesagt war er ein seltsamer Teenager. Er war talentiert, und seine Lehrer bescheinigten ihm alle, ein kluger Kopf zu sein, aber manchmal war sein Benehmen doch … sonderbar. Es kam vor, dass Sal seinen Einfluss geltend machen musste, um auf gewissen Skandalen den Deckel zu halten. Ende der Sechziger, Anfang der Siebziger, das waren merkwürdige Zeiten, die jungen Leute kosteten es richtig aus, sich rebellisch zu geben und der älteren Generation vorzuführen, wie emanzipiert sie waren, bei Josh ging es aber nicht um die üblichen Probleme – Sie wissen schon, Drogen, Alkohol, zu schnelles Fahren. Ganz im Gegenteil, er war sehr nüchtern für sein Alter. Er hat nicht mal geraucht, soweit ich mich erinnere.«

»Und …?«

»Nun ja, Joshua sah gut aus, war reich und kultiviert, die Mädchen flogen ihm zu«, antwortete er leicht verlegen. »Meines Wissens hatte er eine Freundin nach der anderen. Aber irgendetwas stimmte nicht ganz mit ihm, und einige Mädchen offenbarten sich ihren Eltern, wodurch gewisse Dinge ans Licht kamen. Anscheinend hatte Joshua … ungewöhnliche Vorlieben. Ein Mädchen behauptete zum Beispiel, er habe sadistische Neigungen. Sal ging mir gegenüber natürlich nicht ins Detail, außerdem war er sowieso überzeugt, dass das alles nur mit der großen Klappe seines Sohnes zu tun hatte, der zu gern provozierte und sich Dinge ausdachte, sich aber nicht darüber im Klaren war, dass seine Freundinnen keine so üppige Fantasie hatten wie er selbst und Geschichten für bare Münze nahmen, die er nur erfunden hatte, um sie zu beeindrucken. Sein Vater wollte nicht, dass Josh in Harvard studierte, auch wenn das gegen die Familientradition verstieß. Er hatte Angst vor dem Gerede an einer Einrichtung, an der sein Name so gut bekannt war. So jedenfalls habe ich es damals verstanden.«

Ich hatte den Eindruck, Carpenter wartete schon jahrelang auf eine Gelegenheit, über die Fleischers sprechen zu können. Ihre Geschichte hatte ihn offensichtlich stärker beschäftigt, als er zugeben wollte. Und dann erzählte er mir auch, wie die Stiftung entstanden war.

»Nach dem Examen ging Joshua nach Europa – nach Frankreich, soweit ich mich entsinne. Als er einige Monate später zurückkehrte, rief er mich von einem New Yorker Hotel aus an. Ich hatte ihn zwei Jahre lang nicht gesehen und nichts von ihm gehört, da ich mich bereits mit dem Testament befasst hatte und er inzwischen volljährig geworden war. Kurzum, er teilte mir mit, von dem Geld seiner Eltern nichts zu benötigen. Er wolle sein Leben in die eigene Hand nehmen und das gesamte Erbe bis auf den letzten Cent in eine Stiftung einbringen, die er mich zu gründen und mit Personen meiner Wahl zu leiten bat. Ich war schockiert, wie Sie sich denken können. Ich wollte ihn dazu bewegen, seine Entscheidung zu überdenken, sich zumindest noch etwas Zeit zu lassen. Ich war überzeugt, dass während seines Aufenthalts in Europa etwas vorgefallen war, und wollte nicht, dass er spontane Entscheidungen traf, die er später bereuen musste.«

»Über welche Summe sprechen wir?«

»Unter Einbeziehung aller Vermögenswerte und des Hauses belief sich die Summe auf über dreißig Millionen Dollar. Sogar nach heutigen Maßstäben noch ein ziemliches Vermögen.«

»Allerdings.«

»Joshua versicherte mir, sein Entschluss sei keine vorübergehende Laune, sondern das Ergebnis ruhiger und klarer Überlegungen. Er gab mir die Telefonnummer eines Anwalts, mit dem er gesprochen hatte, und sagte, für den Fall, dass ich die Leitung der Stiftung nicht übernehmen wolle, stünden viele andere bereit, die es gern tun würden. Ich dachte an Sal und Sandra, an unsere Freundschaft und an die Möglichkeit, dass ihr Erbe in falsche Hände geraten könnte, und nahm das Angebot an. Und so entstand die Stiftung White Rose. Vor zwei Jahren habe ich mich zur Ruhe gesetzt, aber eine Position als Ehrenpräsident des Vorstands behalten. Josh bestimmte den Zweck der Stiftung; sie sollte sich ausschließlich um misshandelte Frauen kümmern, körperlich und seelisch misshandelte. Und das tun wir nun seit vielen Jahren, mit sehr guten Erfolgen, würde ich sagen. Nach der Einrichtung der Stiftung hatte ich eine Weile nichts von Joshua gehört. Er hatte mich wissen lassen, dass er die Staaten für längere Zeit zu verlassen gedenke, und ich fand heraus – wie genau, weiß ich heute nicht mehr –, dass er nach Mexiko gegangen war. Einige Jahre später las ich in der Zeitung etwas über einen Geschäftsmann namens Joshua Fleischer, der an der Börse ein Vermögen gemacht hatte. Ich rief ihn an, sprach mit ihm. Wir blieben telefonisch in Verbindung, sind uns von Angesicht zu Angesicht aber nie mehr begegnet.«

Ich dankte ihm, und er brachte mich zur Tür. Bevor ich ging, warf er den Kopf zurück und sagte: »Oh, noch ein wichtiges Detail, das hätte ich beinahe vergessen. Sal änderte sein Testament kurz bevor er starb und fügte eine höchst merkwürdige Klausel hinzu: Joshua sollte sein gesamtes Erbe verlieren, falls er je an einem Vorkommnis beteiligt sein sollte, bei dem Gewalt gegen Frauen eine Rolle spielte, ausgenommen, es handelte sich um Notwehr.«

Ich war mehr als erstaunt. In meinem Beruf hatte ich von Anfang an lernen müssen, dass man, wenn man hinter einer schönen Fassade tief genug gräbt, meistens auf einen Haufen Müll stößt. Wahrscheinlich waren die Fleischers keine Ausnahme. In ihrem Falle steckten in dem Müllhaufen wohl auch einige noch nicht explodierte Bomben.

»Aus welchem Grund hätte Mr. Fleischer das tun sollen? War etwas geschehen, das ihn zu der Annahme veranlasste, sein Sohn könnte zu etwas dieser Art fähig sein?«

»Das weiß ich nicht. Vielleicht sind Sie dafür noch zu jung, aber damals wurde vieles als bloßer *bedauerlicher Zwischenfall* gesehen, und hinterher verlor man kein Wort mehr darüber. Anständige Familien bewahrten ihre *Zwischenfälle* an sicheren Orten auf, zu denen auch die besten Freunde unter keinen Umständen Zutritt hatten. Sal und ich waren wie gesagt gute Freunde, aber er wusste seine Privatsphäre gut zu schützen, und niemand, mich eingeschlossen, hätte es gewagt, ihm Fragen zu diesem Thema zu stellen. Aber wenn ich ganz ehrlich bin, habe ich immer geglaubt, dass Joshuas Verfügung über sein Erbe etwas mit der nachträglich ins Testament seines Vaters eingefügten Klausel zu tun hatte. Tiefer wollte ich nicht nachforschen, weil es mich nichts anging. Einen schönen Tag, Dr. Cobb.«

Tags darauf rief ich morgens als Erstes Claudette Morel an, und schon nach zweimaligem Läuten meldete sich eine heisere Raucherstimme. Ich fragte, ob wir uns auf Englisch unterhalten könnten, und sie stimmte zu. Ich stellte mich vor, und sie bestätigte, dass sie die Schwestern Maillot sehr gut kannte.

»Ms. Morel, man sagte mir, Sie hätten vor einigen Tagen mit Inspektor Henri Solano von der fanzösischen Polizei gesprochen. Wie er Ihnen vermutlich erklärt hat, würde ich mich gern mit Ihnen über die Umstände unterhalten, unter denen Simone Duchamp beziehungsweise Maillot im Oktober 1976 verschwunden ist.«

»Ich verstehe ... Hat die Polizei herausgefunden, was mit ihr passiert ist? Der Inspektor wollte mir keine Einzelheiten mitteilen.«

»Noch nicht, leider, aber ...«

»Er hat auch Ihren Auftraggeber genannt, einen gewissen Joshua Fleischer, richtig? Den habe ich vor langer Zeit einmal kennengelernt.« Ihr Ton war vorsichtig und feindselig. »Warum interessiert er sich für diese Geschichte – nach so vielen Jahren? Hat er es Ihnen gesagt? Hat die Polizei damit zu tun?«

»Nein, die Polizei hat nichts damit zu tun, es geht um eine Privatangelegenheit. Was Mr. Fleischers Interesse an dieser Geschichte betrifft, nun ja, das ist ein bisschen komplizierter ... Er war ein Patient von mir und ...«

»Ich verstehe, Dr. ...«

»Cobb, James Cobb. Bitte nennen Sie mich James.«

»Nun, Dr. Cobb, die ganze Sache kommt mir sehr dubios vor. Keine Ahnung, warum ich eingewilligt habe, mit Ihnen zu sprechen. Ich weiß nicht, wer Sie sind und was Sie wirklich von mir wollen. Haben Sie eine Vollmacht von den Behörden, oder wollen Sie mir im Auftrag von Joshua Fleischer etwas sagen?«

»Ich rufe an, weil ich Ihre Hilfe benötige, Ms. Morel. Soweit ich weiß, haben Sie Mr. Fleischer 1976 kennengelernt, zusammen mit Mr. Abraham Hale, seinem besten Freund. Beide waren in Simone Maillot verliebt, richtig?«

Sie lachte – ein schnoddriges, freudloses Lachen.

»Ich weiß nicht, wer da wen geliebt hat, Dr. Cobb. Erst viele Jahre nachdem Simone verschwunden war und Laura nicht mehr mit mir sprechen wollte, habe ich zwei und zwei zusammengezählt. Laura und ich waren vorher sehr gute Freundinnen, obwohl sie ihre Geheimnisse hatte wie jeder von uns. Als wir an der Universität waren, hatte Laura Simone gebeten, mich der Stiftung zu empfehlen, für die sie arbeitete, und tatsächlich hat sie mir geholfen, dort eine Halbtagsstelle zu bekommen. Dann …«

»Sie haben also mit Simone zusammengearbeitet … Das wusste ich nicht. Abraham Hale hat auch eine Zeit lang bei der Stiftung gearbeitet, wenn ich mich nicht irre, also müssen Sie auch ihn ganz gut gekannt haben.«

»Natürlich habe ich ihn gut gekannt. Und Fleischer auch.«

Ich hörte, dass sie sich eine Zigarette anzündete.

»Übrigens, was macht Fleischer denn so? Geht's ihm gut?«

»Leider habe ich keine guten Neuigkeiten. Mr. Fleischer ist vor ein paar Monaten an Leukämie gestorben.«

»Tut mir leid, das zu hören.«

»Ms. Morel, ich möchte Sie etwas fragen: Nachdem Mr. Fleischer Simone in Lyon besucht hatte, hat er …«

»Entschuldigen Sie, wenn ich Sie unterbreche, aber die beiden Amerikaner sind zusammen nach Lyon gekommen, das weiß ich noch genau. Ich war an diesem Wochenende selbst dort. Abraham sah sehr gut aus, ein stiller, höflicher Mann, das genaue Gegenteil von Fleischer. Der war ein sehr seltsamer Mensch. Wie gesagt, ich bin einige Male mit ihnen unterwegs gewesen, aber schließlich nicht mehr mitgegangen, hauptsächlich wegen Fleischers Benehmen. Vor allem wenn er betrunken war, denn da wurde er unausstehlich. Und getrunken hat er viel.«

»Ich verstehe … Kurz nach diesem Wochenende in Lyon ist Simone verschwunden. Erinnern Sie sich noch an die Umstände? Waren Sie zu der Zeit in Paris?«

Sie schwieg eine ganze Weile, und ich hörte sie schwer atmen.

»Wie ich sehe, wissen Sie schon einiges … Wie gesagt, Laura hat mir viel von sich und ihrer Schwester erzählt. Ja, ich war in Paris, als Simone verschwand. Laura und ich haben uns eine Wohnung geteilt. Simone ging nicht ans Telefon, und sie kam nicht zur Arbeit, da haben ihre Eltern die Polizei alarmiert. Es war furchtbar. Einfach verschwunden … Ich habe jahrelang gedacht, dass sie vielleicht noch am Leben ist, in einem anderen Land, unter falscher Identität, wissen Sie, wie im Film.«

»Warum hätte sie so etwas tun sollen?«

»Das weiß ich nicht, aber die Duchamps haben sie sehr schnell vergessen, zu schnell. Woraus ich schloss, dass sie vielleicht etwas wussten. Diese Familie hatte viele Geheimnisse, Dr. Cobb.«

»Und was ist mit Laura? Sind Sie noch mit ihr in Verbindung? Ich würde gern auch mit ihr sprechen, wenn das möglich ist.«

»Nach Simones Verschwinden hat Laura das Studium abgebrochen, ist nach Lyon zurückgegangen und hat sich ganz aus der Welt zurückgezogen. Soweit ich weiß, wollte sie mit niemandem mehr sprechen, auch nicht mit mir. Ich habe gehört, dass sie einen Nervenzusammenbruch hatte und zwei Jahre in einer psychiatrischen Klinik in der Schweiz verbringen musste. Das muss ihre Eltern ein Vermögen gekostet haben. Ich habe viele Male versucht, Kontakt zu ihr aufzunehmen, aber ihr Vater hat mir gesagt, ich soll nicht mehr anrufen, und das habe ich schließlich getan. Dann hat meine Familie unser Haus verkauft und ist ins Elsass gezogen, und danach bin ich nie mehr in Lyon gewesen. Ich weiß nur, dass ihr Vater gelähmt ist und sie sich seit Jahren um ihn kümmert. Ich kann Ihnen also nicht helfen, Kontakt zu ihr herzustellen, tut mir leid.«

Sie wechselte abrupt das Thema und fragte, wo Abraham jetzt steckte.

»Das ist die zweite schlechte Nachricht, fürchte ich. Wie es scheint, hat er eine Weile in Kalifornien und danach in New York gelebt. Im Herbst 1998 hat er eine Frau umgebracht. Er wurde für unzurechnungsfähig erklärt und in eine psychiatrische Haftanstalt eingewiesen, wo er einige Jahre später gestorben ist.«

Am anderen Ende der Leitung wurde lange geschwiegen.

»Sind Sie sicher, dass wir über dieselbe Person sprechen? Das muss ein Irrtum sein.«

»Warum sagen Sie das?«

»Weil Abraham der freundlichste Mensch war, der mir je begegnet ist, und ich nicht glaube, dass er zu so etwas fähig war.«

»Leider war es aber so, Ms. Morel. Er wurde als paranoid und gefährlich diagnostiziert.«

»Abraham? O mein Gott ... Hören Sie, ich kenne Sie nicht, frage aber trotzdem: Ist Ihnen schon mal der Gedanke gekommen, dass Sie womöglich in Gefahr sind? Dass Ihr Ruf, Ihre Karriere, sogar Ihr Leben in Gefahr sein könnten?«

»Was wollen Sie damit sagen?«

»Ich spreche von dieser Geschichte ... Sie sagten, Sie seien Psychologe.«

»Genau genommen bin ich Psychiater.«

»Tja, dann sind Sie vermutlich nicht sonderlich gut in Ihrem Job, wenn Sie so leichtsinnig sind und sich in das alles hineinziehen lassen. Ich weiß noch, dass Laura in dieser Zeit, nachdem sie die beiden kennengelernt hatte, immer nachdenklicher und unruhiger wurde. Mir war klar, irgendetwas im Zusammenhang mit diesen Amerikanern machte ihr Angst, und da ging es nicht um Liebe. Ich vermute, Abraham und Fleischer waren mit etwas Dunklem und Gefährlichem in Berührung gekommen, habe aber nie herausgekriegt, was das gewesen sein könnte. Dann verschwand Simone, und Laura landete in der Klinik.«

»Ich habe noch eine andere Frage, Ms. Morel. Wissen Sie zufällig, ob Mr. Duchamp Joshua und Abraham damals der Polizei gegenüber erwähnt hat? Es hat den Anschein, als hätten Sie die zwei in Verdacht gehabt, etwas mit Simones

Verschwinden zu tun zu haben, und wahrscheinlich waren Sie damit nicht allein. Deswegen verstehe ich nicht, warum die französische Polizei nicht einmal den Versuch unternommen hat, die beiden zu befragen.«

»Was die Duchamps der Polizei gesagt haben, weiß ich nicht, tut mir leid. Und mich hat überhaupt keiner gefragt.«

Ihre Tonlage änderte sich, ich spürte, dass sie immer nervöser wurde. Es bereitete ihr zunehmend Mühe, deutlich zu sprechen.

»Ms. Morel, ich bin vollkommen fasziniert von dieser Geschichte. Sie würden mir einen großen Gefallen tun, wenn Sie bereit wären, sich mit mir zu treffen und die Angelegenheit zu besprechen. Vielleicht komme ich nächste Woche nach Paris, und …«

»Aber Sie sagten, Sie seien Arzt.«

»Das ist richtig.«

»Haben Sie denn keine Patienten und keine Fristen, an die Sie sich halten müssen? Wie können Sie das alles stehen und liegen lassen? Das hört sich für mich nicht gerade normal an, fürchte ich.«

»Ich muss wegen einer anderen Angelegenheit in Paris sein und würde mich wirklich gern mit Ihnen treffen«, log ich.

»Ihr Name ist James Cobb. C-o-b-b, ist das richtig?«

»Ja.«

Ich hörte Papiergeraschel.

»Hier ist es jetzt 14 Uhr«, sagte sie. »Ich hätte gern, dass wir morgen noch einmal telefonieren, um dieselbe Zeit. Ich muss in meinem Terminkalender nachsehen«, sagte sie wichtigtuerisch, bevor sie auflegte.

Am Abend kam eine Mail von Elisabeth Gregory.

»Sehr geehrter Dr. Cobb,

Ihre Nachricht weckt schmerzliche Erinnerungen, die ich gern für immer begraben hätte. Ich habe viel von Ihnen gehört und schätze Ihre Arbeit, weshalb ich davon ausgehe, dass Sie einen wichtigen Grund haben müssen, sich für Dinge zu interessieren, die vor so langer Zeit geschehen sind.

Ich verlasse selten das Haus und möchte Sie daher bitten, mich zu besuchen, wann immer es Ihnen passt. Dann können wir reden.

Herzliche Grüße

Elisabeth«

Ich schrieb ihr, ich könne am nächsten Tag kommen, und fügte meine Handynummer hinzu. Ihre Antwort kam umgehend – sie erwarte mich um elf Uhr vormittags.

SIEBZEHN

Elisabeth Gregory lebte in den Bradford Estates, nicht weit von Princeton Junction. Die rund drei Dutzend Einfamilienhäuser aus den achtziger Jahren waren um einen Golfplatz mit einem kleinen See in der Mitte verstreut.

Das weiß getünchte Haus war zweigeschossig und hatte eine große Veranda. Rechts gab es einen Teich, links eine Doppelgarage, vor der ich mein Auto abstellte. Ich stieg aus und sah mich um.

Das Anwesen machte den Eindruck, als stünde es zum Verkauf: Alles gepflegt und an seinem Platz, die Fassade frisch gestrichen, das Wasser im Teich trotz des Wetters kristallklar. Das Ganze wirkte auf mich wie ein riesiges Puppenhaus, mitten in der Landschaft liegen gelassen von einem gelangweilten Riesenbaby, das sich jetzt irgendwo versteckte.

Als ich die Stufen zur Veranda hinaufging, bewegte sich ein Schatten in einem der unteren Fenster. Mrs. Gregory öffnete die Tür, bevor ich klingeln konnte.

Sie war sehr groß, und trotz ihres Alters sah man gleich, dass sie einst eine Schönheit gewesen sein musste. Ein schwarzes Stirnband bändigte ihre weißen Haare. Sie trug einen Fair-Isle-Pullover und verwaschene Jeans.

Ich grüßte, und sie bat mich herein.

»Sie sehen jünger und schlanker aus als im Fernsehen«, sagte sie lächelnd.

Sie schloss die Tür und ging mir durch einen Flur voraus, in dem viele gerahmte Schwarzweißfotos hingen. Wir gelangten in ein geräumiges Wohnzimmer. Es machte denselben Eindruck wie das Haus von außen – makellos gepflegt, jeder einzelne Gegenstand nach sorgfältigem Überlegen an seinen Platz gestellt. Kaffeeduft mischte sich mit raffiniertem Raumspray und Parfüm. Vogelzwitschern und gelegentlich das leise Rauschen eines vorbeifahrenden Autos auf dem Vincent Drive waren die einzigen Geräusche, die durch die Fenster drangen.

»Falls Sie noch nicht gefrühstückt haben, kann ich Ihnen wunderbare Croissants anbieten«, sagte sie und wies in Richtung Küche. »Ganz frisch, heute früh gekauft.«

»Nein, danke«, sagte ich. »Danke für die Einladung.«

Auf dem Tisch stand ein Tablett mit einer Kanne und zwei Porzellantassen. Sie schenkte den Kaffee ein und stellte mir eine Tasse hin. Sie bewegte sich wie eine Frau, die ihren Körper noch ganz unter Kontrolle hat, ruhig und gemessen.

»Wie sind Sie auf mich gestoßen, Dr. Cobb? Warum haben Sie sich von Tom meine Adresse geben lassen?«

»Wie ich in meiner Mail geschrieben habe, hat Mr. Fleischer Ihren Namen in Zusammenhang mit einem gewissen Abraham Hale erwähnt. Er hat mir erzählt, Ihnen sei es zu verdanken, dass Mr. Hale einen Studentenjob bei der Stiftung in Frankreich bekommen konnte. Und da ich noch mehr über die Studentenzeit dieser beiden herausfinden möchte, dachte ich, Sie können mir vielleicht weitere Einzelheiten mitteilen.«

»Verstehe ... Hat Fleischer Ihnen sonst noch etwas erzählt?«

»Nein. Nur dass Mr. Hale gewissermaßen Ihr Schützling war.«

»Aha ... Sind Sie aus rein beruflichen Gründen so neugierig?«

»Ehrlich gesagt, es steckt noch etwas mehr dahinter. Aber das zu erklären, wäre jetzt viel zu kompliziert.«

»Danke, so genau möchte ich es gar nicht wissen. Ich will nur sichergehen, dass nichts von dem, was ich Ihnen erzähle, jemals publiziert wird. Das haben Sie doch hoffentlich nicht vor.«

»Auf keinen Fall, Mrs. Gregory. Ich betrachte das als Privatangelegenheit, nichts davon soll veröffentlicht werden. Ich gebe Ihnen mein Wort darauf. Übrigens hat auch Mr. Fleischer sich das ausbedungen.«

»Das wundert mich nicht ... Wollen Sie mir erzählen, wie Joshua Fleischer zu Ihrem Patienten wurde?«

Während wir den Kaffee tranken, berichtete ich möglichst knapp, wie Josh Verbindung mit mir aufgenommen hatte, und kam auch auf Abraham Hales Tagebuch zu sprechen, jedoch ohne zu erwähnen, dass Hale, bevor er in die Klinik eingewiesen wurde, zum Mörder geworden war.

Sie hörte aufmerksam zu und ließ mich dabei nicht aus den Augen. Als ich fertig war, fragte sie: »Abe und Joshua sind beide tot, Dr. Cobb ... Warum ist Ihnen diese uralte Angelegenheit so wichtig?«

»Die Frage ist durchaus berechtigt ... Nun, was ich bisher

verschwiegen habe, ist Folgendes: Mr. Fleischer war davon überzeugt, entweder er selbst oder Mr. Hale hätte in Paris ein furchtbares Verbrechen begangen. Inzwischen habe ich herausgefunden, dass es sich nicht so zugetragen haben dürfte, wie er sich zu erinnern glaubte, und jetzt versuche ich dahinterzukommen, *warum* er sich diese falsche Erinnerung zugelegt hat.«

»Ist das möglich?«

»Sicher. Was wir *Erinnerung* nennen, ist keine Filmaufnahme unserer Wirklichkeit, die unverändert in unseren Köpfen bleibt. Es kommt schon während der Aufnahme zu Verzerrungen. Im Lauf der Zeit ändert sich unsere Wahrnehmung der Dinge, und weitere Verzerrungen kommen hinzu. Es gibt Untersuchungen, die festgestellt haben, dass achtzig Prozent unserer Erinnerungen mehr oder weniger falsch sind.«

»Hat dieses furchtbare Verbrechen etwas mit einer Frau zu tun?«

»Ja, mit einer jungen Französin, die er und Mr. Hale in Paris kennengelernt hatten, im Sommer des Jahres, in dem sie ihr Studium abschlossen. Sie hieß Simone Duchamp und gilt seit Herbst 1976 als vermisst.«

»Das kann ich vielleicht erklären, Dr. Cobb. Ich habe guten Grund zu der Annahme, dass Fleischer kurz vor dem Examen eine andere schreckliche Tat begangen hat. Allerdings hat Abe die Schuld auf sich genommen. Wenn ich nicht irre, ging es um eine Erbschaft. Vielleicht hat Abe das in Paris noch einmal getan.«

Kerzengerade, ohne die Lehne ihres Sessels zu berühren,

saß sie eine Zeit lang da und starrte ins Leere. Dann stand sie auf, ging zu einer Kommode, zog eine Schublade auf, stöberte darin herum und nahm schließlich ein Foto heraus, das sie mir wortlos reichte.

Obwohl es ziemlich unscharf war, aufgenommen mit einer billigen Polaroid, die Farben verfälscht, erkannte ich meine Gastgeberin als junge Frau: göttliche Figur, Arm in Arm mit einem großen, dünnen jungen Mann in schwarzem Hemd und Jeans, der grinsend eine Hand zum Friedenszeichen hochhielt. Sie standen vor einem großen Rosenstrauch, und weiter hinten war ein Kirchturm zu erkennen. Ich warf einen Blick auf die Rückseite des Fotos. Unten links war ein Datum notiert: 14. Juni 1976.

»Das Jahr, in dem Mr. Fleischer und Mr. Hale Examen gemacht haben«, bemerkte ich.

Sie nickte. »Es ist das einzige Foto, das uns zusammen zeigt. Und Sie sind der Erste, dem ich es zeige.«

»Verzeihen Sie, Mrs. Gregory, aber hatten Sie eine Beziehung mit Mr. Hale? Mr. Fleischer hat mir ein wenig davon erzählt, schien aber mit den Einzelheiten nicht sonderlich vertraut.«

»Er war sehr vertraut mit den ›Einzelheiten‹, glauben Sie mir«, sagte sie. »Jedenfalls genug, um uns zu erpressen. Die Sache war so …«

Sie lehnte sich im Sessel zurück und schloss die Augen, als fiele es ihr so leichter, mir ihre Geschichte zu erzählen.

»Ich habe Abe in seinem zweiten Jahr in Princeton kennengelernt, als er in meiner Firma ein Praktikum machte. Er war bemerkenswert intelligent und schüchtern, sah sehr gut aus und war für sein Alter enorm belesen. Da er viel tüchtiger als die anderen Studenten war, fiel es schwer, nicht auf ihn aufmerksam zu werden. Jetzt sagen Sie, er sei verrückt gewesen. Bei allem Respekt, aber das glaube ich nicht, Dr. Cobb. Der Abe, den ich kannte, war der freundlichste Mensch, den man sich denken kann.

Einmal nahm ich ihn beiseite und fragte, ob er vorhabe, eine akademische Laufbahn einzuschlagen. Er sagte, nichts wäre ihm lieber. Und so habe ich mich seiner angenommen – ohne weitere Absichten.

Bis zum Ende des Jahres blieb alles beim Alten. Im Sommer darauf verlor er sein Stipendium. Monatelang war er sehr deprimiert gewesen. Er konnte sich kaum konzentrieren, hatte sein Studium praktisch aufgegeben und ging manchmal tagelang nicht aus dem Haus.«

»Finden Sie nicht, dass Ihre Schilderung den Beginn seiner Krankheit andeuten könnte, Mrs. Gregory?«

»Nein, das finde ich nicht, weil er trotz seiner chronischen Traurigkeit immer vollkommen vernünftig blieb. Aber mit seinem Vater kam er überhaupt nicht aus – seine Mutter war gestorben, als er noch klein war –, und ihn erschreckte die Aussicht, hier keine Arbeit zu finden und in seine Heimatstadt zurückkehren zu müssen, wo er sich immer wie ein Fremder gefühlt hatte. Seine Examensergebnisse waren katastrophal, und wie gesagt hatte er sein Stipendium verloren.

In dem Sommer konnte ich ihm noch einmal eine Stelle bei meiner Firma besorgen. Da ich nicht in Urlaub fuhr, sahen wir uns öfter. Und so fing unsere Beziehung an. Verstehen

Sie mich nicht falsch, ich hatte kein Mitleid mit ihm, sondern war schlicht und einfach verliebt. Vielleicht war ich vom ersten Tag an verliebt in ihn. Ich war noch verheiratet, aber eigentlich nur, weil ich von Scheidung nichts hielt; mein Mann, Matt, lebte in New York, wir sahen uns kaum noch. Er war ein berüchtigter Schürzenjäger, der einmal davon geträumt hatte, ein neuer Arthur Miller zu werden, wurde jedoch schließlich zu einem langweiligen Alkoholiker.«

Sie stand auf und öffnete ein Fenster. Kalte Luft strömte ins Zimmer.

»Jedes Frühjahr, seit ich in dieses Haus gezogen bin, nehme ich mir vor, einen Pool anzulegen und alle möglichen anderen Dinge zu verändern«, sagte sie und setzte sich wieder. »Und jeden Herbst stelle ich fest, dass ich nichts getan habe. Die Zeit hat eine ganz andere Dimension, wenn man alt wird. Sie wissen bestimmt eine Menge über die Relativität dessen, was wir Stunden, Tage und Jahre nennen, nicht wahr, Dr. Cobb?

Wie auch immer, was meine Beziehung zu Abe betrifft, möchte ich nicht ins Detail gehen, weil es nichts mit unserem Thema zu tun hat. Ich sage nur, dass ich einen jungen Mann gefunden habe, der besser war als alles, was ich mir hätte erträumen können. Alle Menschen, die wir nicht leiden können, scheinen einander ähnlich zu sein, aber die wir lieben, sind alle voneinander verschieden.

Vor meiner Ehe bin ich nie mit Jungen ausgegangen. Männer waren für mich Leute wie mein Vater, den ich vergötterte und der starb, als ich einundzwanzig war, und Matt, ein arroganter, herzloser Heuchler, in den ich trotzdem ein paar Jahre lang verliebt gewesen war. Abe war ganz anders als diese beiden. Er besaß weder die Kraft, die ich in meinem Vater gespürt hatte, noch das ungeheure Talent, das mein Mann später in Alkohol ertränkte. Dafür besaß er etwas anderes: unendliche Zärtlichkeit, Sanftmut und ein Feingefühl, das ich bis dahin nur bei Frauen vermutet hatte.

Dann aber geschah zweierlei: Abe lernte Fleischer kennen, der bei ihm einzog. Und eines Nachts erwischte mein Mann uns im Bett. Unsere Beziehung war am Ende.«

Sie sprach gleichmäßig, fast eintönig, und ohne die Hände zu bewegen. Als sie mir die Tür aufgemacht hatte, waren mir ihre Pupillen aufgefallen, und ich fragte mich, was für Medikamente sie nahm.

»Es war das erste Mal, dass Abe bei mir übernachtete. Wir waren zu mir nach Hause gegangen, weil ich mich umziehen wollte, bevor wir ins Motel gingen, und plötzlich fragte ich mich, warum wir das eigentlich tun sollten, wenn wir doch ein Haus, *mein* Haus, zur Verfügung hatten. Die Nachbarn gegenüber waren übers Wochenende verreist, niemand konnte uns sehen. Ich habe zu der Zeit in Port Hertford gelebt. Es war das Dümmste, was mir jemals in den Sinn gekommen ist.

Matt hatte einen Schlüssel, wir hörten ihn nicht hereinkommen. Er kam die Treppe zum Schlafzimmer hoch und sah uns im Bett. Wir schliefen, und er weckte uns nicht. Er legte mir nur einen Zettel ins Wohnzimmer: Er sei in einem Motel in der Nähe. Am nächsten Tag rief er an und bat mich, ihn dort aufzusuchen.

Er fragte, wer Abe sei und wie ich ihn kennengelernt habe. Dann wurde er ausfällig und warf mir alle Übel der Menschheit vor; wenn ich die Beziehung nicht beende, werde er mich vernichten. Angst hatte ich nicht vor ihm – physisch, meine ich. Er war ein Feigling, ein Großmaul, aber ich fürchtete den Skandal. Also vereinbarten Abe und ich, uns eine Weile nicht zusammen in der Öffentlichkeit blicken zu lassen; irgendwann würde Matt die Rolle des beleidigten Ehemanns satt haben und sich verziehen.

Dann kam Fleischer ins Spiel. Kaum hatten die beiden sich kennengelernt, stellte Abe ihn mir begeistert vor.

Bis dahin hatte Abe mir nichts von Freunden erzählt, nur von flüchtigen Bekannten. Doch Fleischer schien ihn zu faszinieren. Ich konnte das in gewisser Weise verstehen – er war sehr attraktiv, gut gekleidet und äußerst kultiviert, ein echter Salonlöwe, wie man damals sagte, selbstbewusst und charmant. Männer wie ihn kannte ich gut, schließlich war ich in New York aufgewachsen. Und daher wusste ich, das glänzende Äußere verbarg nicht selten einen verdorbenen, dekadenten Charakter. Für Abe hingegen war es etwas Neues, ins Gefolge eines solchen Dschungelkönigs aufgenommen zu werden.

Fleischer war Erbe eines großen Vermögens und hatte überall gute Beziehungen. Obwohl sie gleichaltrig waren, behandelte er Abe wie einen kleinen Bruder – mit einer Herablassung, die ich selbst als kränkend empfunden hätte. Zugleich aber war klar, dass ihm viel an Abe lag.

Verstehen Sie mich nicht falsch, Fleischer machte einen guten Eindruck, er war kultiviert und gab sich meist locker und aufgeräumt. Doch hinter diesem Äußeren spürte man etwas Dunkles und Gefährliches, was genau, war allerdings nicht zu erkennen. Vielleicht war es das Gefühl, dass er einem unter bestimmten Umständen großen Schaden zufügen könnte. Es gibt Menschen, die schlicht unfähig sind, anderen Schaden zuzufügen, physisch, meine ich, nicht einmal in Lebensgefahr, so wie es andere gibt, die unter bestimmten Umständen zu den finstersten Grausamkeiten fähig sind. Joshua glich einem schönen Haus, in dem man sich gern bewegt, bis man auf eine verschlossene Tür stößt und erkennt, dass man besser nicht versuchen sollte, dort einzutreten.

Aber ich denke, Abe war zu jung und des Alleinseins zu überdrüssig, um das zu erkennen. Und dann kam es zu dem Skandal.

Abe und ich hatten den Abend in dem bereits erwähnten Motel verbracht. Nach dem, was wir mit meinem Mann erlebt hatten, kam es nicht mehr in Frage, bei mir zu übernachten. Ich war nach Hause gegangen und machte mich auf einen dieser sinnlosen Anrufe gefasst, mit denen Matt mir jeden Abend und oft erst sehr spät zusetzte. Wenn ich den Hörer neben das Telefon legte oder einfach nicht abnahm, kam er jedes Mal nach New Jersey und machte Theater, weshalb ich dann doch lieber ranging und mir seine betrunkenen Tiraden anhörte.

Er fing immer mit denselben Worten an: ›Wir müssen uns mal ernsthaft unterhalten.‹ Als ob unsere ständigen stundenlangen Telefonate nicht ernsthaft genug gewesen wären und wir da nur so zum Zeitvertreib geplaudert hätten.

Und immer war er betrunken, auch wenn es in den ersten Minuten meist relativ normal zuging. Aber ich konnte sagen, was ich wollte, irgendwann begann er mir Vorwürfe zu machen. Unser Eheleben, behauptete er, wäre das Paradies gewesen, wenn ich nicht eine Reihe von Fehlern gemacht hätte, wenn ich nicht manches getan hätte, das er meiner angeborenen Schlechtigkeit zurechnete. Wahrscheinlich hätte ich ihn schon die ganze Zeit betrogen, mit jedem Mann, der mir über den Weg lief. Und neuerdings sei ich so tief gesunken, dass ich es wie eine läufige Hündin sogar mit jungen Studenten *triebe* – solche Ausdrücke liebte er. Und dann zählte er unsere wenigen gemeinsamen männlichen Freunde auf und wollte wissen, ob ich ihn auch mit denen betrogen habe.

An diesem Abend – es muss nach Mitternacht gewesen sein – klingelte es an der Haustür, gerade als ich die ›Unterhaltung‹, also seinen weitschweifigen Monolog, der diesmal besonders hässlich war, zu Ende bringen wollte.

Ich brauchte noch zehn Minuten, ihn endlich loszuwerden, und als ich die Haustür aufmachte, stand Abe vor mir. Ich ließ ihn rein, und er erzählte mir, eine junge Frau names Lucy habe Fleischer beschuldigt, sie vergewaltigt zu haben. Unterdessen klingelte unaufhörlich das Telefon. Das konnte nur Matt sein. Ich bat Abe zu warten und ging ran. Erst nach einer weiteren Stunde gelang es mir aufzulegen. Abe ging die ganze Zeit hektisch auf und ab und machte mir verzweifelte Zeichen.

Kurz und gut, er bat mich, Fleischer ein Alibi zu verschaffen, wir sollten beide aussagen, er sei zu der fraglichen Zeit mit uns zusammen gewesen. Ich weigerte mich.

Abe sagte, er wisse, wo Fleischer gewesen sei – mit Sicherheit nicht zu Hause, wo die Vergewaltigung nach Aussage des angeblichen Opfers stattgefunden habe –, aber wo genau und mit wem Fleischer zu dem Zeitpunkt gewesen war, könne er niemandem, auch mir nicht sagen. Auf alle Fälle sei Fleischer unschuldig, die ganze Geschichte sei entweder erlogen oder eine Verwechslung.

So ging das die ganze Nacht, er versuchte mich zu überreden, und ich weigerte mich mitzumachen. Ich stellte ihm tausend Fragen, auf die er ausweichend antwortete. Mir schien, er wusste mehr, als er sagte. Er unterstellte, das angebliche Opfer habe die ganze Sache geplant, vermutlich um Geld dabei rauszuschlagen. Aber wer hätte es darauf anlegen sollen, Fleischer zu schaden? Wer hätte die junge Frau dazu anstiften sollen? Ich weiß, wer dahintersteckt, sagte Abe, aber das kann ich dir nicht sagen, weil du mich für verrückt halten würdest und wir beide mit schlimmen Konsequenzen rechnen müssten. Ich fragte, ob er Fleischer eine Erpressung zutraue. Er wich mir aus, doch ich war überzeugt, dass dies die einzige Erklärung für Abes Verhalten war.

Am Ende war ich so erschöpft, dass ich nachgab. Nach zwei Stunden sinnlosen Streits am Telefon mit Matt und weiteren zwei Stunden heftiger Diskussion mit Abe konnte ich nicht mehr klar denken. Ich zog mich an, und wir gingen zur Polizei, wo Fleischer festgehalten wurde. Wir sprachen mit einem Beamten, der erklärte, Lucy werde in einem Hotel in der Nähe von einer Psychologin betreut. Fleischer solle am nächsten Vormittag einem Richter vorgeführt werden und habe noch keinen Rechtsbeistand.

Es folgten albtraumhafte Stunden in einem rauchgeschwängerten Raum voller Straftäter und Polizisten. Ich sagte aus, Fleischer sei bei mir zu Hause gewesen und habe an einem Referat gearbeitet. Der Beamte, der meine Aussage aufnahm, grinste die ganze Zeit und stellte anzügliche Fragen. Offenbar glaubte er mir kein Wort. Ich ließ einen mir bekannten Anwalt kommen, und nachdem er die Akte gelesen hatte, sagte er, Miss Sandler erkläre, sie habe am Tag zuvor einvernehmlichen Sex mit dem Beschuldigten in dessen Zimmer gehabt, um die Mittagszeit, nachdem sie beide am Abend zuvor auf einer Party gewesen seien, wo sie sich kennengelernt hätten. Fleischer sei dann gegangen, um irgendetwas zu erledigen, und sie habe sich schlafen gelegt. Spät am Abend sei er zurückgekommen, total betrunken, habe sie geschlagen und vergewaltigt und sich dann aus dem Staub gemacht.

Eine abenteuerliche Geschichte, befand der Anwalt, zumal das angebliche Opfer keinerlei Anzeichen von körperlicher Misshandlung aufweise. Seiner Meinung nach handle es sich sehr wahrscheinlich um einen Fall von Erpressung.

Abe räumte ein, dass er Miss Lucy Sandler mit Fleischer auf der Party bekanntgemacht hatte; er sei schockiert, was sich daraus ergeben habe. Einmal flüsterte er mir zu, im Falle einer Verurteilung werde Fleischer sein ganzes Erbe verlieren, sagte aber nicht warum.

Am Morgen begleitete ich Fleischer zum Gericht. Ich fühlte mich wie in einem Albtraum. Der Richter ließ ihn auf Kaution frei, sagte aber, er dürfe die Stadt nicht verlassen. Stunden später erfuhren wir, dass Miss Sandler ihre Anzeige zurückgezogen hatte und wieder nach New York gefahren war. Bevor wir auseinandergingen, sagte Fleischer zu mir: ›Vielleicht kann ich mich eines Tages für deine Hilfe erkenntlich zeigen.‹ Ich versicherte ihm, ich erwarte keinerlei Belohnung von ihm, es sei das Schlimmste, was ich jemals in meinem Leben getan habe, und ich wolle niemals mehr daran erinnert werden. Aber wie es der Zufall wollte, kam es kurze Zeit später zu der Tragödie mit Matt.«

Sie verfiel in Schweigen, als habe sie den Faden verloren. Ich erkundigte mich nach dem Bad und nutzte die Gelegenheit, mir dort ihren Medizinschrank anzusehen. Die reinste Apotheke. Ich kehrte ins Wohnzimmer zurück und fragte mich, ob oder wie weit ich ihr überhaupt trauen konnte. Als ich wieder saß, fuhr sie fort.

»Wie gesagt, ich schlief in dieser Nacht vierzehn Stunden. Da ich den Hörer neben das Telefon gelegt hatte, versuchte mein Mann die ganze Nacht lang vergeblich, mich zu erreichen. Gegen sechs Uhr morgens nahm er den Zug nach New Jersey. Er war schlimmer drauf als je zuvor.

Er durchsuchte lärmend das ganze Haus, fest davon überzeugt, dass mein vermeintlicher Liebhaber sich irgendwo versteckt hatte. Am Ende rief ein Nachbar die Polizei, und ein Streifenwagen kam und brachte Matt auf die Wache, obwohl ich den beiden Polizisten sagte, dass ich keine Anzeige erstatten wolle.

Abe konnte ich telefonisch nicht erreichen.

Ich ging zur Arbeit, ich hatte viel zu tun und konnte das nicht mehr aufschieben. Irgendwie hatte ich das Gefühl, dass alle mich beobachteten und meine Angestellten hinter meinem Rücken über mich redeten. Ich rief die Polizei an und erfuhr, man habe Mr. Matt Gregory verwarnt und vor ein paar Stunden freigelassen. Wieder versuchte ich Abe anzurufen, aber er ging wieder nicht ran.

Am nächsten Morgen weckte mich die Türklingel. Zwei Polizisten teilten mir mit, Matt sei ermordet worden – erstochen, um genau zu sein.

Die Leiche sei gegen vier Uhr morgens in der Nähe des Bahnhofs von Princeton Junction von Passanten entdeckt worden. Der Notarzt habe ihn am Tatort für tot erklärt. Der Mörder müsse ein Profi sein – er habe nur einmal zugestochen, mitten ins Herz. Geld oder Wertsachen habe der Tote nicht bei sich gehabt; man gehe daher von einem Raubüberfall aus. Möchten Sie noch Kaffee?«

Da ihr Tonfall sich bei dieser Frage nicht geändert hatte, begriff ich erst gar nicht, was sie wollte.

»Nein, danke. Eine schreckliche Geschichte … Wie hat Mr. Hale reagiert, als er davon erfuhr?«

»Abe machte wieder einen sehr verängstigten Eindruck und konnte mir keine plausible Erklärung geben, wie er den Tag zuvor verbracht hatte. Er redete sich damit heraus, er habe Fleischer bei einer Hausarbeit geholfen und sei in der Bibliothek gewesen. Das war gelogen, denn später sah ich nach, ob die beiden an diesem Tag irgendwelche Bücher ausgeliehen hatten, aber das war natürlich nicht der Fall.«

»Haben Sie den Verdacht, einer der beiden oder beide zusammen könnten etwas mit Matts Tod zu tun gehabt haben? Hat die Polizei den Täter gefasst?«

»Nein, der Mörder wurde nie gefasst. Die Polizei vermutete einen Landstreicher hinter der Tat, der unmittelbar nach dem Mord die Stadt verlassen hatte.

Mr. Cobb, kennen Sie das, wenn man ganz kurz etwas aus dem Augenwinkel bemerkt und sich dann fragt, ob da wirklich etwas war oder man es sich nur eingebildet hat? Ich habe nie vergessen, wie Fleischer mich angesehen hat, als er mir sagte, eines Tages werde er sich vielleicht für meine Hilfe erkenntlich zeigen können.

Später wurde mir klar, ich hatte es tatsächlich vom allerersten Augenblick an für möglich gehalten, dass er oder Abe oder beide mit der Ermordung Matts zu tun gehabt haben könnten. Damals jedoch konnte ich keinen klaren Gedanken fassen, dafür war ich viel zu sehr davon erschüttert, dass mein Leben plötzlich aus den Fugen geraten war. Die Welt, wie ich sie kannte, war in tausend Stücke zerbrochen und zu einem Strudel geworden, der mich jederzeit verschlingen konnte.

Jedenfalls einigte ich mich mit Abe darauf, dass es besser wäre, wenn wir uns eine Zeit lang nicht sehen würden.

Matts Leichnam war von seinen Eltern nach New York geholt worden. Sie luden mich nicht einmal zur Beerdigung ein und taten so, als habe es mich nie gegeben.

Die nächsten Monate sind mehr oder weniger aus meinem Gedächtnis verschwunden. Abe hielt sein Versprechen und lief mir nicht nach. Er war nicht mehr mein Angestellter, und wir trafen uns nicht einmal zufällig irgendwo. Als er Ende Dezember anrief, um mir frohe Weihnachten zu wünschen, sagte ich ihm, ich werde die Feiertage bei meinen Eltern in Florida verbringen. In Wirklichkeit blieb ich zu Hause, aber ich wollte verhindern, dass er plötzlich bei mir auftauchte. Er sagte, mit seiner Abschlussarbeit gehe es gut voran. Wir sahen uns den ganzen Winter nicht. Am Ende war ich es, die ihn Mitte März aufsuchte.

Erst als ich ihm wieder in die Augen sah, erkannte ich, dass der Mann, den ich einmal geliebt hatte, nicht mehr da war. Für einen so jungen Mann sind ein paar Monate eine lange Zeit. Nein, er hatte mich nicht vergessen, und ich bedeutete ihm immer noch was. Aber vom ersten Augenblick an hatte ich das Gefühl, für ihn nur noch irgendeine Freundin zu sein, mit der man gemeinsame Erinnerungen hat.

Auch Fleischer wirkte verändert. Sein Humor war verflogen, auf Fragen antwortete er kurz angebunden und wenig begeistert, meist war er mit seinen Gedanken woanders. Ich konnte nicht begreifen, warum Abe darauf beharrte, ihn mitzubringen, wenn wir uns trafen.

Abe hatte noch einen anderen Grund zur Sorge. Seine Examensnoten waren nicht besonders, seine Aussichten daher alles andere als rosig. Er fürchtete, bis ans Ende seines Lebens als Lehrer irgendwo auf dem Land zu versauern, mit feindseligen Schülern und Kollegen, die ebensolche Versager waren wie er selbst. Wie gesagt, das Verhältnis zu seinem Vater war schlecht, und er wollte nicht nach Louisiana zurück. Als ich anbot, ihm zu helfen, einen Job zu finden, sagte er, das könne ich vergessen. Jedenfalls sahen wir uns nur noch selten.

Ich glaube, es war im Mai, kurz vor seinem Examen, als er mir von Mexiko erzählte. Soweit ich das beurteilen konnte, kam die Idee von Fleischer. Sie wollten nach Mexiko –

wohin genau, weiß ich nicht mehr –, ein kleines Hotel am Strand kaufen und davon leben. Er zeigte mir sogar einen Prospekt mit Fotos, auf denen ein baufälliges zweistöckiges Haus zu sehen war, weiß getüncht, braune Balken, irgendwo an der Küste.

Als ich fragte, woher er das Geld dafür nehmen wollte, erinnerte er mich daran, dass Fleischer ein großes Vermögen geerbt hatte.

Ich war entschlossen, ihn mit allen Mitteln daran zu hindern, sich auf dieses Abenteuer einzulassen. Er hatte nicht die leiseste Ahnung, was es hieß, ein Hotel zu führen. Ich malte ihm aus, wie er enden würde: als aufgedunsener Alkoholiker, vorzeitig gealtert, umgeben von zwielichtigen Gestalten, schwitzend auf einer Bank vor dem verfallenden Haus, ein Gespött der Nachbarschaft.

Zufällig hatte ein Freund aus Frankreich mich gefragt, ob ich ihm jemanden für einen zeitlich begrenzten Job an einer Kulturstiftung namens L'Etoile empfehlen könne. Die Bezahlung war nicht besonders, aber für einen jungen Mann am Beginn seiner Karriere war es eine Gelegenheit, in Europa zu arbeiten, und Abe sprach fließend Französisch.

Zunächst weigerte er sich kategorisch, und vermutlich war es Fleischer, der ihn schließlich überredete, den Job anzunehmen. Zu der Zeit wusste ich das noch nicht, aber die beiden hatten verabredet, dass Fleischer ihm bald nach Frankreich folgen würde.

Im Juli fuhr ich ihn zum Flughafen. Er reiste ab, und ich hatte das Gefühl, ich würde ihn nie wiedersehen.«

Die Sonne war durch die Wolken gebrochen und schien grell herein. Mrs. Gregory stand auf und bedeutete mir zu folgen. Sie nahm einen Mantel von der Garderobe im Flur, warf ihn sich über die Schultern und ging mir voraus.

Vor der Haustür stand ein Tisch, davor eine Bank, auf der wir Platz nahmen. Ein Spatz landete auf der Tischkante, musterte uns mit seinen blanken schwarzen Augen, schwang sich wieder in die Luft und verschwand im Unterholz.

»In den ersten zwei Wochen rief er mich fast täglich an. Aufgekratzt und begeistert. Dann kamen keine Anrufe mehr. Ich versuchte mit Fleischer Kontakt aufzunehmen und erfuhr, dass auch er nach Paris geflogen war. Ich hatte Abes Adresse und Telefonnummer, die er mir aus Paris mitgeteilt hatte, also schrieb ich ihm und rief immer wieder an, aber vergeblich.

Schließlich flog ich selber hin. Ich war schon mal in Paris gewesen, fünfzehn Jahre zuvor, im Sommer nach Abschluss der Highschool, als jeder gute Bürger mindestens einmal in Europa gewesen sein musste, genauso wichtig wie das eigene Haus in der Vorstadt, zwei Autos in der Garage und ein Farbfernseher.«

»Haben Sie Simone getroffen?«

Sie nickte.

»Nicht direkt … In einem seiner seltenen Briefe hatte Abe mir erzählt, er habe eine Frau dieses Namens kennengelernt; sie sei umwerfend schön und sehr gebildet und helfe ihm, sich in Paris einzuleben – das alles in einem Ton, als berichte er einem bloßen Bekannten davon, und das machte mich wütend. Wahrscheinlich hielt er es für angemessen, mich mit solchen Einzelheiten auf dem Laufenden zu halten, aber ich empfand das wie einen Schlag ins Gesicht. Die Existenz dieser Frau in seinem Leben war der Grund dafür, dass ich alles stehen und liegen ließ und nach Paris flog, um ihn aufzusuchen. Haben Sie schon einmal eine Frau verlassen, die verliebt in Sie war, Dr. Cobb?«

»Ja, ich denke schon …«

»Nun, ich weiß nicht, was sie getan oder wie sie reagiert hat, aber glauben Sie mir, sie wird nicht mal ein Viertel von dem getan haben, was sie sich alles ausgemalt hat. Ich jedenfalls hatte jede Menge Rachephantasien, eine schrecklicher als die andere. Ich wollte seinen guten Ruf zerstören, ihm den Tod meines Mannes in die Schuhe schieben, der Stiftung mitteilen, dass ich meine Empfehlung zurücknähme, diese Simone aufspüren und ihr erzählen, Abe sei ein gefährlicher Irrer und die Beziehung zwischen ihm und Fleischer sei mehr als bloß Freundschaft, Sie verstehen schon.

In Paris angekommen, wusste ich nicht mehr, was ich wollte. Ich fühlte mich im Stich gelassen, eine enttäuschte Frau mittleren Alters, die imstande war, sich in der eitlen Hoffnung, ihn zurückzugewinnen, vor ihrem jüngeren Lover zu demütigen. Meine bemitleidenswerte Lage war mir durchaus bewusst, aber ich konnte mich einfach nicht bremsen.

Ich nahm mir ein Zimmer in einem Hotel bei ihm um die Ecke. Am nächsten Morgen ging ich in den erstbesten Schönheitssalon und ließ mich einigermaßen zurechtmachen. Ich setzte eine zuversichtliche Miene auf und fuhr zur Stiftung, um ihn zu besuchen. Dort war er nicht, also ging ich zu seiner Adresse und betete, ihn nicht mit dieser Frau anzutreffen. Er war nicht allein, Joshua war bei ihm.

Die Concierge rief ihn an und sagte lediglich, da sei eine Frau für ihn, und als er nach unten kam und mich in der Eingangshalle sah, erstarrte er. Er sagte, Fleischer sei in der Wohnung, und wir gingen in ein Café in der Nähe.

Meine Zuversicht war verflogen, ich verlegte mich auf Bitten und Betteln. Er hatte eine solche Situation noch nie erlebt, er wand sich betreten und wusste nicht, was er tun sollte. Ich müsse ihn verstehen, sagte er immer wieder, er sei davon ausgegangen, dass wir vor seiner Abreise Schluss gemacht hätten.

Kurz und gut, ich machte eine Szene. Auch wenn es mir schließlich gelang, mich zu beruhigen, musste ich doch erkennen, wie wohl ich mich selbst unter diesen Umständen in seiner Nähe fühlte. Ich fragte ihn, ob er in dieses Mädchen verliebt sei, ob sie ein Paar seien. Er sagte weder ja noch nein, sodass ich über die Art ihrer Beziehung weiterhin im Unklaren blieb.

Es hat keinen Sinn, Sie mit den Einzelheiten zu langweilen … Während er sich in Erklärungen und Rechtfertigungen erging, bestand ich darauf, es wäre ein Riesenfehler, wenn wir uns trennen würden. Ich log ihm vor, ich hätte in Paris etwas Geschäftliches zu erledigen, blieb noch ein paar Tage und schlich ihm nach. Er traf sich mit Simone, und ich erkannte, die beiden waren tatsächlich sehr verliebt. Ich muss den Verstand verloren haben. Ich schämte mich furchtbar für das, was ich tat, aber wie gesagt, ich konnte nicht anders.

Wie auch immer, ich hatte in meiner Firma alles stehen und liegen lassen und mit irgendwelchen absurden Ausreden das Weite gesucht, und jetzt irrte ich wie ein Gespenst durch eine große fremde Stadt und fragte mich unablässig, was ich dort eigentlich machte. Ich kann nicht mal sagen, ob ich mir manches erst hinterher zurechtgelegt oder alles bloß eingebildet habe. Mein ganzes Leben lang hatte ich mich von meinem Verstand leiten lassen, und plötzlich war ich zu einer Verlorenen geworden, die sich vor aller Welt herabwürdigte.«

Wie seltsam bekannt mir das vorkam! Als sei ich wieder in Maine bei Joshua Fleischer und hörte noch einmal diese alte Geschichte, nur von jemand anderem und aus einem anderen Blickwinkel.

»Der Mann, der mich gebeten hatte, ihm jemand für die Stiftung zu empfehlen, war Pierre Zolner. Er lehrte am Polytechnikum. Überzeugt, dass Abe im Fall einer Ablehnung in die Staaten zurückkehren werde, schrieb ich Zolner einen anonymen Brief mit verleumderischen Behauptungen über Abe und Fleischer. Wenig später rief Zolner mich an und teilte mir mit, ungeachtet seiner Hochachtung und Freundschaft für mich habe die Stiftung sich gezwungen gesehen, ihr ursprüngliches Angebot zurückzuziehen.

Ich flog nach Hause und nahm mein Leben wieder auf. Eine Zeit lang schlug ich mir jeden Gedanken an Abe aus dem Kopf. Er meldete sich nie mehr bei mir, und auch ich versuchte nicht, Kontakt mit ihm aufzunehmen. In den

Achtzigern, die Einzelheiten sind nicht wichtig, lernte ich zufällig jemanden aus Baton Rouge kennen, der die Hales gut kannte. Der erzählte mir, Abrahams Vater sei todtraurig, nachdem er seinen Sohn einmal irgendwo in Los Angeles gesehen hatte; er habe ihm nachgerufen, doch Abe habe sich taub gestellt. Ich wusste, dass er seinen Vater nie geliebt hatte, war also nicht wirklich überrascht, dass er jeden Kontakt mit ihm abgebrochen hatte.

Was Sie mir heute erzählt haben, ist sehr traurig, Dr. Cobb. Erst jetzt wird mir bewusst, dass ich aus purer Gehässigkeit womöglich Abes ganzes Leben kaputtgemacht habe. Hätte ich diesen Brief nicht abgeschickt, wäre er mit dieser Frau vielleicht glücklich geworden und nicht hierher zurückgekommen und einsam in einer Nervenklinik gestorben.«

Offenbar war sie ans Ende ihrer Geschichte gelangt. Eine Weile saßen wir nur schweigend da. Sie wirkte erschöpft, und ich fühlte mich so unbehaglich, als hätte ich in der Unterwäsche einer alten Dame herumgewühlt. Schließlich meinte sie: »Nun, Dr. Cobb, sind damit Ihre Fragen beantwortet?«

»Ehrlich gesagt: Nein«, sagte ich. »Ich weiß immer noch nicht, in welchem Verhältnis diese beiden Männer zu Miss Duchamp gestanden haben, weil Mr. Fleischer mir etwas vollkommen anderes erzählt hat. Oder was genau geschehen ist, nachdem Mr. Hale seinen Job verloren hat. Mr. Fleischer behauptete, keinerlei Erinnerung an die Ereignisse einer bestimmten Nacht zu haben. Deswegen wandte er sich an mich. Ebenfalls weiterhin unklar sind die Umstände, unter denen Simone Duchamp verschwunden ist.«

»Fleischer hat vermutlich gelogen«, sagte sie ruhig. »Das wäre doch kein Wunder. Der Mann war ein Mörder. Mit den Jahren bin ich mir immer sicherer geworden, dass er meinen Mann getötet hat.«

»Aber warum hat er mich dann engagiert und das Risiko auf sich genommen, dass unter Hypnose alles ans Licht kommt?«

»Vielleicht, weil es dadurch glaubwürdiger wurde, Dr. Cobb. Er könnte die Trance nur fingiert haben. Ich weiß ja nicht, zu welchem Schluss Sie über ihn gelangt sind, vermute aber, Sie halten ihn für unschuldig. Oder aber er hat angesichts des nahen Todes nach einer Möglichkeit gesucht, seine Sünden zu beichten und sein Gewissen zu erleichtern. Aber war das alles nicht sehr vorsehbar? Der reiche Junge wird noch reicher und schließlich trotz seiner Jugendsünden zu einem angesehenen Mitglied der Gesellschaft. Während der arme Junge vergessen und geisteskrank als Niemand endet.

Abe hatte einen scharfen Verstand, den er viel zu selten benutzte wegen der vielen Vorurteile und Enttäuschungen, die er mit sich herumschleppte. Fast ein Genie, doch im Gegensatz zu Fleischer hatte er schon seit seiner Kindheit keine Selbstachtung mehr, die hatte ihm wahrscheinlich das Verhalten seines Vaters ausgetrieben. Abe und dieses Mädchen haben den Preis bezahlt, während Fleischer unbekümmert weiterlebte. Immer sind es die Schwächsten und Freundlichsten, die den Kopf hinhalten müssen. Ich hätte Abraham gern glücklich gesehen. Stattdessen war ich genauso grausam zu ihm wie alle anderen.«

Vor die Sonne hatten sich schwere, basaltgraue Wolken geschoben. Ich malte mir aus, wie diese Frau, die sich nicht aus der Vergangenheit lösen konnte, jahrzehntelang von Fragen, zwanghaften Vorstellungen und Schuldgefühlen zerfressen worden war.

»Ich weiß eigentlich gar nicht, warum ich bereit war, mit Ihnen zu reden und das alles zu erzählen«, sagte sie, ohne mich anzusehen. »Jemand hat mal gesagt: Die Vergangenheit ist ein anderes Land. Aber um ehrlich zu sein, ich habe nie verstanden, was damals wirklich geschehen ist. Jede Geschichte hat einen Anfang, eine Mitte und ein Ende. Hier kann ich den Anfang und auch die Mitte verstehen, aber das Ende ist mir immer ein Rätsel gewesen. Also habe ich vielleicht gehofft, Sie könnten mir das Ende liefern, das ich verpasst habe.«

»Tut mir leid, Mrs. Gregory, aber das kann ich nicht, zumindest noch nicht. Aber ich bin mir ziemlich sicher, dass Mr. Fleischer nichts mit dem Tod Ihres Mannes zu tun hatte. Wenn er damals zu einem kaltblütigen Mord imstande gewesen wäre, dürften ihn seine Zweifel an einer einzigen Nacht in Paris nicht sein Leben lang verfolgt haben. Möglich, dass er in seiner Jugend ein paar schlimme Dinge getan hat, aber bestimmt keine Kapitalverbrechen. Dasselbe kann ich von Mr. Hale jedoch nicht sagen. Leider bin ich mir nicht sicher, ob er Hirngespinste von Realität und Recht von Unrecht unterscheiden konnte.«

»Aber *ich* weiß das, Dr. Cobb, weil ich ihn gut kannte, mit Verlaub. Möchten Sie zum Lunch bleiben?«, fragte sie höflich. In ihrer Stimme lag kein Hauch von Freundlichkeit.

»Nein, vielen Dank, ich muss nach New York zurück. Verzeihen Sie, dass ich Sie so lange belästigt habe.«

»Dann auf Wiedersehen, Dr. Cobb«, sagte sie und reichte mir eine feste, kalte Hand. »Vielen Dank für Ihren Besuch, und geben Sie gut auf sich Acht. Sie wirken auf mich wie jemand, der in einer Gruft herumtastet, ein Knochensammler.«

Ich schüttelte ihre Hand und stieg ins Auto. Sie stand an der Bank und hielt sich den Mantel zu. Bevor ich losfuhr, rief sie mir etwas zu, und ich öffnete das Fenster. »Dr. Cobb, Sie können mir noch eine Frage beantworten, die mich quält: Warum lügt der Mensch?«

»Meistens aus Angst«, sagte ich. »Viele Lügen dienen der Verteidigung, Mrs. Gregory. Oder man erhofft sich eine Gegenleistung.«

»Sie haben recht, Dr. Cobb. Vergessen Sie niemals die Antwort, die Sie mir gerade gegeben haben.«

Ich ließ den Motor an und wendete. Sie stand immer noch am selben Fleck, ihr weißes Haar flatterte im Wind.

ACHTZEHN

Am Nachmittag quälte ich mich mit der Fertigstellung eines Artikels ab, den ich einer Zeitschrift in Chicago versprochen hatte, war aber mit den Gedanken ganz bei dieser Geschichte und Julies Abschiedsbrief, den Josh mir geschickt hatte, daher konnte ich mich kaum konzentrieren.

Ich durchsuchte meinen Computer nach alten Dateien und fügte alles zusammen, was ich während unserer Sitzungen über Julie erfahren hatte. Darunter auch Audiodateien sowie einige Notizen, die ich mir damals gemacht hatte. Irgendetwas beunruhigte mich beim Hören einer dieser Audios, aber was, blieb mir verborgen. Ich hörte mir die Aufnahme noch einmal an, und wieder klingelte nichts bei mir, also schob ich es erst einmal beiseite.

In den Dateien stieß ich auch auf Namen und Anschrift einer Freundin von Julie. Jeder Patient muss für Notfälle eine Kontaktperson angeben, und Julie hatte mir anstelle ihrer Eltern Susan Dressman genannt. Lange saß ich an meinem Schreibtisch und sammelte den Mut, sie anzurufen, hoffte und fürchtete zugleich, dass ihre Mobilnummer noch dieselbe war.

Sie ging sofort ran und schien überrascht, entsann sich dann aber gleich, wer ich war, und willigte ein, sich bei Gino's an der East 38th Street mit mir zu treffen.

Als ich zwei Stunden später ankam, waren nur zwei Tische besetzt, der eine von Susan, die sich bereits einen Salat bestellt hatte, der andere von einem älteren Paar. Ich erkannte sie sofort wieder, obwohl ich sie nur einmal gesehen hatte, als ich mit ihr und Julie in der Oper war. Sie hatte abgenommen und eine andere Frisur, aber ihre Augen blitzten noch so spöttisch und selbstsicher wie damals, und ihr Mund schien anzudeuten, dass das Leben bloß eine lange Abfolge fader Begebenheiten ist. Sie erkannte mich auch und winkte, kaum dass ich hereingekommen war.

Ich hatte keinen Hunger und bestellte mir nur einen Espresso. Während die Kaffeemaschine hinter dem Tresen zu einem lauten Gezisch anhob, sagte Susan: »Als ich Sie in der Tür sah, meinte ich, Sie seien überhaupt nicht älter geworden. Jetzt sehe ich aber, dass Sie ein paar graue Haare bekommen haben, die Sie, darauf würde ich wetten, noch nicht hatten, als wir uns kennenlernten – wie viele Jahre ist das her?«

»Drei«, erwiderte ich. »Das Jahr, in dem Julie …«

»Ich kann es immer noch nicht glauben, dass sie nicht mehr da ist«, sagte Susan. Sie sprach schnell und vermied Augenkontakt. »Manchmal ertappe ich mich dabei zu überlegen, was sie wohl so macht und warum sie nicht angerufen hat. Auf mich wirkte sie immer so lebendig … Ich habe Julie nie als jemanden gesehen, der … Probleme hat.«

Der Kellner brachte meinen Kaffee. Ich schüttete Zucker hinein und rührte um. Susan war mit ihrem Salat fertig und schob den Teller zur Seite.

»Was möchten Sie von mir, James?«, fragte sie und kramte

in ihrer Handtasche, die auf dem Stuhl neben ihr lag. »Ich nehme an, Sie haben mich nicht nur angerufen, weil Sie wissen wollen, was es bei mir Neues gibt.«

»Ich bin die letzten Tage meine Notizen in Julies Datei durchgegangen und …«

»Das klingt nicht gut«, sagte sie abwehrend. Sie zog den Reißverschluss ihrer Tasche zu und sah mir zum ersten Mal in die Augen. »Ich meine Julies Datei. Julie war keine Datei. Sie war einer der wunderbarsten Menschen, die ich je gekannt habe, und außerdem eine meiner besten Freundinnen.«

»So hatte es sich auch nicht anhören sollen«, entschuldigte ich mich. »Auch mir hat Julie viel bedeutet. Sie war nicht bloß irgendeine Patientin.«

Hoch oben auf Susans Wangenknochen erschienen zwei rote Flecken. Sie sagte bedächtig: »Ich hab mich schon gefragt, ob Sie davon anfangen würden. Julie hat mir erzählt, was zwischen Ihnen vorgegangen ist. Ich fand das zwar merkwürdig, aber Sie waren schließlich beide Single, und was Sie taten, war Ihre Sache. Doch ein Psychiater soll ethisch handeln und eine professionelle Distanz wahren und es zwischen den Sitzungen nicht mit seinen Patienten treiben. Ich habe mich gefragt, was das für ein Mann ist, wenn er die Macht ausnützt, die er über eine so verwundbare Frau zweifellos hat, und sie dazu bringt, ihre Unterwäsche auszuziehen.«

Ich war bestürzt über ihre Ausdrucksweise und die Feindseligkeit, die ich in ihrem Blick sah.

»Und meine Antwort lautete«, fuhr sie fort, »dass es ein übler Mistkerl sein muss. Und dass er daran gehindert werden sollte, das Gleiche auch anderen Frauen anzutun. Cliff, Julies

Vater, hat mich an dem Abend noch angerufen. Er hat mir von Julies Abschiedsbrief berichtet und wollte wissen, ob ich den Mann kenne, für den der Brief bestimmt war, weil Julie keinen Namen genannt hatte. Da ich von Ihnen wusste, habe ich ihrem Vater gesagt, wer Sie sind, und ihn gedrängt, juristisch gegen Sie vorzugehen. Das war meine Idee, wissen Sie.«

Lieber wäre ich sonstwo gewesen, nur nicht hier bei ihr.

»Von dem Brief, den sie mir hinterlassen hat, habe ich erst kürzlich durch Zufall erfahren«, sagte ich. »Ich dachte, Sie könnten mir vielleicht einige Fragen beantworten … Deswegen habe ich mir Ihre Nummer herausgesucht.«

Sie gab dem Kellner ein Zeichen. »Einen Cappuccino, bitte. Bilden Sie sich nichts ein. Ich weiß nicht einmal, ob sie wirklich verliebt in Sie war. Nur eins weiß ich: Sie haben sich benommen wie ein Idiot.«

Sie trank einen Schluck Kaffee und sah mich über den Tassenrand hinweg an.

»Ich möchte nicht mit Ihnen über Julie sprechen. Ich bin nur gekommen, weil ich sehr neugierig war, was Sie von mir wollen. Jetzt weiß ich, dass das Treffen mit Ihnen ein Fehler war. Ich habe immer noch das starke Bedürfnis, Ihnen etwas Böses anzutun. Vielleicht verfügen Sie in Ihrer Weisheit über einen Begriff für das, was ich fühle, aber ich bin nicht interessiert. Auf Wiedersehen. Ich finde es entsetzlich, dass Sie immer noch praktizieren und mit den Gedanken anderer Leute Scherze treiben. Aber so ist das Leben, stimmt's?«

Sie war so zornig, dass sie die Worte kaum herausbrachte.

»Ich habe meine Arbeit gemacht, Susan. Die besteht genau darin, in den Hirnen meiner Patienten zu stochern, ganz gleich, wie furchtbar, schmutzig oder tragisch das sein mag, was ich dort vorfinde, ganz gleich, wie tief und in welchem Keller das Problem versteckt ist. Ich versuche zu helfen.«

»Aber Patientinnen zu verführen gehört nicht zu Ihrer Arbeit, verdammt!«, sagte sie mit erhobener Stimme.

Der Löffel des Mannes am Nachbartisch blieb auf halbem Wege zwischen seinem Mund und dem Suppenteller in der Luft stehen.

»Das weiß ich, und was da geschehen ist, habe ich mein Leben lang bereut. Aber mit diesem Brief ist etwas, das …«

Susan warf mir einen wütenden Blick zu.

»Was zum Teufel soll das werden? Wollen Sie jetzt mich aushorchen? Halten Sie mich für eine Ihrer Patientinnen? Soll ich auch den Rock vor Ihnen heben, ja?«

Ich legte einen Zwanziger auf den Tisch und stand auf.

»Auf Wiedersehen, Susan. Entschuldigen Sie, dass ich Sie belästigt habe.«

»Wehe, Sie rufen mich noch ein einziges Mal an!«

»Werde ich nicht.«

Als ich Claudette Morel zurückrief, sprach sie in viel ruhigerem und freundlicherem Ton mit mir und bat mich, ihr Bescheid zu geben, sobald ich in Frankreich angekommen wäre. Sie sagte, sie sei im Ruhestand und habe alle Zeit der Welt, und überführte sich damit selbst ihrer vorherigen Lüge, dass sie erst im Terminkalender nachsehen müsse.

Ich buchte einen Flug für die kommende Woche und fand die Website des Hotels Le Méridien. Es existierte also noch und war erst kürzlich renoviert worden. Ich reservierte online für drei Nächte. Bei der Vorstellung, dort zu übernachten, überkam mich ein merkwürdiges Gefühl, als wolle ich die Nacht in einem Spukschloss verbringen.

Am Abend saß ich mit Stift und Notizblock in meiner Wohnung am Schreibtisch; die Dunkelheit wälzte sich mit eisigem Schwall über die Stadt.

Ich wusste Folgendes: Simone war in der bewussten Nacht ermordet worden, und unmittelbar danach hatte Josh sich von dem gesamten Vermögen, das seine Eltern ihm hinterlassen hatten, losgesagt und war für einige Monate nach Mexiko gegangen. Abraham tauchte für eine Weile ab und kehrte dann unter falschem Namen in die Staaten zurück. Auch er sagte sich von allem los, einschließlich seiner Identität. Das Testament von Joshs Vater enthielt eine Klausel, wonach er sein Erbe verwirkte, sollte er jemals Gewalt gegen eine Frau ausüben. Deshalb war es eine logische Annahme, dass Josh sein Geld an die Stiftung White Rose gespendet hatte, weil er sich schuldig fühlte und den letzten Wunsch seines Vaters respektieren wollte.

Als Nächstes notierte ich ABRAHAM HALE in Großbuchstaben, unterstrich den Namen und konzentrierte mich auf ihn.

Unmittelbar nachdem er nach Paris gegangen war, begann er eine Beziehung mit Simone Duchamp. Sehr wahrscheinlich war seine Psychose zu dem Zeitpunkt bereits ausgebrochen. Joshs Ankunft in Frankreich stellte die Beziehung auf eine harte Probe. In Joshs Version verliebten er und Simone sich ineinander. In der Version, die Abraham in seinem Tagebuch andeutete und die Elisabeth Gregory mehr oder weniger bestätigt hatte, waren Abraham und Simone heftig ineinander verliebt, und Josh versuchte diese Beziehung aus purer Gehässigkeit zu zerstören. Er hatte Simone nie wirklich geliebt, war aber eifersüchtig auf das Glück der beiden.

Aber warum hatte er mir eine andere Geschichte aufgetischt? Warum hatte Abraham seinen Namen geändert und sich vollkommen von seinem bisherigen Leben losgesagt? Da die französische Polizei beide nicht als Verdächtige betrachtet hatte, brauchten sie für das, was in Paris geschehen war, keine Konsequenzen zu befürchten.

Andererseits fragte ich mich, warum Simones Eltern die französische Polizei nie darauf hingewiesen hatten, dass Josh und Abraham etwas mit dem Verschwinden ihrer Tochter zu tun gehabt haben könnten. Hätten sie das der Polizei erzählt, wären die beiden Männer als Personen von polizeilichem Interesse oder als Verdächtige eingestuft und befragt oder womöglich sogar für mindestens zwei Tage in Gewahrsam genommen worden. Anscheinend hatten die Eltern aber nichts dergleichen getan. Oder aber doch, und die Polizei war dem Hinweis – Gott weiß warum – nicht nachgegangen.

Während mir diese Fragen durch den Kopf gingen, hatte ich wieder einmal das deutliche Gefühl, in einem alten Spukhaus herumzuwühlen, dessen Mauern jederzeit über mir zusammenstürzen konnten.

In meiner Kindheit stand am Rand meiner Heimatstadt neben dem Friedhof ein verlassenes zweigeschossiges Gebäude. Es war von Ranken überwuchert, die fast bis zu dem von Sonne und Regen geschwärzten und längst eingestürzten Dach reichten. Der Vorgarten hinter dem morschen Plankenzaun glich einem Dschungel.

Teenager nutzten das herrenlose Haus als Versteck, wo sie Gras rauchen und knutschen oder einfach nur unbehelligt von Erwachsenen Bier trinken konnten. Tom, ein rothaariger Junge, der zwei Jahre älter war als ich, behauptete, er habe dort mit May LaSalle geknutscht und »alles andere« getan, aber niemand glaubte dem größten Lügner weit und breit, weil seit 1974 niemand mehr in dem Hogarth-Haus gewesen war.

Angeblich war dieses Haus, kaum dass seine Bewohner die Stadt verlassen hatten, zum Schauplatz schrecklicher Geschehnisse geworden. Die Familie, Caleb Hogarth mit Frau und drei Kindern, hatte eines Nachts Ende der Sechziger das Weite gesucht und dem Sheriff die Nachricht hinterlassen, sie zögen nach Kalifornien; er möge bitte ein Auge auf ihr Haus haben. Danach ward nie mehr von ihnen gehört, und so konnte das Anwesen von Rechts wegen nicht verkauft werden.

Es wurde zu einem Spukhaus, einem Ort, an dem Trinker und Landstreicher Zuflucht suchten. Aber auch die blieben nie sehr lange, auch wenn der Sheriff und seine Leute sie nicht weggeschickt hätten. Alte Säufer, jugendliche Ausreißer, Einbrecher auf der Suche nach alten Möbelstücken oder Messinglampen – sie alle kamen bleich wie Bettlaken aus diesem Haus und berichteten, sie hätten Gespenster gesehen, Blutflecken an den Wänden, Leichen, die an morschen Dachbalken hingen. Und sie hätten unheimliche Geräusche gehört und eiskalte Hände im Gesicht gespürt.

Aber das Schrecklichste geschah erst im Herbst vierundsiebzig.

Mrs. Wilbur, damals Rechtsanwältin bei Rubin & Partnern, führte in der Gegend immer ihren Hund aus. Sie wohnte in Crackly Meadow, nicht weit von dem verlassenen Anwesen, und besuchte oft den Friedhof, um mit ihrem vor fünf Jahren gestorbenen Mann zu plaudern.

Als sie eines Tages am Hogarth-Haus vorbeiging, riss sich ihr Hund – ein Pudel, dessen Name nicht überliefert ist – von der Leine und sprang durch ein Loch im Zaun in den Garten. Sie lief ihm nach, aber er reagierte nicht auf ihre Rufe; stattdessen glaubte sie ihn im Haus winseln zu hören und ging hinein.

Eine halbe Stunde später wurde sie von einem Passanten gefunden. Erst nachdem die Ärzte fünfzehn Wunden überall an ihrem Körper genäht, ihr zwei Liter Blut übertragen, ihr dreifach gebrochenes rechtes Bein in Gips gelegt und ihr übel zugerichtetes Gesicht versorgt hatten, war sie imstande zu berichten, was sie in dem Haus gesehen und erlebt hatte.

Mrs. Wilbur schwor Stein und Bein, niemand anders als ihr verstorbener Mann Sylvester habe ihr das angetan. Als sie in das Hogarth-Haus gekommen sei, habe er im Wohnzimmer gesessen, die Ellbogen auf den Tisch gestützt. Er habe den blauen Anzug getragen, in dem er beerdigt worden sei, und ganz offensichtlich habe er sie, die kurz vor einem Herzinfarkt wie gelähmt in der Tür stand, zunächst nicht bemerkt.

Dann habe sich Mr. Wilbur grinsend zu ihr umgedreht und sie zu Brei geschlagen. Die Frau wusste nur noch, dass sie auf allen vieren durch den Garten auf die Straße gekrochen war, wo sie das Bewusstsein verlor.

Die Ärzte sagten, die Stichwunden stammten von einem sehr scharfen Gegenstand, es sei ein Wunder, dass kein größeres Blutgefäß verletzt worden sei.

In der Öffentlichkeit debattierte man über posttraumatischen Schock, über Landstreicher in unserer friedlichen Stadt und über den Sheriff, der seine Arbeit vernachlässige. Die Lokalzeitung brachte einen Artikel über den Vorfall und eine ganze Seite mit Leserbriefen, von denen einige mit der Forderung endeten, Mr. Wilbur müsse exhumiert werden, damit man feststellen könne, ob er zu einem Vampir oder Zombie geworden sei.

Dorthin ging ich eines Augustabends, ich war vierzehn und in ein Mädchen namens Marsha Johnson verliebt. Sie wollte sich das Spukhaus unbedingt ansehen, und die Gelegenheit, meinen Mut zu beweisen, konnte ich mir nicht entgehen lassen.

Als wir dann abends um neun vor dem Hogarth-Haus standen, habe ich mir, ehrlich gesagt, fast in die Hose gemacht. Ich hatte schon immer Angst im Dunkeln gehabt, und Gespenstergeschichten machten mir eine Gänsehaut. Einmal hatte ich wochenlang Albträume, nachdem ich ein paar Erzählungen von Edgar Allan Poe gelesen hatte. Hätte Marsha mich aufgefordert, aus dem dritten Stock zu springen, wäre mir das leichter gefallen.

Wir zwängten uns durch den kaputten Zaun und schlichen zu der morschen Haustür, die nicht verschlossen war. Ich war schweißgebadet und hatte einen ganz trockenen Mund.

Was dann geschah, ist mir noch immer nicht klar. Ich weiß noch, dass wir in ein fast vollständig dunkles Wohnzimmer kamen und dass die Taschenlampe, die ich mitgebracht hatte, plötzlich ausging. Ich schraubte sie auf, wackelte an den Batterien und drehte die Birne fester hinein. Nichts – das Ding war nicht zu gebrauchen. Aber vorher hatten wir ein paar Möbelstücke gesehen, verborgen unter Schondecken, die wie Leichentücher aussahen, und breite Risse im Fußboden.

Wir tasteten uns zu einer Tür; dahinter führte eine Treppe nach oben, die aussah wie das Rückgrat eines Dinosaurier im Museum. Das einzig Gute war, dass Marsha zum ersten Mal meine Hand hielt, damit wir uns nicht verlorengingen. Die Holzdielen knarrten bei jedem Schritt, vor den kaputten Fensterläden flatterten die Reste einer Gardine. In der Mitte des Wohnzimmers stand ein Tisch, die Beine halb in den morschen Bodenbrettern versunken. Es roch nach Ratten und Schimmel, nach alten Kleidern und verfaulten Zwiebeln. Ich stieß mit dem Fuß eine leere Flasche um, die bis an die Wand rollte. Wir traten auf Glasscherben, Pappe, Holzsplitter und leere Konservendosen.

Dann erreichten wir die Treppe. Ich wollte gerade auf die erste Stufe steigen und fragte mich noch, ob sie mein Gewicht überhaupt tragen konnte, als ich etwas sah. Nicht auf der Treppe, sondern irgendwo links, wo ein Flur zum Keller führte.

Ich habe mir nie genau ins Gedächtnis rufen können, was ich in diesem Augenblick sah. Ich könnte es nicht beschreiben, oder besser gesagt, ich habe es auf der Stelle vergessen. Mein Verstand konnte einfach nicht verarbeiten, was meine Augen gesehen hatten.

Wir unterteilen die Zeit in Sekunden, Minuten, Stunden, Tage, Wochen, Monate und Jahre, Jahrhunderte und Jahrtausende. Aber es gibt kleinere Intervalle, winzige Einheiten, so klein, dass sie für uns praktisch nicht existieren. Diese ›Zeitpartikel‹ sind für das Auge nicht sichtbar, für den Verstand nicht fassbar und lassen sich nicht in den Briefmarkenkatalog unserer Sinneswahrnehmungen einordnen.

Ich könnte jetzt ohne weiteres behaupten, ich hätte ein Gespenst gesehen, das mit seinen Ketten rasselte, oder einen Zombie, dem eine Axt im Schädel steckte, oder einen einäugigen haarigen Riesen. Aber was ich da sah, war millionenmal schlimmer, furchterregender als all das zusammen – eben deswegen hat es keinen Namen und lässt sich nicht in Worte fassen. Nicht einmal in Albträume.

Ich weiß nur, dass ich erstarrte. Ich wollte schreien, konnte aber nicht, und dann lief ich weg, Marsha kümmerte mich nicht mehr. Ich stolperte über die Haustürstufe und stürzte auf den schmutzigen Boden; überschlug mich und blieb mit den Hosenbeinen im Gestrüpp hängen. Erst vor dem Rathaus verlangsamte ich meine Schritte und setzte mich auf eine Bank, wo ich eine Stunde lang verschnaufte. Schließlich ging ich nach Hause, tischte meinen Eltern eine Ausrede auf und verzog mich in mein Zimmer; danach konnte ich wochenlang nur bei Licht und mit einem Klappmesser unterm Kopfkissen schlafen.

Ich weiß nicht, ob Marsha auch etwas gesehen hatte, da wir uns danach nicht mehr getroffen haben. Ich habe nie versucht, mich daran zu erinnern, was ich an diesem Abend gesehen hatte, weil es ohnehin vergeblich wäre. Jahrelang habe ich mich gefragt, warum ich in das Hogarth-Haus gehen musste, welch krankhafte Neugier mich dazu veranlasst hatte – abgesehen von meiner großen Liebe zu Dan Johnsons Tochter. Oder, genauer, warum ich dieses Ding überhaupt wahrgenommen hatte, das da in der Finsternis lauerte, als habe es auf mich und mich allein gewartet. Ich mag vergessen haben, was ich in jener Nacht sah. Aber seitdem wusste ich, dass es Schlimmeres gibt als den Tod und dass jeder von uns seinen eigenen, nur für ihn bestimmten Albtraum hat.

Mir fiel ein, was Julie einmal zu mir gesagt hatte. »Du hast dir den gefährlichsten Beruf der Welt ausgesucht. Irgendwann einmal, wenn du gerade im Gehirn eines Patienten herumstocherst, wirst du auf ein Monster stoßen, das dich von einem Augenblick zum nächsten verschlingt, bevor du auch nur Zeit hast, es zu merken. Wenn ich so ein Geisterjäger wäre wie du, wäre ich vorsichtiger.«

Ich ging ins Bad, duschte und legte mich wieder hin, ließ die Nachttischlampe dieses Mal aber an.

Am Morgen fuhr ich meinen Laptop hoch und schaute nach meinen Mails. Im Posteingang fand ich eine Mitteilung von Mallory. Einer seiner Rechercheure war auf etwas Neues über Abraham Hale gestoßen, einen Artikel einer Lokalzeitung in Louisiana aus den frühen Sechzigern. In der Anlage war folgender Scan beigefügt:

The Mirror, 4. September 1962

Polizeiliche Ermittlung zu Tötungsdelikt – Zusammenhang mit ungeklärter Entführung eines Fünfjährigen

Von *Randal Cormier* und *Olima Landry*

Der Mord, der vor fünf Tagen die stille Kleinstadt Creedence Creek erschütterte, könnte im Zusammenhang mit einem älteren Entführungsfall stehen, wie aus Polizeikreisen verlautet. Vor drei Jahren war ein zu dem Zeitpunkt fünf Jahre alter Junge namens Abraham Hale entführt und über zwei Wochen an unbekanntem Ort festgehalten worden.

Abraham wurde in Creedence Creek, zwanzig Meilen von Baton Rouge entfernt, geboren. Sein Vater war Handelsvertreter und arbeitete in der Herbstsaison auf einem Krabbenkutter. Seine Mutter ist Hausfrau. Abraham ist das einzige Kind des Paares.

Gegen sieben Uhr abends am 14. August 1959 bemerkte Mrs. Hale, dass ihr Sohn nicht mehr auf der Veranda ihres Hauses war, wo er Minuten zuvor noch gespielt hatte. Mr. Hale war auf Geschäftsreise, und nachdem Mrs. Hale die Umgebung nach ihrem Sohn abgesucht hatte, wandte sie sich an die Polizei. Abraham war wie vom Erdboden verschluckt.

Die Behörden führten eine mehrere Tage und Nächte dauernde intensive Suche durch, an der das Büro des Sheriffs von Albert County, die Polizei von Louisiana und sogar Beamte des FBI beteiligt waren – das Kind blieb jedoch spurlos verschwunden. Da die Familie nicht wohlhabend war, wurde eine Entführung zum Zwecke der Erpressung von Lösegeld für wenig wahrscheinlich gehalten. Die Beamten kamen zu dem Schluss, dass der Junge in den Sumpf geraten sein könnte, der etwa dreihundert Meter vom Haus der Hales begann, und entweder ertrunken oder von Alligatoren gefressen worden war. Nach einer Woche wurde die Suche abgebrochen, Bilder des kleinen Abraham hingen nach wie vor im ganzen Stadtgebiet. Nachbarn und Bekannte schilderten die Hales als ruhige, zurückgezogen lebende Familie, über die keine Schwierigkeiten bekannt waren.

Zwei Wochen später, am 4. September, irrte Abraham durch einen Park in der Innenstadt, wo er von Passanten gesehen wurde, die ihn erkannten und die Polizei alarmierten.

Der Junge trug neue Kleidung, aus der die Etiketten sorgfältig herausgetrennt worden waren. Bei einer ärztlichen Untersuchung wurden keine Spuren körperlicher Gewalt festgestellt, auch Hinweise auf einen Missbrauch ergaben sich nicht. Der Junge war gut ernährt worden. Offenbar hatte sich jemand in der ganzen Zeit seines Verschwindens um ihn gekümmert.

Tagelang versuchten Polizei, Eltern und ein Psychologe aus dem Kreiskrankenhaus den Jungen zum Sprechen zu bewegen, ohne großen Erfolg. Abraham sagte nur, er wisse bloß, dass jemand zu ihm auf die Veranda gekommen sei, als er dort gespielt habe, an mehr könne er sich nicht erinnern.

Vor vier Tagen wurde der Leichnam eines erwachsenen Weißen in dem nicht weit vom Haus der Hales entfernten

Sumpf aufgefunden. Der Tote trug eine schwarze Lederjacke und Jeans und war zwei Tage zuvor unter Umständen ertrunken, die in Anbetracht der im County herrschenden akuten Dürre und des sehr niedrigen Wasserstands rätselhaft genannt werden müssen. »Es ist, als sei der Mann in einer Pfütze ertrunken«, sagte Sheriff Donoghue.

Bei der Autopsie stellte der amtliche Leichenbeschauer fest, dass der Mann einen Schlag mit einem stumpfen Gegenstand auf den Hinterkopf erhalten hatte. Wahrscheinlich, so die Vermutung der Polizei, wollte der Mann sich am Rand des Sumpfes erleichtern und wurde dabei von hinten niedergeschlagen. Er verlor das Bewusstsein, stürzte und ertrank in dem nur wenige Zentimeter hoch stehenden Wasser. Der Mann trug fünfundfünfzig Dollar Bargeld bei sich, sodass Raub als Tatmotiv ausschied.

Das Opfer in der nun als Mordfall geführten Ermittlung wurde als Eloi Lafarge identifiziert, ein Landstreicher, der den Großteil seines Lebens im Gefängnis verbracht hatte und dessen Strafregister auch eine Verurteilung wegen sexueller Übergriffe auf Minderjährige enthielt. Lafarge war erst kürzlich aus New Orleans in die Gegend gekommen und lebte in einem Trailer auf der anderen Stadtseite.

Die Polizei schließt einen Zusammenhang zwischen Abraham Hales Verschwinden vor drei Jahren und dem Tod des Mannes unweit seines Elternhauses nicht aus. Wie verlautet, wurde Mr. Hale von der Polizei befragt. »Es war eine bloße Befragung und kein Verhör«, betont unsere Quelle, »und Mr. Hale hat kooperiert und alle unsere Fragen beantwortet. Er hat jedoch kein Alibi für den Mordabend.«

Wir halten Sie auf dem Laufenden, sobald die polizeilichen Ermittlungen Neues erbringen.

Mallory hatte noch eine Nachbemerkung hinzugefügt:

»Ich weiß nicht, ob das wichtig ist oder nicht, aber es sieht so aus, als habe Hales Vater seinem Sohn nicht geglaubt und angenommen, Abraham lüge und erinnere sich sehr wohl an alles, was geschehen war. Der Alte war ein gewalttätiger Alkoholiker und misshandelte seine Familie. Als er seinen Sohn immer heftiger bedrängte, die Wahrheit zu sagen, zeigte Mrs. Hale ihn an, worauf er von der Polizei verwarnt wurde. Wer Lafarge getötet hat und ob der Mann an der Entführung beteiligt war, wurde nie herausgefunden.

Ich habe auch etwas sehr Interessantes über den alten Lucas Duchamp in Erfahrung gebracht. Dazu nachher alles am Telefon.

Mallory«

Sein Anruf kam gegen zehn. Er erzählte seine Neuigkeiten und gab mir die Telefonnummer eines gewissen François Garnier, der in den Siebzigern für den französischen Geheimdienst gearbeitet hatte.

Ich rief Garnier gleich an und hatte ein langes Gespräch mit ihm. Nach einer weitschweifigen Vorrede berichtete er, was er über Lucas Duchamp wusste. Er betonte, nichts von dem dürfe an die Öffentlichkeit gelangen, und ich versicherte ihm, er könne sich auf mich verlassen.

Den Rest des Abends verbrachte ich mit Online-Recherchen zu den Details, die Garnier mir genannt hatte, und am nächsten Tag reiste ich nach Frankreich ab.

NEUNZEHN

Nachdem ich die letzten fünfzig Seiten eines von Anfang an durchschaubaren Krimis gelesen, zwei langweilige Filme gesehen und eine grauenvolle Mahlzeit zu mir genommen hatte, landete ich um 8:35 Uhr in Paris. Das Wetter war scheußlich: Schneidender Wind peitschte mit kaltem Regen die Stadt. Ich ging durch die Passkontrolle, holte mein Gepäck, reihte mich in die ellenlange Warteschlange ein und bekam nach fünfzehn Minuten endlich ein Taxi.

Ich war schon einige Male in der Stadt gewesen, zuletzt vor anderthalb Jahren. Es gibt wenige Orte, die mir auf den ersten Blick so sehr gefallen haben wie Paris, und ich erinnere mich noch, welchen Eindruck die Brücken über die Seine, die weiten Plätze und die historischen Monumente beim ersten Mal auf mich machten. Auf der Fahrt vom Flughafen in die Stadt schaute ich aus dem Fenster des metallic-grünen Renault Scénic und versuchte das Gefühl jener ersten Begegnung wieder in mir wachzurufen.

Ich sah aber nur Regen auf breite Straßen prasseln, durch die Menschen und Autos hasteten wie Flüchtlinge. Ich merkte nicht einmal, dass wir schon am Hotel angekommen waren. Wir hielten vor einem großen Gebäude, und der Fahrer drehte sich zu mir um: »Le Méridien, Monsieur.«

Die Rezeption war links vom Eingang, und wieder musste ich zehn Minuten warten, bis ich an die Reihe kam. Ich bezog mein Zimmer und verstaute meine Sachen in einem Schrank neben dem Bett. Dann duschte ich, zog mich um und ging in die Bar im Erdgeschoss, die gerade aufmachte. Der Frühstücksraum gegenüber war voll besetzt, das riesige Hotel war offenbar nahezu ausgebucht.

Bis zu meiner Ankunft hatte ich mir das Hotel aus Joshs und Abrahams Geschichte als ein mysteriöses altes Haus in einer zwielichtigen Gasse vorgestellt, von Efeu überwuchert und voller Geheimnisse. Stattdessen war ich in ein modernes Gebäude geraten, elegant mit dunklem Marmor und Edelstahl ausgestattet, und fragte mich, ob ich dort überhaupt richtig war.

Ich bestellte einen Kaffee, trank ihn langsam und unterhielt mich dabei mit einem jungen Kellner mit Bürstenschnitt und goldenem Ring im rechten Ohrläppchen. Das Hotel wurde Anfang der Siebziger eröffnet und seither zweimal renoviert, erfuhr ich von ihm. Es sei immer gut belegt, was seiner Lage in der Nähe des Palais des Congrès zu verdanken sei, wo eine Tagung nach der anderen stattfinde. Ich fragte ihn, ob ihm irgendwelche dunklen Geschichten aus der Vergangenheit des Hauses bekannt seien, und er fragte zurück, ob ich Journalist sei.

»Ich bin Psychiater«, sagte ich.

»Ah, verstehe … In Amerika haben Sie einen interessanten Ausdruck dafür: *shrimp*?«

»Ich nehme an, Sie meinen *shrink*?«

»Ja, richtig. Ich arbeite seit acht Jahren als Kellner und habe einige Hotels kennengelernt. Jedes Haus hat seine eigene Geschichte. Vor zwei Jahren hat sich hier eine Frau das Leben genommen. Ihr Geliebter, ein berühmter spanischer Sänger, hatte sie verlassen, und sie sprang aus dem Fenster. Das Management ließ nichts davon bekannt werden, weil solche Geschichten die Gäste abschrecken. Aber die Menschen vergessen unangenehme Dinge schnell. Wir haben ein kurzes Gedächtnis, nicht wahr? Und dann war da natürlich noch die Geschichte mit den Zwillingen, zwei junge Frauen, die von ihrem wahnsinnigen Vater mit der Axt erschlagen wurden …«

Ich sah ihn verblüfft an. »Was für Zwillinge?«

Er lachte. »Das war ein Scherz. Ich musste an einen alten Film mit Jack Nicholson denken. *Shining* – der spielt in einem großen Hotel in den Bergen.«

»Den kenne ich, das ist ein sehr guter Film«, antwortete ich und unterschrieb die Rechnung. »Bis später. Machen Sie's gut.«

Ich rief Claudette Morel an und teilte ihr mir, dass ich in Paris angekommen war. Sie nannte mir die Adresse eines Cafés und sagte, dort könnten wir uns um zwölf Uhr treffen.

Bis dahin blieben mir zwei Stunden, Zeit genug für einen Spaziergang. Vom Hotel aus wandte ich mich nach rechts, ging an einem Pub namens James Joyce vorbei, der noch geschlossen hatte, und gelangte auf einen kleinen Platz mit beheizten Straßencafés unter Markisen. Der Regen wurde zu eisigem Graupel. Ich nahm ein Taxi zu den Champs-Élysées, stieg vor dem Café George V. aus und setzte mich an einen der Tische auf der beheizten Terrasse.

Hier wimmelte es von Leuten mit Einkaufstaschen, viele von ihnen mit den müden, zufriedenen Mienen von Urlaubern, Scharen von Passanten, die an den weihnachtlichen Schaufenstern vorbeiströmten. Der Arc de Triomphe sah aus wie ein riesiger grauer Jagdhund kurz vor dem Sprung.

Ich bestellte einen Kaffee und dachte an Simone, Josh und Abraham.

In Cafés wie diesem hatten sie sich getroffen, und wie mochte Abraham reagiert haben, als er feststellen musste, dass Josh mehr als nur freundschaftliches Interesse an der Frau hatte, in die er selbst verliebt war? Kains Motiv für den Mord an Abel war Eifersucht – dessen Opfergaben erfreuten den Herrn mehr als seine. Hier aber stellte sich die Frage: Wer hatte sich in wen verliebt, und wer war auf wen eifersüchtig? Irgendwo in einer großen Stadt, die funkelt wie ein Diamant, hatten sich drei Schicksale für immer miteinander verwoben. Ob in Liebe oder Leid, war nicht mehr wichtig. Allzu häufig bedeuten die beiden ein und dasselbe.

Ein blondes Mädchen in weinrot-blauer Schuluniform hob etwas vom Bürgersteig auf und ging weiter, ohne von ihrem Handy aufzublicken. Ich trank meinen Kaffee aus und ging zu dem Taxistand auf der anderen Straßenseite.

Ich erkannte Ms. Morel ohne Schwierigkeiten. Sie saß allein an einem Tisch in einem grünen Regenmantel; ihre krausen Haare hatte sie mit Spangen nach hinten gesteckt. Sie war stark geschminkt, dennoch war nicht zu verkennen, dass die Jahre nicht spurlos an ihr vorbeigegangen waren.

»Ms. Morel?«, fragte ich, und sie nickte. »Ich bin Dr. James Cobb. Freut mich, Sie kennenzulernen.«

Ich setzte mich zu ihr auf einen mit rotem Kunstleder bezogenen Stuhl, während sie mich mit ihren blauen Augen von oben bis unten musterte.

»Freut mich ebenfalls. Sie müssen sehr an dieser Geschichte interessiert sein, wenn Sie eigens dafür über den großen Teich gekommen sind«, sagte sie und wies auf die Speisekarte. »Sind Sie zum ersten Mal in Frankreich?«

»Nein, ich war schon ein paarmal hier. Nochmals danke, dass Sie bereit sind, mit mir zu sprechen, Ms. Morel.«

»Sagen Sie bitte Claudette zu mir. Darf ich Sie James nennen?«

»Danke, Claudette. Ja, natürlich.«

»Sind Sie verheiratet, James? Haben Sie Kinder?«

»Nein, ich bin nicht verheiratet.«

Sie hatte bereits ein Glas mit einer bernsteinfarbenen Flüssigkeit vor sich stehen. Ich fragte, was sie da trinke, und sie sagte: »Calvados. Das Getränk passt zu Frankreich. Wenn ich zehn Jahre jünger wäre, würde ich Ihnen das Paris zeigen, das nur die Einheimischen kennen. Wir könnten Tee und Wein trinken, die Champs-Élysées entlangbummeln und bis zum Morgengrauen in einer Bar am Montmartre sitzen. Aber diese Zeiten sind für mich lange vorbei.«

Ich bestellte einen Calvados und dankte Gott, dass sie nicht zehn Jahre jünger war.

»*Santé*«, sagte sie theatralisch und leerte ihr Glas zur Hälfte. Ich probierte erst einmal. Stark wie Whisky, aber aromatischer.

Eine Amsel landete neben dem Tisch, sah mit schwarzen Knopfaugen zu uns hoch, flog aber gleich auf und verschwand im Himmel. In der Ferne jaulte die Sirene eines Krankenwagens wie ein böses Omen.

»Nun, James, Sie haben mir noch nicht erzählt, warum Sie so sehr an dieser Geschichte interessiert sind«, sagte sie.

»Ich finde die Angelegenheit äußerst faszinierend. Laura und ihre Eltern haben sicher nichts unversucht gelassen, um herauszufinden, was mit Simone passiert ist.«

Ihre Miene verfinsterte sich; sie sah mich wütend an. Man kennt das, wenn bei Betrunkenen die Stimmung plötzlich umschlägt. Sie leerte ihr Glas, wühlte in ihrer Handtasche, die auf dem Stuhl neben ihr stand, und nahm ein Päckchen französische Zigaretten heraus. Beim Anzünden beschmierte sie den Filter mit Lippenstift.

»Laura und ich waren nicht nur Schulkameradinnen, wir waren beste Freundinnen«, sagte sie, während sie sich nach dem Kellner umdrehte und auf ihr leeres Glas zeigte. »Wir haben uns gegenseitig warmgehalten, weil in unserem Leben immer nur Winter war.«

Als hätte sie vergessen, was sie eigentlich sagen wollte, verstummte sie, leerte ihr zweites Glas in einem Zug und sah sich leicht angewidert um. Der Tisch stand nahe an einem Heizgerät, wir hatten es warm, was sie aber in ihrem schäbigen Mantel nicht zu bemerken schien.

»Ich bin verzweifelt, James. Vor zwei Jahren hat mich ein Freund überredet, auf meine Wohnung eine Hypothek aufzunehmen und das Geld in ein Geschäft zu investieren, aus dem aber nichts wurde. Danach hat er das Weite gesucht, und jetzt komme ich kaum noch über die Runden. Mein Mann ist vor fünfzehn Jahren gestorben, ich bin auf mich allein gestellt. Ich lebe von der Hand in den Mund, und bald wird man mich auf die Straße setzen. Der Gedanke ist mir unerträglich. Ich habe es nicht verdient, meine letzten Jahre in einem billigen Altersheim zu verbringen, nur weil ich so dumm war, einem Freund Vertrauen zu schenken.«

Je mehr sie trank, desto undeutlicher sprach sie, und ich verstand immer weniger. Sie bestellte noch einen Drink, und mir wurde klar, dass ich mich beeilen musste: Bei dem Tempo, das sie vorlegte, wäre sie spätestens in einer halben Stunde sturzbetrunken. Mir fiel eine alte goldene Uhr an ihrem linken Handgelenk auf, vermutlich ein Erbstück.

»Wissen Sie, was aus Mrs. Claudia Duchamp geworden ist, also Simones Mutter?«

»Sie ist 1987 an Bauchfellentzündung gestorben. Das habe ich aber erst später von meiner Mutter erfahren, die mit einer Nachbarin der Duchamps befreundet war. Wir wurden nicht einmal zur Beerdigung eingeladen. Soweit ich weiß, ging es ihr sehr schlecht, aber sie weigerte sich, zum Arzt zu gehen. Als sie es dann schließlich doch tat, war es zu spät, da hatte sie bereits eine Sepsis. Ich weiß nicht, warum Laura in all diesen Jahren nicht mit mir sprechen wollte. Wir waren immer wie Schwestern.«

Sie zündete sich die nächste Zigarette an und fragte: »Wären Sie bereit, mir etwas Geld für meine Auskünfte zu geben, James, jetzt, wo Fleischer nicht mehr da ist? Sind Sie so reich wie er? Sie wissen das wahrscheinlich nicht, aber ich habe ihn vor ein paar Monaten angerufen und ihm geschrieben. Ich gebe zu: Ich habe ihn um Geld gebeten, ich wusste ja, er hatte es reichlich. Und ich war mir sicher, er wollte nicht, dass irgendjemand erfährt, was ich weiß.«

Ich rechnete mir aus, dass sie ihm etwa um die Zeit geschrieben haben musste, als Josh mich angeheuert hatte, also musste ihr Anruf der Katalysator für seinen letzten verzweifelten Versuch gewesen sein, sich an das zu erinnern, was in jener Nacht passiert war.

»Wann genau haben Sie ihn angerufen, Claudette?«

»Vor vier oder fünf Monaten, im Herbst … im September, glaube ich. Er hielt mich wohl nur für eine alte Frau, der man keine Beachtung schenken muss. Wir haben nur einmal miteinander telefoniert, aber danach hat er sich geweigert, mit mir zu sprechen. Ein Mann namens Walter hat mir sehr unhöflich zu verstehen gegeben, dass ich nicht mehr anrufen soll.«

»Mr. Fleischer war sehr krank.«

»Das weiß ich, aber wenn er mir hätte helfen wollen, wäre das für einen so reichen Mann wie ihn ein Klacks gewesen. Wäre ich nicht so verzweifelt, hätte ich ihn nie um Hilfe gebeten. Ihn nicht, niemals, weil … Also, was ist? Kann ich von Ihnen Geld erwarten?«

»Vorher würde ich gern wissen, was Sie zu sagen haben.«

Sie zwinkerte mir grinsend zu. »So läuft das nicht. Halten Sie mich für eine dumme Alte, die Sie nur mit Schnaps abfüllen müssen, damit sie plaudert?«

»Nein, sicher nicht. Aber ich muss wissen, ob ich mit dem, was Sie mir zu sagen haben, überhaupt etwas anfangen kann.«

»Glauben Sie, ich habe Angst vor Ihnen?«, fauchte sie. »Sie sehen nicht mal wie ein richtiger Arzt aus, eher wie ein Killer. Haben Sie vor, mich einzuschüchtern, damit ich den Mund halte?«

»Nein. Ich möchte nur hören, was Sie wissen, dann können wir über Geld reden.«

Sie musste sich erst einmal zusammennehmen. Ein Sonnenstrahl streifte ihr Gesicht; unter dem Make-up waren Nase und Wangen mit einem krakeligen Muster aus winzigen rotblauen Äderchen bedeckt, wie eine verkleinerte, schlechte Kopie eines Gemäldes von Jackson Pollock.

Dann sah sie sich um, als fürchte sie Lauscher, fuchtelte mit ihrer Zigarette und sagte: »Na ja, es geht um diese zwei Jungs, Abraham Hale und Joshua Fleischer.«

»Gut …«

»Und Sie denken, einer der beiden hat mit Simones Verschwinden zu tun? Oder die haben unter einer Decke gesteckt?«

»Das weiß ich nicht, Claudette. Ich bin hier, um herauszufinden, was in jener Nacht passiert ist.«

»Abraham würde keiner Fliege etwas zuleide tun, aber Fleischer … Hat er irgendetwas gebeichtet, bevor er starb?«

»Er hat behauptet, er könne sich kaum an die Ereignisse jener Nacht erinnern.«

»Das war gelogen!«

Sie hatte die Stimme gehoben und sah sich wieder ängstlich um.

»Ich bin mir sicher, er wusste genau, was damals passiert ist und …«

Ich unterbrach sie: »Eine Frage, bevor wir weitermachen: Wer von den beiden war Simones Liebhaber?«

»Wie meinen Sie das? Keiner von beiden, sie waren nur Freunde, nicht mehr als Freunde. Die Jungen hatten sich in Simone verknallt, das stimmt, sie war ja auch wirklich sehr schön, aber sie hat ihnen in keiner Weise Mut gemacht.«

»Aber Fleischer hat gesagt, er habe zu der Zeit etwas mit Simone gehabt.«

»Ausgeschlossen, James, da bin ich mir sicher. Für Simone war das nur ein Spiel. Sie wissen schon, zwei große, gutaussehende Amerikaner, bis über beide Ohren verliebt in sie, schicken ihr Blumen und machen ihr den Hof... Sie hat das genossen, aber es ist nie über einen Flirt hinausgegangen.«

»Mr. Fleischer hat auch behauptet, Abraham habe in dieser Zeit schwer zu trinken angefangen.«

»Das ist eine weitere Lüge. Ich habe Abraham höchstens mal ein bisschen beschwipst erlebt, Fleischer hingegen mehrmals stockbesoffen.«

»Warum hat die Stiftung Abraham dann gekündigt? Erinnern Sie sich an die Geschichte?«

»Ja, natürlich, ich habe dort gearbeitet, wie ich Ihnen schon sagte ... Soweit ich mich erinnere, hatten sie einen anonymen Brief mit kompromittierenden Informationen über ihn und Fleischer bekommen. Simone war außer sich und deutete an, sie wisse, wer den abgeschickt habe: eine Exfreundin von Abraham aus Amerika. Sie erzählte mir, Abraham glaube, er habe nicht mehr viel zu verlieren, und wollte sich nach Mexiko absetzen.«

»Ging es in dem Brief nur um Abraham?«

»Es ging um sie beide, nehme ich an. Ich kann nicht sagen, ob Simone den Inhalt des Briefs kannte, weil sie mit mir nicht darüber reden wollte und ich das alles nur aus einzelnen Bemerkungen Lauras geschlossen habe. Sie mochte Fleischer und erzählte mir, während ich zum Geburtstag meiner Mutter in Lyon war, habe er ihr ein sehr schönes Geschenk gemacht, Schmuck, nehme ich an. Und dann flog alles auseinander: Simone verschwand, und Laura ging in dieses Krankenhaus in der Schweiz.«

Sie winselte wie ein krankes Tier, und mich überlief eine Gänsehaut.

»Ich wusste es von Anfang an, als die beiden auftauchten! Ich wusste, es würde etwas Schlimmes passieren, James. Kann ich noch ein Glas haben? Sie haben ja noch gar nicht ausgetrunken, schmeckt es Ihnen nicht?«

Ich trank aus und rief nach dem Kellner. Ihre Stimmung war wieder umgeschlagen, sie lächelte: »Und jetzt erzähle ich Ihnen von den Duchamps …«

Claudia Duchamp, die Mutter von Simone und Laura, wurde in einem Pariser Vorort geboren und heiratete in sehr jungen Jahren einen charmanten Schwindler namens Antonio Maillot. Das war Anfang der Fünfziger, in den harten Nachkriegsjahren. Claudia hatte zahlreiche Geschwister, und der Familie ging es eher schlecht als recht. Antonio hatte ihr das Blaue vom Himmel versprochen und sie überredet, nach Marseille zu ziehen, wo er das wenige Geld, das sie von ihren Eltern bekam, zum Fenster hinauswarf. Vier Jahre später machte er sich aus dem Staub und ließ sie mit den

Kindern sitzen. Ihr blieb nichts anderes übrig, als mit Simone und Laura nach Hause zurückzuziehen, wo sie jedoch nicht sehr willkommen war. Soweit ich weiß, litt Simones Großmutter an einer schweren Neurose, was das Leben mit ihr alles andere als einfach machte.

Dann aber kam der Märchenprinz. Ein Anwalt namens Lucas Duchamp.

Er war elf Jahre älter als sie und sehr wohlhabend. Es war ihm gelungen, sein Vermögen nahezu unversehrt durch den Krieg zu bringen. Als Gymnasiast schloss er sich der Résistance an und wurde von Klaus Barbie, dem berüchtigten und weltweit als »der Schlächter von Lyon« bekannten Kriegsverbrecher, festgenommen und gefoltert.

Obwohl noch ein Teenager, ließ er sich zu keiner Aussage bewegen. Am Ende wurde er mehr tot als lebendig wegen Verrat vor Gericht gestellt und zum Tode verurteilt, entkam der Strafe jedoch dank der Unterstützung durch einen französischen Polizeibeamten, der bereits ahnte, woher der Wind wehte. Er blieb im Untergrund, bis die Alliierten auf Paris vorrückten und die Nazis den Rückzug antraten. Seine Eltern waren in ein Konzentrationslager in Polen verschleppt worden und starben noch vor Kriegsende. Im Sommer 1944, nach der Befreiung, wurde er als Volksheld gefeiert. Damals waren die Menschen nicht so zynisch wie heute, und Tapferkeit galt noch als Tugend. Nach der Demütigung durch die Nazis stellten Helden wie er Frankreichs Ehre wieder her und waren überall willkommen.

Lucas Duchamp war ein großer, gutaussehender, stets tadellos gekleideter junger Mann. Nach erfolgreichem Jurastudium eröffnete er in Paris eine Anwaltskanzlei. Ein Verwandter kümmerte sich um sein Anwesen in Lyon, das er etwa einmal im Monat aufsuchte.

Er schien die Lösung für alle Probleme der armen Frau zu sein. Er war freundlich, reich und selbstbewusst. Zudem war er über beide Ohren in sie verliebt und machte ihr auf altmodische Weise den Hof: mit Blumen, romantischen Abendessen und dezenten Geschenken. So etwas hatte Claudia, die ihren ersten Mann schon nach zwei Monaten geheiratet hatte, noch nie erlebt und ging auf Wolken.

Lucas Duchamp übernahm die Miete für die Wohnung, in der Claudia mit ihren Töchtern lebte, und auch ein Kindermädchen für die beiden, damit sie wieder als Krankenschwester arbeiten konnte.

Als Duchamp einige Monate später förmlich um Claudias Hand anhielt, willigte sie ein. Er erklärte sich auch bereit, ihre Töchter zu adoptieren.

Nach der Hochzeit gab es ein peinliches Intermezzo mit Maillot, eine Geschichte wie aus *Les Misérables*. Um die Mädchen adoptieren zu können, brauchte Duchamp die Einwilligung des biologischen Vaters. Er heuerte Privatdetektive an, die den Mann irgendwo an der Côte d'Azur ausfindig machten, wo er sich von einer anderen Frau aushalten ließ. Als er merkte, worum es ging, schlachtete er die Situation nach Kräften aus. Er behauptete, er sei schon lange auf der Suche nach Claudia, die er – natürlich – immer noch liebe, und habe die Absicht, ihre Kinder großzuziehen. Angeblich hatte er Beweise, dass er mit der Mutter seiner Töchter korrespondiert und ihr regelmäßig Geld geschickt hatte.

Das waren offenkundige Lügen, aber bei dem Talent dieses Mannes für solche Dinge hätte sich das Adoptionsverfahren womöglich noch Monate oder gar Jahre hingezogen. Am Ende bot Duchamp ihm eine beträchtliche Summe für seine Unterschrift auf den Adoptionspapieren an. Der liebende Vater steckte das Geld ein und verschwand auf Nimmerwiedersehen.

Duchamp erwies sich auch weiterhin als sehr großzügig: Sie lebten jetzt in einer Villa und hatten alles, was sie brauchten. Beide Mädchen konnten ein privates Elitegymnasium und anschließend eine renommierte Universität besuchen.

Doch nach Simones Verschwinden ging es mit alldem zu Ende. Claudia Duchamp starb, und fünf Jahre danach erlitt Lucas Duchamp einen Schlaganfall und war fortan an den Rollstuhl gefesselt.

Der Kellner brachte die Drinks, und Claudette zündete sich die nächste Zigarette an. Sie war schon recht betrunken und hatte Mühe beim Sprechen.

»Wissen Sie, James, ich weiß nicht genau, wann das mit den Gerüchten losging, aber die Mädchen waren noch auf dem Gymnasium. Wir waren Nachbarn. Menschen sind böse und missgönnen anderen ihr Glück. Um es kurz zu machen, es wurde behauptet, Lucas Duchamps Liebe zu seinen Stieftöchtern gehe über das Normale hinaus, Sie verstehen schon. Man sagte sogar, Claudia Duchamp wisse davon, aber entweder sei sie nicht bereit, etwas dagegen zu unternehmen, oder traue sich einfach nicht, aus Angst vor ihrem Mann.

Anfangs machten die Schwestern sich nicht viel aus dem

Gerede, aber die Gerüchte folgten ihnen wie eine dunkle Wolke. Irgendwann wurde behauptet, Laura habe versucht, sich das Leben zu nehmen. Später sagte sie mir, das sei nicht wahr. Sie war schüchtern und in sich gekehrt, misstrauisch anderen gegenüber und hatte keine Freunde außer mir.

Die Wahrheit ist, Lucas Duchamp war besessen von seinen Töchtern, besonders von Simone. Er fuhr sie täglich selbst zur Schule. Wenn sie mit Freundinnen ausgehen wollte, mussten die sie zu Hause abholen und wurden erst einmal einem gründlichen Verhör unterzogen. Manchmal setzte er sich ins Auto und fuhr ihr nach, um festzustellen, ob Simone wirklich dort war, wo sie hatte hingehen wollen. Ab und zu kam es natürlich vor, dass ein Straßencafé, das sie besuchen wollten, überfüllt war, oder es regnete; und wenn sie dann anderswohin gingen, machte er ein Riesentheater und hielt ihr endlose Vorträge über Loyalität und Aufrichtigkeit, wie Laura mir erzählte.

Sie wissen ja, wie Kinder sind: Was Erwachsene tun, ist automatisch richtig. In der Welt der Kindheit haben Erwachsene niemals unrecht. Das heißt, die beiden glaubten einfach, ihr Stiefvater liebe sie und passe auf sie auf, manchmal vielleicht etwas übertrieben, aber nur mit den besten Absichten.«

Richtig schlimm wurde es, erzählte Claudette, als die Mädchen einen Studienplatz an der Sorbonne bekamen und nach Paris zogen.

Jeden Freitag wartete Lucas Duchamp vor dem Hörsaal auf sie und brachte sie nach Lyon zurück. Sie durften kein einziges Wochenende in Paris verbringen, unter gar keinen Umständen. Und sie gehorchten. Ihre Mutter mischte sich nicht ein.

Im letzten Studienjahr bekam Laura einen Teilzeitjob und zog mit Claudette zusammen. Simone hatte im Jahr zuvor ihr Examen gemacht und begann ihre berufliche Laufbahn.

»Als Abraham und Fleischer nach Paris kamen, änderte sich alles«, fuhr Claudette fort. »Beide verliebten sich in Simone und gerieten andauernd in Streit. Simone selbst machte sich nicht viel aus ihnen und reagierte bestenfalls amüsiert, auch wenn sie sich natürlich geschmeichelt fühlte. Einmal luden Simone und Laura die zwei nach Lyon ein. Die Stimmung war angespannt, zumal Fleischer alles daransetzte, diese Tage zu einer einzigen Katastrophe zu machen. Er beschwerte sich über sein Zimmer und über das Essen, verließ das Anwesen mitten in der Nacht und checkte in einem Hotel in der Stadt ein. Und jeden Tag war er betrunken. Simone regte sich fürchterlich auf, während Laura sein Verhalten seltsamerweise akzeptierte und alle möglichen Rechtfertigungen dafür parat hatte. Nach einem Streit mit Fleischer kehrte Abraham nach Paris zurück; Fleischer blieb noch ein paar Tage bei den Mädchen in Lyon.«

Sie verstummte und nahm einen Schluck von ihrem Drink. Ich dachte schon, sie schliefe gleich ein. Die Zigarette hing lose zwischen ihren Fingern.

»Sie kapieren das nicht, oder?«, fragte sie plötzlich und zog die Augenbrauen hoch.

»Ich bin mir nicht sicher, Claudette.«

»Simone interessierte sich nicht sonderlich für die beiden, James. Sie hatte ganz andere Dinge im Kopf und dachte nur an ihre Karriere. Es war Laura, die sich an Fleischer heranmachen wollte, weiß der Himmel warum. Sie und Simone waren sehr verschieden … Simone hatte Ballett- und Klavierunterricht genommen, war äußerst selbstbewusst und gab viel Geld für modische Kleidung und teuren Schmuck aus. Laura war genauso schön wie Simone, aber zugeknöpft und tapsig, nicht an Mode interessiert, schüchtern und kontaktscheu.

In diesem Frühling geschah etwas mit Laura. Wahrscheinlich hatte es mit ihrem Vater zu tun, denn plötzlich wollte sie ihm nicht mehr gehorchen. Jedes Mal wenn er sie besuchen kam oder übers Wochenende nach Hause holen wollte, ging sie ihm aus dem Weg. Nach Lyon fuhr sie nur noch selten, und wenn, dann nur, um ihre Mutter zu sehen. Ich fragte, was denn los sei, aber sie sagte bloß, manche Leute spielten den anderen ihr Leben lang etwas vor. Sie holte sich aus der Bibliothek einen Stapel Bücher über die Résistance und las sie alle durch. Ich hielt das für eine vorübergehende Laune und mischte mich nicht ein. Eines Sonntagabends kam sie mit einem älteren Einbeinigen nach Hause, den ich noch nie gesehen hatte, und flüsterte mit ihm den ganzen Abend in der Küche. Als Laura ihn verabschiedete, hatte sie Tränen in den Augen. Eine unschöne Situation, weil wir bis dahin nie Geheimnisse voreinander gehabt hatten. Ich kam aber nicht dazu, mit ihr darüber zu sprechen, denn wenig später kam sie eines Abends sehr aufgeregt nach Hause und bat mich, ihr in einer wichtigen Angelegenheit zu helfen. Ich hatte von Anfang an ein ganz schlechtes Gefühl dabei, aber sie war meine beste Freundin, ich wollte sie nicht im Stich lassen und versprach ihr zu helfen.«

»Wobei?«

»Ich war in jener Nacht in dem Hotel, James. Ich kann Ihnen alles erzählen …«

Und dann erzählte sie: Simone wurde von Abraham und Fleischer bedrängt. Abraham, der seinen Job bei der Stiftung verloren hatte, wollte nach Mexiko und bat Simone mitzukommen. Fleischer wollte eine Wohnung kaufen und fürs Erste in Paris bleiben, Simone sollte bei ihm einziehen. Das Spiel, das Simone bis dahin gespielt hatte, ihr Flirt in beide Richtungen, war auf einmal kein Spiel mehr. Laura und Claudette spionierten Josh und Simone nach, um herauszufinden, was sie vorhatte. Für Claudette war das ein Abenteuer: Sie wusste zwar nicht genau, was da eigentlich los war, spielte aber gern mit ihrer besten Freundin Detektiv.

Als Laura erfuhr, dass Simone im Le Méridien eingecheckt hatte, glaubte sie, ihre Schwester und Joshua heckten irgendetwas aus. Doch Laura war sicher, dass Abraham, der sich in letzter Zeit immer seltsamer benahm, das nicht hinnehmen würde und es zu einer Katastrophe kommen könnte. Zufällig war eine Suite neben der von Simone noch frei, und Claudette buchte sie unter ihrem Namen. Die Suiten hatten eine verschlossene Verbindungstür, und Laura bestach das Zimmermädchen und ließ sich den Schlüssel geben, für den Fall, dass sie einschreiten musste.

Gegen fünf Uhr nachmittags kamen sie dort an und begannen zu warten. Claudette wäre am liebsten gleich wieder gegangen, aber Laura bat sie zu bleiben. Sie tranken Wein aus der Minibar und rauchten ein paar Zigaretten. Nach drei Stunden hörten sie Stimmen im Nebenzimmer und lauschten an der Verbindungstür. Fleischer schimpfte, und Simone versuchte ihn zu beruhigen. Dann kam Abraham. Laura und Claudette hörten seine Stimme, verstanden aber kein Wort. Zehn Minuten später läutete jemand vom Zimmerservice an der Tür der Nachbarsuite. Was da in den nächsten zwei Stunden vor sich ging, blieb ihnen ein Rätsel, sie bekamen nur ab und zu einzelne Wortfetzen mit. Die Tür ging mehrmals auf und zu. Abraham und Joshua waren inzwischen betrunken, ihre Stimmen wurden immer lauter. Sie gerieten in Streit.

Claudette sah jetzt nicht mehr betrunken aus, nur noch erschöpft und krank; vielleicht bereute sie schon, mir, einem Fremden, Zutritt in die dunkelsten Winkel ihres Lebens gewährt zu haben.

»Dann saßen sie anscheinend dicht an der Tür, denn plötzlich hörten wir Simones Stimme ganz deutlich«, fuhr sie fort. »Sie lachte laut auf und machte eine sarkastische Bemerkung über ihr künftiges Leben in Mexiko. Fleischer beschimpfte Abraham als Loser, der nicht mal für sich selber sorgen könne, geschweige denn für Simone.

Ich weiß nicht … Ich sah mich um, und plötzlich fand ich die ganze Situation nur noch grotesk. Da standen wir, zwei lächerliche Gestalten, und lauschten an einer Hotelzimmertür. Laura war wütend und verlangte von mir, die Verbindungstür aufzuschließen, sie wolle auf der Stelle mit ihrer Schwester reden. Aber mir reichte es jetzt. Ich ging nach Hause und versuchte zu schlafen. Am nächsten Tag sah ich Laura nicht, sie kam auch nicht in die Uni. Ich rief ihre Mutter an und erfuhr: Laura war in Lyon, sie hatte einen Nervenzusammenbruch erlitten. Mrs. Duchamp wollte sie nicht ans Telefon kommen lassen. Als ich ein paar Tage später wieder anrief, sagte sie, Simone sei verschwunden, und Laura habe sich im Ausland in ärztliche Behandlung begeben.«

»Sie wissen also nicht, was in dem Zimmer passiert ist, nachdem Sie gegangen sind?«

»Nein, aber die beiden Männer müssen es gewusst haben. Ich habe diese Nacht nie vergessen und in späteren Jahren versucht, irgendetwas über Abraham und Fleischer in Erfahrung zu bringen. Über Abraham erfuhr ich nichts, über Fleischer dafür umso mehr. Deswegen habe ich ihm in meinem Brief erzählt, ich sei an jenem Abend da gewesen und wisse, was er getan habe. Ich habe mich immer über mich selbst geärgert, weil ich Laura in diesem Hotel im Stich gelassen hatte. Und sie hat es mir wahrscheinlich nie verziehen, denn sie weigerte sich, mit mir zu reden, nachdem sie nach Frankreich zurückgekehrt war. Wenn ich bei ihr geblieben wäre, wer weiß, vielleicht hätte ich die Tragödie verhindern können.«

»Haben Sie sich, nachdem Sie von Simones Verschwinden gehört haben, bei der Polizei gemeldet und denen erzählt, was Sie wussten?«

»Nein, und mich hat auch niemand gefragt.«

»Wurde Laura von der Polizei vernommen? Sie wird in den Akten überhaupt nicht erwähnt.«

»Wahrscheinlich hatte sie das Land schon verlassen, als Simone offiziell als vermisst gemeldet wurde. Ich weiß nicht …«

»Wie viel Geld haben Sie von Mr. Fleischer verlangt?«

»Hunderttausend Dollar. Das ist für ihn ein Klacks. Womöglich verachten Sie mich dafür und halten mich für skrupellos, für jemanden, der eine Tragödie ausnutzt, um daraus Kapital zu schlagen. Aber seien Sie nicht voreilig, beurteilen Sie mich nicht zu streng. Das haben schon allzu viele getan. Ich bin kein schlechter Mensch, bitte glauben Sie mir, und ich war mit Ihnen heute völlig aufrichtig.«

»Ich verspreche, wenn ich wieder in den Staaten bin, werde ich versuchen, Ihnen etwas Geld zu schicken«, sagte ich und bat den Kellner mit einer Geste um die Rechnung.

Sie sah mich verblüfft an. »Ist das alles? Sie gehen? Wollen wir nicht ernsthaft über Geld reden?«

Sie hatte die Stimme gehoben, an den Nachbartischen drehte man sich zu uns um.

»Sie haben mich hinters Licht geführt!«

Der Kellner brachte die Rechnung. Ich zahlte mit meiner Karte und legte ein paar Münzen neben die Quittung. Er dankte mir und ging, während Claudette mich mit Blicken durchbohrte.

»Ich weiß nicht, ob Sie mir die Wahrheit gesagt haben.« Ich stand auf und legte eine Visitenkarte auf den Tisch. »Meine E-Mail-Adresse und Telefonnummern.«

Sie nahm die Karte, blinzelte sie mit verschwommenem Blick an und stopfte sie in ihre Handtasche. »Ich werde Sie nie wiedersehen, stimmt's?«

»Das weiß man nie.«

»Können Sie mir dann jetzt etwas Bargeld geben? Ich möchte noch hier sitzen bleiben. Ich komme so selten raus.«

Ich legte alle Euro-Scheine auf den Tisch, die ich im Hotel eingewechselt hatte.

»Tut mir leid, dass es so weit mit mir gekommen ist«, sagte sie mit abgewandtem Blick. »Keine Ahnung, wann ich falsch abgebogen bin. Ich hatte ein gutes Leben, und dann ging alles den Bach runter. Sie denken doch nicht schlecht von mir, nur weil ich versuche, an ein wenig Geld zu kommen?«

»Nein, Claudette, das tue ich nicht. Machen Sie's gut.«

»Ich habe nicht gelogen. Jedes einzelne Wort, das ich gesagt habe, ist wahr, bitte glauben Sie mir. Vielleicht fällt mir noch mehr ein …«

»Ich glaube Ihnen.«

Als ich ging, spürte ich ihren Blick im Nacken. In der Nähe war ein Taxistand, und ich musste einige Minuten warten, ehe ich eins heranwinken konnte. Bevor ich einstieg, sah ich ein letztes Mal zurück, aber sie war nicht mehr da.

Ich fuhr ins Hotel, blieb den ganzen Abend in meinem Zimmer und ging nicht einmal zum Essen hinunter. Ich lauschte den unvertrauten Geräuschen, schloss die Augen und dachte daran, was sich vor vierzig Jahren in diesem Hotel abgespielt hatte – ich sah geradezu die Konturen der drei Beteiligten vor mir, so jung wie sie damals waren, fast noch Teenager.

Mir war schon klar, dass Josh mir *seine* Seite der Geschichte erzählt hatte, und die war weder wahr noch vollständig falsch; genau wie Abrahams Notizen eher Hirngespinste als

Tagebucheintragungen waren. Doch jenseits dieser Dinge, jenseits der Verzerrung von Tatsachen, die sich im Lauf der Zeit zwangsläufig ergibt, jenseits der Lügen und Verwirrungen und Irrtümer und subjektiven Wahrnehmungen und Täuschungen blieb mindestens eine Tatsache felsenfest bestehen: In jener Nacht war Simone spurlos verschwunden.

Josh hatte sich in seiner Jugend offenbar einiges zuschulden kommen lassen und dann später, um sich dafür zu bestrafen, sein gesamtes Erbe verschenkt. Abraham war vermutlich schon in Paris krank gewesen und hatte gegen die Krankheit angekämpft, die seinen Geist später vollständig zerrütten sollte und ihn zum Mörder machte. Hatte Mrs. Gregory, wie sie behauptete, Paris wirklich verlassen, nachdem sie erkennen musste, dass Abraham in eine andere Frau verliebt war? Oder hatte sie, überwältigt von Eifersucht und Verzweiflung, etwas Schlimmeres getan, als diesen einen verleumderischen Brief abzuschicken? Hatte Lucas Duchamp befürchtet, dass Simone, seine Lieblingstochter, mit einem dieser Amerikaner, die ihr den Hof machten, das Land verlassen würde, auch wenn Claudette mir erzählt hatte, für Simone sei das alles nur ein harmloser Flirt gewesen?

Und es gab noch eine entscheidende Frage: Warum hatte Lucas Duchamp nicht seine Verbindungen genutzt, um Fleischer und Hale aufzuspüren? Wenn er wirklich von Simone so besessen war, hätte er doch alles in Bewegung setzen müssen, um herauszufinden, was mit ihr geschehen war. Wusste er von Anfang an etwas anderes, etwas, das ihn davon abhielt, die nötigen Maßnahmen zu ergreifen? Hatte Laura in jener Nacht etwas gesehen, etwas so Schreckliches, dass sie ihr Studium abbrach und sich jahrelang in einer Nervenklinik verkroch?

Nach und nach wurde es stockdunkel im Zimmer und so still, dass ich meinen Atem hörte. Zeit und Raum hörten auf zu existieren. Während die Antworten mir weiterhin verborgen blieben, fiel mir eine Geschichte aus meiner Kindheit ein.

Als mein Vater einmal von der Arbeit nach Hause kam, lud er mich ins Auto ein und fuhr mit mir zu einem Tierheim am Stadtrand, direkt am Kansas Turnpike. Stolz erzählte er mir, gleich würde ich mit eigenen Augen sehen, nach welcher geheimen Methode Züchter aus einem Wurf neugeborener junger Hunde den besten heraussuchten. Das war in Kansas, Anfang der achtziger Jahre, und ich bin mir nicht sicher, ob das heute immer noch so gemacht wird. Wahrscheinlich nicht.

Dad parkte sein Auto unter einer Eiche, und wir gingen auf einen großen, grasbewachsenen, umzäunten Platz. Dad rauchte eine Zigarette und unterhielt sich kurz mit einem alten Mann – ich als Kind hielt ihn jedenfalls für alt. Ich wartete an einem Schuppen und sah mir die Umgebung an. Ein durchdringender Geruch lag in der Luft, und aus dem Innern des Schuppens drang Hundegebell und Jaulen. Ein ganzes Stück weiter vorn war ein kleiner See, dessen Oberfläche im Sonnenuntergang schimmerte. Ungefähr zwanzig Meter von dem Schuppen entfernt stand ein alter Trailer ohne Räder, der auf Holzblöcken aufgebockt war.

Der Mann betrat den Schuppen, und Dad sagte zu mir: »Komm rüber, J., er holt jetzt die Welpen raus.«

Ich setzte mich in Bewegung, blieb aber auf halbem Wege abrupt stehen und schaute zurück, was da vor sich ging: Ein Hund in dem Schuppen jaulte plötzlich auf eine Art und Weise, wie ich es noch nie zuvor gehört hatte. Es war die Hündin, der man ihre Welpen wegnahm.

Es waren vier, jeder nicht größer als eine geballte Faust und mit noch geschlossenen Augen, die kleinen Köpfchen zitterten. Dads Freund ging in die Mitte des Hofs und setzte sie ins Gras. Dann griff er nach einem Benzinkanister, und ich erstarrte.

Er schüttete die Flüssigkeit in einem großen Kreis, ungefähr fünf Meter im Durchmesser, um die Welpen herum aus, ging zurück in den Schuppen und kam mit der Hündin wieder, die er am Nacken in die Höhe hielt. Die Hündin war ein deutscher Schäferhund und versuchte sich aus seinem Griff zu befreien. »Jetzt, Don!«, rief der Mann, und mein Vater zündete ein Streichholz an und warf es ins Gras. Im nächsten Augenblick geschah zweierlei: Ein Feuerring schoss rings um die Welpen in die Höhe, und der Züchter ließ die Mutter los.

Ohne zu zögern lief sie in den brennenden Ring hinein. Sie schnüffelte zwei, drei Sekunden lang, packte dann einen der Welpen am Genick und sprang durch das Feuer zurück.

Der Züchter löschte das Feuer mit einem Feuerlöscher, hob die anderen Welpen hoch und legte sie neben ihre Mutter, die sie panisch an sich drückte. Dann zog er eine kleine Spraydose aus der Tasche und markierte den ersten Welpen mit einem kleinen roten Zeichen.

»Das ist unser Champion«, sagte Dad. »Möchtest du ihn

haben? Ich kauf ihn dir, wenn du willst. In ein paar Wochen können wir ihn nach Hause holen, wenn er entwöhnt und geimpft ist.«

Ich hatte bis dahin noch keinen Hund gehabt und war mir auch nicht sicher, ob ich einen haben wollte. Doch ich sagte ja mit dem Hintergedanken, den kleinen Welpen vor anderen, womöglich noch grausameren Experimenten als dem zu bewahren, das ich eben mit angesehen hatte.

Einen Monat später holten wir die kleine Hündin nach Hause. Mom nannte sie Erin, eine seltsame Art, dieser Umweltaktivistin aus Lawrence Respekt zu zollen. Erin war eine gute, intelligente Hündin und starb lange nachdem ich zum Studieren von zu Hause weggegangen war.

Und dann, im Dunkeln sitzend, versunken in dem Hotel, aus dem diese junge Frau vor so langer Zeit verschwunden war, versunken in die Einzelheiten dieser Geschichte, sah ich auf einmal alles vor mir und wusste, was in jener Nacht wirklich passiert war.

Houdini hat einmal gesagt, der beste Zauberer sei nicht der, der einen Elefanten aus einem Hut hervorziehen kann – das sei überhaupt nicht möglich –, sondern der, der die Aufmerksamkeit des Publikums abzulenken weiß, während der Elefant auf die Bühne kommt.

Ich hatte die ganze Zeit nach dem Elefanten gesucht, statt auf den Zauberer zu achten.

ZWANZIG

Am Morgen fuhr ich nach Lyon, gut zwei Stunden mit dem Zug durch eine eintönig graue Landschaft. Unterwegs regnete es, doch als der Zug im Bahnhof einlief, hatte es aufgehört. Eine bleiche Sonne und lockeres Gewölk ließen die Stadt düster und traurig wirken. Ich nahm ein Taxi und nannte die Adresse der Duchamps.

Beim Anblick der Villa stiegen ähnliche Gefühle in mir auf wie damals im Hogarth-Haus. Sie war hellgelb gestrichen und lag in einer Sackgasse am Rand eines Kiefernwaldes. Von dem zweigeschossigen mittleren Teil gingen links und rechts zwei flachere Seitenflügel ab. Eine Treppe führte zu einer breiten Veranda und der Eingangstür mit einem Messingbriefkasten in der Mitte.

Die Fassade war halb mit Efeu bedeckt, und die weiß gerahmten Fenster lugten durch das braune Rankengeflecht wie die Augen eines Riesen. Zur Rechten stand eine alte Scheune, zur Linken erstreckte sich ein Garten mit Rosensträuchern und Apfelbäumen. Das Anwesen hatte etwas Düsteres – der dunkle Himmel, der wie eine alte Decke über allem hing, verstärkte diesen Eindruck noch. Eine bleierne Stille lastete auf dem Ort.

Ich erklomm die Treppe und läutete, aber niemand kam.

Gerade als ich ein zweites Mal auf den Knopf drücken wollte, sah ich einen kleinen blauen Renault Clio auf das Haus zusteuern. Das Auto hielt vor der Scheune. Eine ältere Frau stieg aus, öffnete das Tor und fuhr den Wagen hinein. Sie kam wieder heraus und ging mit einer durchsichtigen Plastiktüte voller Lebensmittel in der linken Hand zum Haus.

Als sie mich erblickte, blieb sie unten an der Treppe stehen und sah zu mir herauf. Sie mochte etwa in Claudette Morels Alter sein, sah aber trotz ihres Alters viel besser aus.

»Guten Tag«, sagte ich, »entschuldigen Sie die Störung. Sind Sie Ms. Maillot? Mein Name ist James Cobb, ich komme aus Amerika und habe eine persönliche Nachricht für Sie von Mr. Joshua Fleischer.«

Sie schwieg, als habe sie mich nicht verstanden, und fragte dann: »Sollte ich diesen Herrn kennen?«

»Sie und Ihre Schwester Simone haben ihn und seinen Freund Abraham Hale in den siebziger Jahren kennengelernt. Soweit ich weiß, haben Simone und Abraham für die Stiftung L'Etoile in Paris gearbeitet.«

Ohne darauf zu antworten, kam sie die Treppe herauf. Ich ging ihr zwei Stufen entgegen und half ihr die schwere Tüte tragen. Vor der Haustür nahm sie mir die Tüte wieder ab und sagte: »Ich habe jetzt keine Zeit, mit Ihnen zu sprechen, Mr. Cobb. Tut mir leid. Mein Vater ist krank, und ich muss mich um ihn kümmern. Sie haben einen ungünstigen Zeitpunkt gewählt, das verstehen Sie doch sicher.«

Sie zog einen komplizierten Messingschlüssel aus der Tasche ihres Regenmantels und schloss die Tür auf.

»Joshua Fleischer ist an Leukämie gestorben, Ms. Maillot«,

sagte ich. »Und Abraham ist auch tot. Er ist in einer psychiatrischen Klinik gestorben, nachdem er eine Prostituierte getötet hatte, die er dafür bezahlte, dass sie für ihn die Rolle Ihrer Schwester spielte.«

Sie wurde aschfahl, bedeutete mir aber nach kurzem Zögern, ihr ins Haus zu folgen. Ich tat es und machte die Tür hinter mir zu. Wir standen in einem geräumigen Flur mit Marmorboden und Holzvertäfelung.

»*Papa, j'arrive*«, rief sie. »*Nous avons un visiteur! Tout va bien?*«

Sie zog den Mantel aus, hängte ihn an einen Haken und forderte mich auf, es ihr gleichzutun. Ich ließ meinen Parka und die Aktentasche im Flur und folgte ihr die Treppe hinauf.

Wir durchquerten eine große Küche und ein riesiges Wohnzimmer mit einem langen Tisch in der Mitte. Zur Rechten war ein marmorner Kamin, zur Linken ein Mahagonischrank. Alles war sauber und hell und machte den Eindruck eines Museums, vollgestopft mit alten Möbeln, Gemälden, Radierungen und antiken Waffen. Vor dem Kamin saß ein Mann im Rollstuhl, eingewickelt in eine Wolldecke wie eine Mumie.

Sie eilte zu ihm, betastete die Decke und seufzte.

»Bitte warten Sie hier«, sagte sie zu mir. »Tut mir leid, ich muss ihn umziehen.«

Sie löste die Bremse des Rollstuhls, schob ihn ins Nebenzimmer und schloss die Tür hinter sich. Ich setzte mich an den Tisch. Das Parkett war gebohnert, die Wände frisch gestrichen. Ein großer Kronleuchter hing von der Decke.

In einer Ecke lag ein kleines Kissen, daneben ein Napf mit Wasser – ein Katzennest ohne Katze. In einer anderen Ecke bemerkte ich einen seltsamen Altar: Regalbretter, auf denen Ikonen, Kruzifixe und zwei Statuetten in einer rätselhaften Anordnung aufgestellt waren; in der Mitte ein gerahmtes Foto von einer jungen Frau, daneben eine kleine Öllampe.

Es war sehr warm und stickig. Ich ging zur Heizung und fasste sie an. Sie war glühend heiß. Durch die geschlossene Tür drang die Stimme der Frau, monoton wie das Summen einer eingesperrten Biene.

Als sie nach etwa zehn Minuten zurückkam, hatte sie sich umgezogen und trug jetzt Cordhosen und einen leichten Wollpullover. Der alte Mann im Rollstuhl war groß und breitschultrig und sah aus, als sei er weit über hundert. Trotz der Hitze trug er einen dicken wadenlangen Kittel und darunter zusätzlich eine Hose. Weiße Haare bedeckten den Schädel in wirren Locken. In dem hellen Licht wirkte sein Gesicht wie aus Pergament, die tief eingesunkenen Augen starrten ins Leere.

»Sei jetzt bitte lieb, Papa«, bat sie und strich ihm durchs Haar. »Vielleicht sollten wir unserem Gast ein Glas Wein anbieten, was meinst du?«

Ich wehrte ab, doch sie enteilte bereits in die Küche und ließ mich mit Lucas Duchamp allein. Um festzustellen, ob er mich überhaupt wahrnahm, bewegte ich meine Hand vor seinem Gesicht, aber seine Augen folgten der Bewegung nicht. Er hatte dunkle Flecken auf den Wangen und das ganze Gesicht voller Falten.

Sie kam mit zwei Gläsern und einer Karaffe Rotwein auf einem Silbertablett zurück, stellte es auf den Tisch, schenkte ein und trank ihr Glas halb aus, ohne auf mich zu warten.

»Möchten Sie mit uns zu Mittag essen, Mr. Cobb?«, fragte sie. »Es gibt Andouillette, eine von Papas Lieblingsspeisen.«

Ich sagte, ich brauche nichts, worauf sie meinte: »Ich brauche eigentlich auch nichts, aber mein Vater ist bestimmt sehr hungrig. Wir können reden, während ich ihm zu essen gebe.« Ich nahm einen Schluck Wein und beobachtete Lucas Duchamp, der regungslos in seinem schwarzen Rollstuhl saß.

Sie deckte mit routinierten Bewegungen den Tisch, trug einen Teller mit Wurst und Pommes frites herbei und fing an, ihren Stiefvater zu füttern. Nach jedem Häppchen tupfte sie seine Lippen mit einem Küchenhandtuch ab. Ich blieb stumm und wartete, dass sie von sich aus die Unterhaltung wieder aufnahm.

»Er war der beste Vater der Welt«, sagte sie schließlich. »Als meine Schwester und ich Kinder waren, hat er niemals Hand an uns gelegt, niemals. Ich habe eine Pflegerin eingestellt, die zweimal die Woche kommt, kümmere mich aber gern selbst um ihn. Mir ist das weder lästig noch unangenehm.«

Sie trank einen Schluck Wein, schmatzte mit den Lippen und sah mich forschend an.

»Jetzt sagen Sie mir bitte, Mr. Cobb, woher Sie Abraham und Joshua kennen, und woher Sie so viel über deren Vergangenheit wissen?«

»Ich bin Psychiater, Ms. Maillot, und Josh war mein Patient. Er hat mir erzählt, was die beiden in den Siebzigern in Paris erlebt haben. Und nach seinem Tod bin ich an das Tagebuch von Mr. Abraham Hale gekommen.«

»Sie haben gesagt, Sie hätten eine persönliche Nachricht von Joshua für mich. Darf ich die jetzt hören?«

Ich berichtete ihr kurz und knapp, was ich von Josh und Abraham wusste; sie hörte aufmerksam zu. Zum Schluss erwähnte ich, dass ich kürzlich in Paris mit Claudette Morel gesprochen hatte.

»Ich weiß von einem gemeinsamen Bekannten, dass sie seit einigen Jahren nicht mehr ganz richtig im Kopf ist«, sagte sie mit Nachdruck. »An Ihrer Stelle würde ich alles, was sie sagt, mit Vorsicht genießen.«

»Sie hat mir erzählt, Sie seien damals beste Freundinnen gewesen und hätten zusammengewohnt.«

»Na ja, das würde ich nicht sagen. Freundinnen, sicher, zusammengewohnt, ja, aber ...«

»Sie sagte auch, Sie hätten sie gebeten, Sie in das Hotel zu begleiten, in dem Simone sich mit Joshua verabredet hatte. In der Nacht, in der Ihre Schwester verschwunden ist.«

Der alte Mann hatte genug gegessen. Sie räumte den Tisch ab, kam mit einem Aschenbecher und einer Packung Vogue aus der Küche und zündete sich eine Zigarette an.

»An manches kann ich mich nicht mehr erinnern«, sagte sie. »Das ist so lange her. Und es spielt auch keine Rolle mehr, finden Sie nicht? Was hatte Josh mir auszurichten? Ich habe leider nicht viel Zeit. Ich weiß, Sie haben eine weite Reise gemacht, um mich zu besuchen.«

»Bevor wir dazu kommen, noch eine Frage, wenn Sie gestatten, Ms. Maillot: Glauben Sie, dass Josh oder Abraham oder womöglich beide zusammen mit dem Verschwinden Ihrer Schwester zu tun hatten?«

»Wie bitte? Nein, das glaube ich nicht. Warum?«

Ich zog den goldenen Anhänger aus der Tasche, den Josh mir geschickt hatte, und legte ihn auf den Tisch.

»Josh hat mich gebeten, Ihnen dies zu geben.«

Sie betrachtete das Schmuckstück, fasste es aber nicht an.

»Also, ich habe keine Ahnung, warum er das getan hat, aber ich danke Ihnen, Mr. Cobb. Ich werde es in Ehren halten. Haben Sie mir sonst noch etwas zu sagen?«

»Was ist in jener Nacht passiert, Ms. Maillot? Sie waren doch dabei, im Nebenzimmer. Was ist mit Ihrer Schwester geschehen, nachdem Claudette das Hotel verlassen hatte?«

Sie drückte ihre Zigarette aus und sah mir in die Augen.

»Ich finde, das geht Sie nichts an, Mr. Cobb. Ich weiß nicht, was genau Claudette Ihnen erzählt hat, und es spielt auch keine Rolle mehr. Und jetzt …«

»Aber Sie wissen genau, was passiert ist, richtig?«

Sie stand auf und schob den Rollstuhl vor den Kamin. Lucas Duchamp hatte die Augen geschlossen, als sei er eingeschlafen. Dann setzte sie sich wieder, steckte eine neue Zigarette an und sagte: »Wollen Sie andeuten, ich hätte etwas mit dem Verschwinden meiner Schwester zu tun gehabt?«

»Nein, ich deute gar nichts an. Ich weiß es.«

»Ich soll also nur bestätigen, was Joshua sich ausgedacht hat. Das kann ich nicht und werde ich nicht. Ich denke, Sie sollten jetzt gehen. Ich weiß nicht, wer Sie sind, was Sie hier wollen und was Sie von mir erwarten. Wenn Sie nicht auf der Stelle gehen, werde ich die Polizei rufen müssen.«

Aber ich hatte ja noch ein Ass im Ärmel.

»Ms. Maillot, haben Sie schon mal von einem Mann namens Perrin gehört, Nicolas Perrin? Fällt Ihnen dazu etwas ein?«

Sie lief so rot an, dass ich dachte, sie hätte der Schlag getroffen. Ihre Hände zitterten, beinahe fiel ihr die Zigarette aus den Fingern. Ich vernahm ein ersticktes Gurgeln aus der Kehle des alten Mannes, als versuche er etwas zu sagen, aber seine Stimme schaffte es nicht über die Lippen hinaus. Er starrte mich mit weit offenen Augen an.

Sie riss sich mühsam zusammen, sah zu ihrem Stiefvater und fragte: »Möchten Sie nach draußen gehen? Im Garten haben wir ein schönes Plätzchen, da können wir reden.«

Wir standen auf und gingen nach unten. Sie nahm den Mantel vom Haken, warf ihn sich über die Schultern, stieg aus den Hausschuhen in Stiefel und führte mich einen gepflasterten Weg entlang am Haus vorbei zu einem Gartenpavillon. Wir traten ein. Der ganze Raum war vollgestopft mit alten Sachen – Kleidung, Gartenwerkzeug, kaputte Blumentöpfe, Gießkannen –, aber neben der Tür war noch Platz für einen Klapptisch und vier Stühle.

Staubgeruch hing in der feuchten Luft. Von irgendwoher erschien eine schwarzweiße Katze und strich ihr um die Beine. Ms. Maillot beugte sich hinunter und kraulte sie am Nacken, dann sah sie sich um und holte einen Aschenbecher von einem leeren Kanister.

Wir setzten uns. Sie zündete sich eine Zigarette an und sagte: »Jetzt erzählen Sie mir, wie Sie auf den Namen gestoßen sind, den Sie eben erwähnt haben.«

»Vorher muss ich Ihnen noch etwas über Josh erzählen. Er hat nie die Wahrheit über jene Nacht erfahren und sich sein Leben lang mit dem Verdacht geplagt, er könnte ein Mörder sein. Die Schuldgefühle haben ihn aufgefressen. Als Ihre Freundin Claudette ihm vor ein paar Monaten in einem Brief vorwarf, am Verschwinden ihrer Schwester beteiligt gewesen zu sein, versuchte er ein letztes Mal hinter die Wahrheit zu kommen. Zu diesem Zweck hat er mich engagiert, aber ich konnte ihm nicht helfen. Für ihn ging es im Lauf der Jahre immer weniger darum, was wirklich in jener Nacht geschehen ist, als vielmehr darum, was geschehen sein könnte und wozu er unter bestimmten Umständen imstande gewesen wäre.«

Sie hob die Schultern.

»Und soll ich deswegen Schuldgefühle haben, Mr. Cobb? Wie hätte ich denn das alles wissen können? Ich weiß nicht, was Joshua Ihnen über uns erzählt hat, aber die Wahrheit ist, dass wir uns kaum gekannt haben. Er war bloß ein netter, gutaussehender junger Mann, der meiner Schwester den Hof machte. Dann geschah das Schreckliche, er verließ das Land, und das war's. Ich habe nie mehr von ihm gehört.«

In dem trüben Licht, das durch die staubigen Glasscheiben fiel, wirkte ihr bleiches, von Rauchwölkchen umschwebtes Gesicht geradezu gespenstisch.

»Ms. Maillot, ich zerbreche mir seit langem den Kopf, warum Josh Ihrer Schwester etwas angetan haben könnte. Ich habe mögliche Motive untersucht und mir seine Vergangenheit und seinen Charakter angeschaut. Aber erst gestern ist mir aufgegangen, dass die ganze Geschichte sich gar nicht um ihn dreht, sondern um Sie, Ihre Schwester und Ihren Vater. Um die Duchamps. In der wahren Geschichte waren Josh und Abraham nur Nebenfiguren, die nichts mit dem zu tun hatten, was sich hinter der Bühne abspielte. Für Sie zumindest gab es immer nur eine Hauptfigur: Ihren Stiefvater. Und damit kommen wir zu dem Namen, den ich vorhin erwähnt habe: Nicolas Perrin.«

Sie hörte mir aufmerksam zu. Ich stellte mir vor, wie sie Jahr um Jahr, Jahrzehnt um Jahrzehnt hier inmitten ihrer Geheimnisse hockte und nie etwas anderes hörte als das Stöhnen des Winds.

»Nach dem Krieg«, fuhr ich fort, »wurde Ihr Stiefvater, Lucas Duchamp, als Held gefeiert. Er war einer der wenigen aus der hiesigen Résistance, die sich aus den Klauen der Gestapo befreien konnten. Wochenlang gefoltert, hatte er seine Kameraden nicht verraten. So jedenfalls die offizielle Darstellung.

Ende der Vierziger begannen die französischen Behörden Klaus Barbie zu jagen, den ehemaligen Gestapochef hier in Lyon. Erst 1971 wurde er in Bolivien aufgespürt, wohin er unter dem Namen Klaus Altmann abgetaucht war. Es gab einen Skandal, weil die amerikanischen Geheimdienste ihm geholfen haben sollen, der Auslieferung zu entgehen, wofür er ihnen erzählte, was er über sowjetische Schläfer in Frankreich wusste. Unmittelbar darauf floh er und entzog sich abermals dem Zugriff.

Unter diesen Umständen rückte alles, was mit Klaus Barbie zusammenhing, plötzlich wieder ins Rampenlicht. Angesehene Tageszeitungen brachten Artikel über das Thema, und auch in Fernsehen und Radio tauchte wiederholt der Name Ihres Stiefvaters auf. Wäre Barbie nach Frankreich ausgeliefert worden, hätte Ihr Vater, der ja mehrmals von Barbie persönlich verhört worden war, als ein Hauptzeuge aussagen können.

Kurz gesagt, erst 1983 wurde Barbie ausgeliefert und zu einer lebenslangen Gefängnisstrafe verurteilt. Er starb 1991 in seiner Zelle. Allerdings hat Ihr Vater vor Gericht nicht gegen ihn ausgesagt. Warum?«

Sie drückte ihre halbgerauchte Zigarette aus, stand auf und warf die Schultern zurück.

»Was wollen Sie von mir?«, fragte sie aggressiv. »Und was geht Sie das an?«

»Ich bin hier, weil ich einfach wissen will, was wirklich mit Ihrer Schwester passiert ist, und weil diese Geschichte ein Ende braucht. Ich glaube nicht, dass Josh oder Abraham – trotz ihrer unruhigen Vergangenheit – irgendetwas mit den Geschehnissen jener Nacht zu tun hatten. Es interessiert mich nicht, ob Ihr Stiefvater ein Held war, der auch unter Folter seine Kameraden nicht verraten hat, oder ob er selbst ein Verräter war, wie Perrin behauptete, nachdem der Name Duchamp überall in den Nachrichten aufgetaucht war.«

»Perrin war ein Irrer, ein Lügner, ein Feigling!«, rief sie und schlug so heftig mit den Händen auf den Tisch, dass kleine Staubwolken aufstiegen. »Bevor er hierherkam und meinen Vater zu erpressen versuchte, hatte er wegen Fahrerflucht im Gefängnis gesessen – wussten Sie das? Er war alt, paranoid und in Panik. Nachdem mein Vater ihn weggeschickt hatte, versuchte er seine Geschichte an die Presse zu verkaufen, aber niemand hat ihm geglaubt.«

»Mag sein, aber die Behörden hielten seine Geschichte für glaubwürdig genug, diskrete Nachforschungen anzustellen, und deren Ergebnisse waren zweideutig. Auch Perrin war in der Résistance und kurz nach Ihrem Stiefvater von der Gestapo festgenommen worden. Beim Verhör hatte man ihm erzählt, Lucas Duchamp sei es gewesen, der ihn verraten habe. Zufall oder nicht: Nach der Verhaftung Ihres Stiefvaters wurden neun Mitglieder der örtlichen Widerstandsgruppe festgesetzt. Und alle, bis auf Perrin, wurden hingerichtet.«

»Unsinn …«

»Am Ende wurden die Ermittlungen eingestellt, weil man Klaus Barbies Verteidigern und rechtsgerichteten Revisionisten nicht in die Hände spielen wollte. Perrin starb im März 1978 an einem Herzinfarkt, und damit war die ganze Angelegenheit begraben.«

Sie starrte mich wütend an, ihr Unterkiefer bewegte sich, als kaute sie Kaugummi.

»Was sind Sie nur für ein Mensch?«, fauchte sie. »Haben Sie eine Ahnung, was die mit ihm gemacht haben? Er hat es mir erzählt: Sie haben ihm die Haut zerschnitten und die Fingernägel rausgerissen! Mir war es immer scheißegal, was dieser Verrückte behauptet hat, ob es stimmte oder nicht. Damals interessierte sich niemand mehr dafür, was während des Krieges wirklich passiert war. Es gab endlose Diskussionen darüber, wer wem was angetan hatte, wer ein Held war und wer ein Kollaborateur und warum. Man saß gemütlich mit einer Pfeife im Sessel und zog über die ältere Generation her, gute und schlechte Menschen, alles gleich. Unsinn.«

»Sie haben mich falsch verstanden, ich verurteile ihn nicht.«

Sie schien mich nicht zu hören.

»Na schön, vielleicht konnte er die Folter nicht aushalten und tat, was jeder andere auch getan hätte. Aber für wen halten Sie sich, seine Integrität in Zweifel zu ziehen? Wissen Sie, wie das ist, wenn man gefoltert wird? Haben Sie nur mal annähernd erlebt, was er durchgemacht? Doch wohl kaum, Mr. Cobb! Aber ich weiß, dass er uns gerettet hat und wie ein Engel zu uns war.«

»Haben Sie es deswegen getan, Simone? Um ihn zu schützen?«

Sie starrte mich heftig blinzelnd an, ihre Lippen bebten. Dann sank sie auf einen Stuhl und fragte: »Warum nennen Sie mich so?«

»Weil Sie Simone sind, nicht Laura, oder etwa nicht? Eins der größten Rätsel für mich war: Warum hat Lucas Duchamp keine weiteren Anstrengungen unternommen, um die Wahrheit über Simones Verschwinden herauszufinden? Sie hätte doch noch irgendwo am Leben sein können, entführt, auf Hilfe wartend. Aber schon nach wenigen Tagen, als noch niemand sicher wissen konnte, was ihr zugestoßen war, hat Laura das Land verlassen und ist in diese Klinik gegangen. Ihr Stiefvater hatte Geld und Einfluss, er kannte die richtigen Leute, und er war Rechtsanwalt. Er wusste, wie man die Polizei unter Druck setzt. Er hätte die beiden Männer selbst noch in Alaska aufspüren können, wenn er es wirklich gewollt hätte. Aber nein, er hat so gut wie nichts unternommen. Ich habe die Akten sorgfältig gelesen, Simone. Die Polizei hat praktisch nichts getan. Und so gelangte ich zu der einzig logischen Antwort: Lucas Duchamp hat nichts unternommen, weil er jemanden schützen wollte. Und wessen Ansehen und Freiheit standen auf dem Spiel? Lauras? Ausgeschlossen. Sie hatte sich gegen ihn aufgelehnt, sie war nie seine Lieblingstochter gewesen. Hätte Laura Simone etwas angetan, hätte Lucas Duchamp ihr niemals geholfen, ungeschoren davonzukommen. Übrigens haben Sie den Anhänger nicht erkannt. Den hat Josh Ihrer Schwester geschenkt.«

»Ich habe ihn erkannt«, sagte sie tonlos. »Sie hat ihn in jener Nacht getragen.«

»Sind Sie sicher?«

»Ja.«

»Aber warum hat Josh ihn nicht erkannt? … Daran hätte er sehen müssen, dass es Lauras Leiche war, nicht Ihre … Er hat mir erzählt, er habe den Anhänger später in einer Tasche gefunden, zusammen mit Abrahams Pass.«

Plötzlich hatte ich die Lösung. Abraham war zuerst aufgewacht. Er hatte die Leiche entdeckt und den Tatort manipuliert, um Simone zu schützen. Er musste sich zusammengereimt haben, was wirklich geschehen war: Offenbar hatte Simone vergessen, ihrer Schwester die Kette mit dem Anhänger abzunehmen, also nahm er ihn an sich.

Hatte er am nächsten Tag versucht, alles Josh in die Schuhe zu schieben, als er den Anhänger in dessen Wohnung in der Rue de Rome liegen ließ? Wollte er, als er den Koffer auf die Straße warf, die Polizei aufmerksam machen? Im Gegensatz zu Josh musste er von Anfang an gewusst haben, dass Simone in dieser Nacht nicht gestorben war. Dies erklärte vermutlich, warum er später, schon ganz in seinem Wahn gefangen, die Maskerade mit dieser Schauspielerin veranstaltete und sich eine Fantasiewelt zurechtbastelte, in der er und Simone endlich ein Paar waren. Dann aber verwandelte sein verwirrter Geist das imaginäre Paradies in einen Albtraum, in dem Josh erneut versuchte, sie ihm wegzunehmen.

»Ich war mir sicher, dass Sie es getan haben, Simone«, sagte ich, »konnte mir aber nicht vorstellen, *warum*. Erst dachte ich, es müsse etwas mit Josh zu tun haben, weil Sie ja das Treffen mit ihm an jenem Abend arrangiert hatten.«

»Es hatte weder mit ihm noch mit Abraham zu tun.«

Ich spürte, sie war bereit, die Wahrheit zu sagen, und setzte ihr daher nicht weiter zu. Sie zündete sich eine Zigarette an, wich meinem Blick aus und rauchte eine Weile schweigend vor sich hin.

»Dieser Perrin tauchte eines Samstagnachmittags hier auf, als Laura und ich beide zu Hause waren«, begann sie schließlich. »Wir waren rein zufällig übers Wochenende hier. Laura und ich wollten in der Bibliothek etwas nachschlagen, als aus dem Büro meines Vaters Stimmen drangen. Wir schlichen hin und lauschten. Dieser Mann beschuldigte meinen Vater, ein Verräter und Lügner zu sein. Mein Vater hatte gar nicht mitbekommen, dass wir an diesem Nachmittag im

Haus waren. Als er mich später fragte, warum ich das getan habe, sagte ich, aus Eifersucht, weil Laura und ich uns beide in einen dieser Amerikaner verliebt hätten. Ich wäre lieber gestorben, als ihm zu sagen, Laura habe vorgehabt, ihn zu verraten.

Ich wollte ihr nicht wehtun. Sie war meine kleine Schwester, ich habe sie geliebt. Als sie in jener Nacht weinend zu mir ins Zimmer stürzte und mich anschrie und mit Beleidigungen überschüttete, hatte ich Angst, die beiden Männer könnten aufwachen und hören, was sie über meinen Vater sagte. Ich bat sie, mich in Ruhe zu lassen, aber sie stürzte sich auf mich. Ich konnte sie nicht bändigen, sie war viel stärker, als ich gedacht hatte. Und da muss ich die Nerven verloren haben. Ich griff nach irgendetwas auf dem Nachttisch und schlug ihr damit an den Kopf. Als ich endlich wieder bei Sinnen war, hielt ich diese blutbeschmierte Lampe in der Hand. Laura lag reglos auf dem Teppich. Ich schleppte sie ins Bad, zog sie aus und legte sie in die Wanne. Minutenlang versuchte ich sie wiederzubeleben, musste aber einsehen, dass sie tot war. Sie hatte keinen Puls und atmete nicht mehr. Als ich ins Zimmer zurückkam, machte Abraham kurz die Augen auf, schien mich aber nicht wahrzunehmen. Die Tür stand noch offen, ich ging ins Nachbarzimmer, nahm Lauras Sachen und ging. Dass Claudette an dem Abend bei ihr gewesen war, wusste ich nicht.«

Sie weinte. Keine Grimassen, kein Schluchzen, nur Tränen, die ihr übers Gesicht liefen, schwer und glitzernd wie zwei schmale Bäche aus geschmolzenem Blei. Ich hatte aus

Gründen, die mir selbst nicht ganz klar waren, unbedingt die Wahrheit wissen wollen. Doch als ich nun endlich dahintergekommen war, kam ich mir vor, als sei ich ans Ende der Welt gereist, um etwas Bedeutsames zu erfahren, hätte dort aber nur das böse Blut einer Fremden gefunden. Was hat es für einen Sinn, sich den Albtraum einer Fremden zu eigen zu machen, wenn man seine eigenen hat? Vielleicht hatte Josh recht gehabt, und Tatsachen können manchmal wirklich wahr und falsch zugleich sein; denn in der Realität gibt es so etwas wie die Wahrheit und nichts als die Wahrheit nicht.

Die Katze erschrak und stob davon. Draußen im Garten bildeten die Schatten der Apfelbäume verschlungene Muster zwischen den schwarzen Pfützen.

»Aber warum ist Laura in das Hotel gekommen?«, fragte ich. »Wie hängt das mit der Geschichte über Ihren Stiefvater zusammen?«

Sie drückte achselzuckend ihre Zigarette aus.

»Was dieser Perrin da angedeutet hatte, interessierte mich nicht, aber Laura reagierte anders darauf. Sie stellte eigene Nachforschungen an und kam zu dem Schluss, dass Perrin die Wahrheit sagte: Unser Vater war ein Verräter gewesen. Wir stritten uns tagelang. Ich versuchte sie zu überzeugen, dass sie sich täuschte: Wenn unser Vater ein Verräter wäre, hätten die Nazis nicht seine Eltern deportiert und in einem Konzentrationslager umgebracht. Aber sie hörte mir gar nicht zu und beharrte auf ihren völlig unsinnigen Argumenten, die angeblich gegen unseren Vater sprachen. Ich habe nie erfahren, ob sie das wirklich glaubte oder nur versuchte, unseren Vater zu bestrafen, weil nicht sie, sondern immer ich sein Lieblingskind gewesen war.

Das war im Mai. Kurz darauf lernten wir Abraham und Joshua kennen, und da kam sie mit einem bizarren Plan. Ich weiß nicht, ob sie Joshua wirklich mochte oder nur das Land verlassen wollte. Von Amerika träumte sie seit ihrer Kindheit. Mein Vater ist ein guter Mensch, Mr. Cobb. Er hat uns nie etwas zuleide getan, trotz der Gerüchte, die von bösen Leuten in die Welt gesetzt worden sind. Er war einfach nur überängstlich und machte sich Sorgen, dass uns etwas zustoßen könnte; immerhin hatte er im Krieg seine Familie verloren und fürchtete, das könnte ihm noch einmal passieren. Ich konnte ihn verstehen und akzeptierte das, aber Laura nicht. In diesem Sommer, wie gesagt, kam sie mit der verrückten Idee, dass Joshua ihr helfen und sie nach New York mitnehmen sollte, koste es, was es wolle. Sie konnte das Verhalten unseres Vaters nicht mehr ertragen, und solange sie in Frankreich war, würde er sie niemals in Ruhe lassen. Also wollte sie ins Ausland, irgendwohin, wo er sie nicht finden konnte. Joshua war reich, also konnte er ihr helfen.

Um es kurz zu machen, sie hat mich erpresst: Wenn ich Joshua nicht überredete, ihr zu helfen, ginge sie mit der ganzen Geschichte zur Presse. Was für eine blöde Idee. Ich sagte ihr, Joshua habe vor, eine Weile in Paris zu bleiben, aber das war ihr egal: Ich sollte ihn überreden, sie in die Staaten mitzunehmen, sonst würde sie alles der Presse erzählen. Also spielte ich ihr etwas vor und arrangierte dieses Treffen mit Joshua im Hotel. Nur um Zeit zu gewinnen, tat ich so, als wolle ich ihn überreden, ihr zu helfen. Doch Abraham war mir gefolgt und tauchte ungebeten dort auf. Er und Joshua tranken zu viel und gerieten wie üblich in Streit. Ich hatte keine Ahnung, dass Laura im Nebenzimmer war, um sich zu vergewissern, dass ich mein Versprechen hielt. Und als sie schließlich erkannte, dass ich nicht die Absicht hatte, mit Joshua über ihren sogenannten Plan zu reden, platzte sie zu uns herein. Den Rest kennen Sie.«

»Und wer hat am nächsten Tag die Leiche verschwinden lassen? Ihr Stiefvater oder Abraham?«

»Ich weiß es nicht und will es nicht wissen. Ich rief meinen Vater von einem Münztelefon auf der Straße an und sagte, ich sei in Schwierigkeiten. Er kam mit dem Auto und besorgte mir auf seinen Namen ein Zimmer in einem anderen Hotel, wo ich auf ihn warten sollte. Am Abend des nächsten Tages brachte er mir Lauras Ausweispapiere, etwas Geld und ein Flugticket in die Schweiz. Während ich am Tag darauf am Flughafen auf meinen Flug wartete, sah ich Joshua in einem Café sitzen. Ich wollte schon zu ihm gehen und mit ihm reden, aber da stand er auf und verschwand in der Menge.«

»Sind Sie sicher, dass er es war?«

»Natürlich bin ich mir sicher. Es war das letzte Mal, dass ich ihn gesehen habe.«

»Was ist mit Lauras Leiche geschehen?«

»Ich weiß es nicht. Wir haben nie darüber gesprochen. Mein Vater hat sich darum gekümmert, mehr weiß ich nicht.«

»Er hat sich darum gekümmert … Hat er das nicht sein ganzes Leben lang getan? Sich kümmern und den Müll beseitigen?«

Wir standen auf und gingen in den Garten hinaus. Sie zog den Mantel fester um sich und fragte: »Warum sind Sie *wirklich* hier, Mr. Cobb?«

»Weil ich die Wahrheit wissen wollte. Die Wahrheit, die Josh nie erfahren hat. Die ihn vielleicht befreit hätte.«

»Wahrheit ist ein großes Wort. Wissen Sie, wie es ist, wenn man aus einem Albtraum erwacht und Dinge und Bilder aus dem bösen Traum leibhaftig vor sich sieht? Nach einer Weile kann man kaum noch zwischen Traum und Leben unterscheiden.«

»Ich weiß, was Sie meinen.«

»Nein, das bilden Sie sich nur ein. Ich bin mir nicht mal sicher, ob ich mich wirklich an tatsächliche Geschehnisse erinnere oder ob meine Erinnerungen nur Fetzen von schlechten Träumen sind.«

Ein Windstoß zerzauste ihr Haar. Ich dachte an Lucas Duchamp in seinem Rollstuhl: er und seine Tochter zusammen eingeschlossen in diesem Haus wie zwei prähistorische Insekten in Bernstein.

Wir standen vor dem Haupteingang. Sie holte tief Luft, wies mit dem Kinn auf das Haus und sagte: »Das hier war keine Zuflucht. Ich musste mich einschließen und den Schlüssel fortwerfen. Ich lebe hier wie ein Gespenst, fast mein ganzes Leben lang. Nachdem ich aus der Schweiz zurückgekommen war, habe ich mein Zimmer über drei Jahre lang nicht verlassen. Können Sie sich vorstellen, wie das ist? Meine Mutter ist an den Ereignissen zerbrochen und hat mir nie verziehen … Ich habe meine Strafe bekommen, das können Sie mir glauben. Ich bin nur froh, dass ich mich um meinen Vater kümmern konnte. Es wäre einfach nicht fair gewesen, wenn ein Mann wie er sein Leben unter Fremden in einem Altersheim hätte beschließen müssen.«

»Und Sie haben sich nie für die Wahrheit über ihn interessiert?«

»Die Wahrheit über ihn habe ich immer gekannt, Mr. Cobb. Und was passiert jetzt?«

»Nichts. Ich denke, alle sind genug gestraft.«

»Gehen Sie zur Polizei?«

»Mit der Polizei habe ich nichts zu tun.«

»Das war es also? Alles endet hier?«

»Nein, wohl kaum. Geschichten wie diese haben kein Ende. Aber ich habe mein Versprechen erfüllt.«

Ich weiß nicht mehr, wie lange wir noch sprachen. Schließlich ging ich ins Haus, holte meinen Parka und die Aktentasche, verabschiedete mich und machte mich zu Fuß auf den Weg. Sie blieb vor der Haustür stehen, regungslos. Im schwachen Licht der Mittagssonne sah sie aus wie ein zerbrochenes Spielzeug.

Ich befand mich mitten im Nirgendwo und gelangte nach zwanzig Minuten auf der Kopfsteinpflasterstraße zu einer Tankstelle, von wo ich ein Taxi rufen konnte. Der Himmel trübte sich ein, und es begann zu regnen. Die Geschichte hing mir am Hals wie ein Mühlstein.

Ich dachte an die Hündin, die einen ihrer Welpen aus dem Feuerring holte. Und ich dachte an den alten Lucas Duchamp im Rollstuhl, der, damals noch jung und kräftig, seiner geliebten Stieftochter zugehört und dann getan hatte, was zu tun war, um sie zu retten.

Wir alle müssen Entscheidungen treffen und ein Leben lang mit den Folgen zurechtkommen. Josh entschied sich zur Flucht, um zu überleben, weil er damals einfach zu jung war und nicht wissen konnte, dass Überleben und Leben nicht ein und dasselbe sind und dass keine Mauern so dick und keine Schlösser so stark sind, einen vor dem eigenen Gewissen zu schützen.

Ich dachte an den Augenblick, als eine unbekannte Stimme mir am Telefon mitteilte, was mit Julie passiert war. »Dr. Cobb? Guten Morgen, Sir, entschuldigen Sie die Störung, es geht um eine Ihrer früheren Patientinnen …« Und wie ich sofort wusste, dass es um sie ging und ich gleich etwas zu hören bekäme, das mir für alle Zeiten das Herz brechen würde.

Man sagt, die Zeit heilt alle Wunden. Das stimmt nicht. Wenn einem etwas wirklich Schlimmes zustößt, teilt sich die Zeit wie ein Fluss in zwei Arme. In dem einen scheint man weiter zu leben. Doch in dem anderen gibt es nur diesen einen Augenblick, der immer und immer wieder über einem zusammenstürzt.

EINUNDZWANZIG

New York, New York, vor fünf Monaten

Ein paar Tage später, noch immer ziemlich mitgenommen, fiel mir plötzlich ein, was mir beim Anhören von Julies Audiodateien entgangen war:

»… er hat mir ein Buch geschenkt: *Die Wellen* von Virginia Woolf, seiner Lieblingsautorin, die er ständig zitierte. Ich glaube, er kannte alle ihre Bücher auswendig …«

Und ich las noch einmal den letzten Absatz ihres Abschiedsbriefs:

»Erinnerst du dich an das Zitat aus dem Buch, das du so liebst? ›Ich bin nicht einer und einfach, sondern vielfach und viele.‹«

Ich sah online nach. Das Zitat stammte aus *Die Wellen*. Ich war nie ein großer Fan von Woolf und hatte mit Julie nie über irgendwelche Bücher gesprochen außer über die *Göttliche Komödie*.

Sie hatte mir während unserer Gespräche nicht allzu viele Einzelheiten über diesen ehemaligen Freund von ihr mitgeteilt. Nur seinen Vornamen, David, hatte sie zwei- oder dreimal erwähnt und dazu bemerkt, sie hätten bis vor kurzem eine flüchtige Beziehung gehabt. Nichts von Bedeutung, nicht der Rede wert. Bloß eine kleine Affäre, sagte sie.

Zwei Tage später rief Susan Dressman an, nach dem St. Patrick's Day. Ich hatte das Wochenende allein zu Hause verbracht, über das nachgedacht, was passiert war, und für die Ärztekammer einen ausführlichen Bericht über die Ereignisse verfasst.

Nach Austausch von ein paar Höflichkeiten kam sie zur Sache.

»Mir ging unser letztes Treffen einfach nicht aus dem Kopf … Ich war total wütend auf Sie, aber hinterher dämmerte mir, dass ich mich vielleicht geirrt hatte. Ich habe Ihnen an dem Tag im Coffeeshop in die Augen gesehen und beobachtet, wie Sie über Julie gesprochen haben, und glaube nun, dass Sie sich doch etwas aus ihr gemacht haben.«

»Ich habe mir nichts aus ihr *gemacht*. Ich habe sie *geliebt*. Aber Sie haben recht, ich habe mich getäuscht und weiß jetzt, was ich zu tun habe.«

»Ja, mag sein, aber …«

Eine kurze Pause entstand, in der wir beide warteten, dass der andere etwas sagte. Schließlich fuhr sie fort.

»Ich habe Sie angelogen. Es gibt etwas, das Sie über Julie und ihren Abschiedsbrief wissen sollten. Der war nicht für Sie bestimmt, sondern für einen Mann namens David Heaslet, der jetzt in Detroit lebt. Die beiden waren ein Paar, aber er hat mit ihr Schluss gemacht, bevor er nach Michigan umgezogen ist. Ich wusste das, war aber wütend, weil Sie sie ausgenutzt hatten; jedenfalls dachte ich das zu der Zeit und wollte Sie bestrafen. Also sagte ich ihren Eltern, der Brief sei an Sie adressiert; auf die Weise konnten sie ihn als Beweisstück für eine künftige polizeiliche Ermittlung verwenden … Das wollte ich Ihnen sagen. Nun, ich habe Ihnen heute einen Brief geschrieben und an Ihre Praxis geschickt. So war es leichter. Ich wollte sichergehen, dass Sie noch unter derselben Adresse praktizieren und den Brief auch wirklich erhalten.«

Ich bestätigte die Adresse, dankte ihr und beendete das Gespräch.

Ihr Brief kam am Mittwoch, aber ich öffnete ihn nicht. Stattdessen schickte ich meinen am Wochenende geschriebenen Bericht an die Ärztekammer. Professor Atkins, der stellvertretende Vorsitzende des Vorstands, rief mich zwei Tage später an, gleich am frühen Morgen. Er war fassungslos. Nach meinem Examen hatten wir uns gelegentlich getroffen, doch seit einiger Zeit hatten wir uns nicht gesehen.

»Es ist das erste Mal, dass ich von einem Arzt höre, der sich selbst bei der Ethikkommission anzeigt«, sagte er. »Was wollen Sie damit bezwecken?«

Ich erklärte ihm, ich hätte in den letzten Monaten viel nachgedacht und sei zu dem Schluss gekommen, dass es anders nicht gehe. Wir trafen uns am Nachmittag und führten ein langes Gespräch.

»Warum tun Sie sich das an?«, fragte er. »Hatten Sie einen Nervenzusammenbruch? Ist Ihnen klar, dass Sie Ihre Approbation verlieren können? Sexuelle Beziehungen zu einer Patientin werden automatisch als ungehöriges Verhalten eingestuft, ganz unabhängig davon, ob die Behandlung in Zusammenhang mit der Entscheidung der Patientin stand, sich das Leben zu nehmen. Ja, Sie haben schweres Unrecht begangen, und ich frage mich, wie um alles in der Welt Sie das tun konnten. Aber ich an Ihrer Stelle würde einen anderen Weg suchen, mich zu bestrafen.«

»George, bei allem Respekt, ich glaube, Sie verstehen das nicht. Ich will mich nicht bestrafen, ich will mich retten. Wenn ich das jetzt nicht mache, wenn ich nicht die Verantwortung übernehme für das, was ich getan habe, wird diese Sache mich zerstören, wie sie es bereits in gewisser Weise getan hat. Ich kenne Menschen, die ihr ganzes Leben allein verbringen, die sich vor sich selbst verstecken, weil sie irgendwann einmal nicht fähig gewesen waren, die Verantwortung für etwas zu übernehmen, das sie getan hatten oder von dem sie nur glaubten, sie hätten es getan. Und ich will nicht denselben Fehler machen.«

Es war ein warmer Freitagabend, wir saßen in einem Straßencafé in Tribeca, nicht weit vom Rockefeller Center. Der Himmel hatte die Farbe von Caffè Latte, und die Sonne verschwand gerade hinter den Wolkenkratzern. Endlose Ströme von Menschen zogen durch die Straßen wie eine stille Prozession.

»Sie sind der beste Psychiater, der mir je begegnet ist«, sagte Atkins. »Sie handeln intuitiv, Sie sind gebildet, Ihnen liegt viel daran, Menschen zu heilen, und dies ist meiner Meinung nach die wichtigste Eigenschaft eines Arztes. Ich hatte gehofft, Sie würden eines Tages in die Wissenschaft gehen und zu mir an die Columbia kommen. Glauben Sie mir, man wird

Sie kreuzigen. Finden Sie wirklich, dass Sie das auf sich nehmen müssen? Gibt es keine andere Möglichkeit?«

»Nein, es gibt keine andere Möglichkeit. Ich hätte bei ihr sein sollen, ihr um jeden Preis aus diesem Feuerring heraushelfen müssen. Aber ich war nicht bei ihr, niemand war bei ihr, und sie saß einfach da und verbrannte, weil alle sie im Stich gelassen hatten.«

»Was meinen Sie jetzt mit Feuerring?«

»Das ist eine lange Geschichte. Die erzähle ich Ihnen ein anderes Mal.«

Wir unterhielten uns noch eine halbe Stunde weiter. Schließlich brachte er mich zu einem Taxistand, verabschiedete sich mit Handschlag und versprach, so bald und so diskret wie möglich einen Untersuchungsausschuss einzuberufen. Am Abend sprach ich via Skype lange mit meinen Eltern in Kansas, um sie darauf vorzubereiten, was in den nächsten Wochen passieren würde. Es war eins der schwierigsten Gespräche, die ich jemals geführt habe – wie bringt man es nur übers Herz, geliebten Menschen Kummer zu bereiten?

Die Adresse von Julies Stiefeltern kannte ich nicht, stattdessen hatte ich in meiner Erklärung Susan Dressmans Kontaktdaten angegeben. Zu meiner Überraschung lehnten die Mitchells es ab, Klage gegen mich einzureichen. Die Staatsanwaltschaft jedoch rollte den Fall angesichts der neuen Faktenlage wieder auf, um festzustellen, ob ich gegen meine Sorgfaltspflichten verstoßen oder das Suizidrisiko mit tödlichen Folgen für meine ehemalige Patientin falsch eingeschätzt hatte.

Die Presse bekam Wind von der Sache, und wieder begann ein Albtraum. Die Vertreter der Anklage setzten Julies Eltern und mehreren meiner ehemaligen Patientinnen zu, boten ihnen kostenlos ihre Dienste an und versprachen millionenschwere Entschädigungen, wenn sie ebenfalls Klage gegen mich erhöben.

Zwei Wochen lang wurde ich rund um die Uhr von Reportern verfolgt. Einer fragte Mrs. Kellerman, meine fünfundsechzigjährige Assistentin, ob sie Geschlechtsverkehr mit mir gehabt habe. Etliche Freunde wollten nichts mehr von mir wissen, und eine frühere Freundin von mir zählte in einem populären Blog meine sexuellen Vorlieben auf. Eine Zeitschrift verpasste mir den Spitznamen Dr. Strangelove. Ich musste mein Twitterkonto abmelden, und meine Website wurde gehackt und mit Pornographie überschwemmt.

Mein Leben brach in Stücke, eine Schicht nach der anderen löste sich ab, und dennoch überkam mich nach und nach ein seltsames Gefühl von Erleichterung. Zum Glück gibt es neben dem Lustprinzip auch das Schmerzprinzip: Unser Gehirn ist so konzipiert, dass wir nicht zwei oder mehr Schmerzen gleichzeitig empfinden können.

Dann aber geschahen tausend andere Dinge, und die Reporter vergaßen mich. Für die Presse gibt es in dieser turbulenten Stadt täglich etwas Besseres zu tun.

In einem ersten Schritt setzte der Untersuchungsausschuss meine Konzession für neunzig Tage außer Kraft. Ich musste die Praxis schließen und meine Patienten an andere Ärzte übergeben. Mit einem Mal hatte ich so viel Zeit, dass ich nicht wusste, wie ich sie totschlagen sollte. Unterdessen ging der Frühling langsam in den Sommer über, und die Hundstage senkten sich über die Straßen.

Der Ausschuss erklärte mein Verhalten für unethisch, eine Verletzung der Grenzen zwischen Arzt und Patienten; der unterlassenen Hilfeleistung hatte ich mich jedoch nicht schuldig gemacht. Julie hatte sich ein ganzes Jahr nach unserer Trennung das Leben genommen, und die medizinische Versorgung, die sie erhalten hatte, wurde für angemessen und notwendig erachtet. Der Staatsanwalt schloss sich dieser Auffassung an, und so wurde das Verfahren wegen ungehörigen Verhaltens ohne diesen Punkt weitergeführt. Am Ende wurde meine Approbation für drei Jahre eingezogen, weitere Vorwürfe wurden nicht erhoben. Solange ich suspendiert war, durfte ich nur unter erheblichen Einschränkungen als Arzt praktizieren. Einige Telefonate genügten, und Ende Juni begann ich eine Teilzeitstelle als Pfleger in einer kleinen Reha-Klinik in Hunts Point, Bronx.

Am 7. Juli – Julies Geburtstag – wachte ich früh auf. Der Himmel draußen vor dem Fenster glich einem riesigen Stück blauer Baumwolle. Ich zog mich an und ging zu einer Blumenhandlung in der Nähe, wo ich neunundzwanzig gelbe Tulpen kaufte, zu einem Strauß gebunden.

Ich winkte ein Taxi heran und fuhr nach Queens, glitt inmitten Hunderter Autos, die die Brücke überquerten, durch die heitere Morgenluft. Das Taxi fuhr über den Queens Boulevard und dann in die 58th Street, bevor es mich am Calvary Cemetery absetzte. Ich bezahlte den Fahrer und verweilte noch einen kurzen Moment vor dem schmiedeeisernen Tor, bevor ich eintrat.

Ich ging den breiten Mittelgang hinunter und bog am Johnstone Mausoleum links ab. Es regnete ein wenig, und meine Schuhe hinterließen dunkle Wunden im Gras. Ein Vogelschrei durchbrach die Stille.

Julies Grab war schlicht – ein kleiner Stein, darin eingraviert ihr Name sowie ihr Geburts- und ihr Sterbedatum. Vor dem Stein stand eine Bank. Ich legte die Blumen am Grabstein nieder und setzte mich. Einzelne Regentropfen landeten auf den Blüten und glitzerten wie Diamanten.

Ich zog Susans Brief aus der Tasche und legte ihn neben das Grab. Es war ihr Geheimnis, und sie hatte das Recht, es für sich zu behalten. Ich nahm mein Feuerzeug, setzte das Papier in Brand und sah zu, wie es verging. Josh hatte recht: Manche weit zurückliegenden Dinge sollten niemals ans Licht kommen, weil sie sonst verdorren wie Blumen. Ihre Gestalt hat sich verändert, ihr Sinn hat sich verflüchtigt. Aber man muss stets die Verantwortung für sein Handeln übernehmen; sonst finden solche Geschichten nie ein Ende. Das hatte ich vergessen, während ich mit einer Tasche voller Bücher in der Stadt herumlief und die verwunschenen Dachböden von Fremden durchwühlte.

Als ich den Friedhof verließ, regnete es nicht mehr. Der dunkelblaue Himmel glich einem Fenster in eine andere Welt, vom Fluss stiegen Dunstschwaden auf. Ich setzte mich in den Central Park, beobachtete die Passanten und fragte mich, was sie wohl für Geheimnisse mit sich herumtrugen: die Luft schien davon zu vibrieren, unergründlich und ungezählt. Später, als das Licht so schwach geworden war, dass ich die Augen der Menschen nicht mehr ausmachen konnte und ihre Schatten zu Riesen geworden waren, ging ich nach Hause.

Im Himmel und auf Erden, Horatio.

New York, New York, heute

Ich rahmte die Fotografie ein, die Josh mir geschickt hatte. Sie hängt jetzt im Flur der Reha-Klinik, wo ich seit zwei Monaten arbeite. Fast alle Patienten nehmen sie wahr und wollen wissen, wer da abgebildet ist. Und ich erzähle ihnen, das Bild sei ein Andenken an Paris, aber die Namen der Leute und ihre Geschichten seien mir entfallen, und das sei wohl auch nicht mehr wichtig. Bemühen Sie Ihre Fantasie, fordere ich die Patienten auf, denken Sie sich eine Geschichte aus, beobachten Sie die Körperhaltung, die Ausstrahlung, die Mienen.

Und ohne es zu merken, erzählen dann fast alle ihre eigenen Geschichten, verborgen zwischen den Sprengseln aus Licht und Schatten.

Dank

Das war ein hartes Stück Arbeit.

Den ersten Entwurf zu diesem Buch schrieb ich vor fünf Jahren in Hemel Hempstead, 24 Meilen nordwestlich von London. Vom Ergebnis nicht überzeugt, begann ich ein Jahr später in Reading, Berkshire, wohin ich inzwischen umgezogen war, mit einer zweiten Fassung. Nach drei Monaten war ich fertig, ließ den Text aber noch gut zwei Jahre in meinem Computer ruhen. Währenddessen veröffentlichte ich zwei Sachbücher und brachte *Das Buch der Spiegel* auf Hochglanz, den Roman, der einen Wendepunkt in meiner Karriere als Schriftsteller bedeutete und mich praktisch über Nacht zu einem in mehr als vierzig Ländern publizierten Autor machte. In dieser Zeit schwirrten mir diverse Projekte im Kopf herum, aber dieses eine Buch ließ mich einfach nicht los. Wenn es mir nicht gelang, diese Geschichte zur Vollkommenheit bringen, würde sie ewig über mir hängen wie eine dunkle Wolke. Also unternahm ich im Sommer 2016 einen weiteren Versuch. Zehn Monate später war *Das Echo der Wahrheit* endlich fertig und zum Versand bereit. Ich danke Marilia Savvides, meiner Agentin; ihr Rat war wie immer unbezahlbar. Ich danke Cecily Gayford, meiner Lektorin, die von Anfang an an dieses Projekt geglaubt und mir geholfen hat, bis zum Ende durchzuhalten. Ich danke den wunderbaren Menschen von Serpent's Tail, die mich nicht gleich an den Galgen gebracht haben, wenn ich getrennte Infinitive benutzte oder manche Sätze mit einer Präposition begann. Danke, Leute. Ich danke meinem guten Freund Alistair Ian Blyth; er wachte über mich, damit ich mir beim Jonglieren mit der englischen Sprache keine allzu schweren Verletzungen zuzog. Und schließlich danke ich Mihaela, meiner Frau, ohne die ich wahrscheinlich längst meine Zelte abgebrochen und mich wieder in meinen Kaninchenbau verkrochen hätte.